인간보다

인간적인

인간보다　인간적인

장편소설　강지영

STORY.B

차례

일러두기

외래어 표기는 국립국어원 외래어 표기법에 준하되 일부 통상적으로 굳어진 표현
들은 예외로 두었습니다.

프롤로그

수경에게 세상은 한없이 친절했다.

"티켓 확인할게요. 한 줄로 서주세요. 캡처 이미지 안 됩니다. 실물로 보여주세요. 없으신 분은 티켓 박스 다녀오셔야 해요."

아무도 그녀의 부탁을 거절하거나 외면하지 않았다.

"가방에 식음료 있으신 분들 지금 꺼내주세요. 풍선, 유리, 레이저빔, 날카로운 물건 다 안 됩니다."

모두가 정중하고 다정했으며, 짧은 순간이나마 진심으로 수경과 사랑에 빠졌다.

"입장 게이트 색상 확인해 주세요. 라운드석은 반대편입니다."

테일러 스위프트의 첫 내한 공연이었지만, 그 또한 수경이 속한 세상의 일부였다.

　대기자들이 가림막과 돗자리를 접고 스태프에게 표를 내밀 때, 수경은 지하철역 개찰구를 통과했다. 그녀는 샤넬 트위드 셋 업에 레이디 디오르를 손에 쥐고 수족관을 구경하듯 느긋하게 걸음을 옮겼다. 한 번도 순서를 기다려 본 적 없는 수경은 자연 스레 대기 줄을 지나쳐 콘서트장 입구로 향했다. 검정색 티셔츠 에 풍덩한 슬랙스를 걸친 스태프 둘이 험악하게 인상을 구기며 수경에게 뛰어왔다.

　"다른 분들 줄 선 거 안 보이세요?"

　매직펜으로 그린 것처럼 짙은 턱수염이 난 스태프가 골반에 손을 짚고 수경을 내려다봤다.

　"보여요. 저 장님 아니에요."

　수경 또한 말끄러미 턱수염 스태프를 올려다봤다. 그러자 턱 수염은 빛의 속도로 뜨거운 감정이 차올라 한쪽 무릎이 꺾였다. 해변에 서서 파도에 발가락 사이로 모래가 휩쓸려 빠져나가듯, 아련하고 개운한 감촉이 그의 전신을 훑었다. 29년 인생 중 가 장 벅찬 순간이었다. 그가 실용 음악 학원에 다니며 짝사랑하던 주희, 랜덤 채팅으로 만나 4년을 사귀고 느닷없이 잠수 이별한 송아, 이제 막 썸 타기 시작한 동료 서은이 수경 앞에서 한순간 시시해졌다. 이대로 시간이 멈춰도 좋을 것 같았다.

　　　　　　　　　　　　　　　　　　인간보다 인간적인

"저희 이번엔 관계사 초대권 없습니다. 티켓 보여주세요."

턱수염이 미적거리자 목에 일렉트로닉 기타 문신을 한 스태프가 나섰다. 그러나 그 역시 도리 없이 수경 앞에서 무너졌다.

"그런 거 없는데요."

기타는 처음으로 자신이 남자를 좋아한다는 걸 깨달았던 14살 3월 2일 첫 등교일로 돌아간 것만 같았다. 그날 기타의 옆자리에 앉았던 깡마르고 어깨가 좁은 곱슬머리 소년 우영의 체취를 맡은 것도 같았다. 기타가 지금까지 데이트해 온 남자들은 모두 우영처럼 왜소하고 수줍음을 많이 타는 부류였다. 그는 외면하려고 발버둥쳤지만 올무에 걸린 들짐승처럼 수경의 시선을 피하지 못했다. 기타는 자신이 사랑에 빠졌다는 걸 인정하지 않을 수 없었다. 다만 이전의 사랑과 다른 게 하나 있었다. 그건 색깔이었다. 욕정, 소유, 질투, 고독, 우울, 파괴 따위로 울긋불긋하게 오염되지 않은 순백의 감정이었다. 품지 않고도, 바라만 보는 것만으로도 마음이 충만했다.

야유하려고 수경에게 날 선 시선을 던지던 사람들도 이내 얼굴이 달뜨고 가슴이 뭉클해졌다. 내 아이의 첫 심박음을 듣는 순간만큼이나 설레는 한편 더는 퇴로가 없다는 생각에 두려운 감정과 비슷했다. 입장을 기다리던 맨 앞, 키 큰 30대 여자가 줄을 벗어났다. 그녀는 수경에게 자신의 티켓을 건네며 울먹거렸다.

"괜찮으시면 받아주세요."

수경이 답례하듯 한 번 웃어주자 바라보던 사람들도 박수를 치고 미소 지었다. 턱수염과 기타는 수경의 얼굴을 잠시라도 더 보기 위해 그녀의 보폭에 맞춰 뒷걸음질을 쳤다.

"삼촌, 저 사람이 꼭 테일러 스위프트 만나줬으면 좋겠어. 그래 준다고만 하면 내 티켓도 줄 거야."

조카가 수경에게 빠져 실실 웃는 사이, 중년 남자 정훈은 호주머니를 뒤적거려 안경 케이스를 꺼냈다. 그는 케이스에서 유난히 짙게 선팅된 선글라스를 꺼내 콧등에 얹었다. 그러자 사람들의 모습은 어둑해지고 수경 한 사람만 푸르스름하게 보였다. 그는 핸드폰으로 수경을 동영상 촬영했다. 2차 검증이었다. 액정 속 그녀는 얼굴이 뭉개져 이목구비를 구분할 수 없었다. 아무리 초점을 다시 맞춰도 결과는 바뀌지 않았다. 인간이 아니란 의미였다. 정훈은 영상을 압축해 서비스센터라고 저장된 번호로 전송했다. 이윽고 답장이 도착했다.

'변종 정수경 추정

매력도 100%, Fighter

키퍼 파견 중 대기 요망'

정훈은 변종이란 글자만 확인하고 줄을 이탈했다. 그녀는 분명 세상을 홀려 치마폭에 감출 만큼 매력적이었지만 정훈 같은

인간보다 인간적인

사람에겐 혐오스러운 괴물이었다. 마치 엉성하게 사람 모습을 흉내 낸 외계 생물이나 심해 어종처럼 느껴져 소름이 돋았다. 그가 특채로 입사한 주식회사 미티어는 인간들 사이에 숨어 사는 비인간, 직원들 사이에선 이종으로 불리는 기이한 생물을 관리했다. 업무 중엔 수경처럼 소속을 잃고도 폐기를 거부한 변종을 세상에서 도려내는 일도 포함되었다. 그를 움직인 건 회사에서 공언한 포상금 천만 원이 아니었다. 정훈 같은 특채 직원들은 그들에게 잃은 것이 너무 많았다.

숨죽여 다가가는 정훈의 양복바지 뒷주머니엔 폴딩 나이프가 들어 있었다. 사람들의 시선이 수경에게 박혔지만 그는 주눅 들지 않았다. 변종은 숨이 끊어지면 순식간에 비린내 나는 물거품이 되고 말았다. 사진과 동영상을 찍어봐야 얼굴이 뭉개져 식별도 불가능했다. 지문과 DNA도 인간과 판이해 피해자를 특정할 수 없었다. 피해자가 없으니 검찰이 기소할 사건 자체가 증발하는 거였다. 문제는 어설프게 공격해 상처만 남는 경우였다. 목숨이 붙어 있는 한 그들은 피 흘리고 비명 지르며 자신이 매혹한 사람들에게 동정을 호소했다. 자칫하다간 누군가의 구둣발에 갈비뼈가 부러지고 앞니가 깨져 나갈 수도 있었다. 물론 법률 절차도 골치 아팠다.

정훈이 슬며시 수경의 뒤에 따라붙자 보디가드처럼 그녀를 둘러싼 턱수염과 기타가 눈을 부라렸다.

"선생님, 줄 서세요. 일행 없으세요?"

일회용 장갑을 끼고 검표하던 스태프가 정훈에게 언성을 높였다.

"제발 닥쳐. 조용히 좀 하라고. 너희 다 속고 있단 말야."

정훈은 꺼져가는 목소리로 말했다. 그는 변종 제거 업무를 전문으로 하는 키퍼들과 달리 노쇠한 사무직이었다. 혈압과 심박은 위험 경고 수위를 넘어섰고 긴장으로 흐른 땀이 셔츠를 적셔 등허리가 축축했다.

"삼촌, 왜 그래? 삼촌!"

고지혈증, 당뇨, 고혈압, 그리고 오랜 음주로 간이 트러플처럼 단단해진 중년의 정훈은 폴딩 나이프를 펼치며 숨을 헐떡였다. 주저앉고 싶었지만 이대로 한 걸음만 성큼 다가가 팔을 뻗으면 수경의 경동맥을 서억, 베어낼 수 있을 것만 같았다.

"선생님, 소지품 내려놓으시죠!"

정면으로 마주 선 턱수염이 정훈의 폴딩 나이프를 한눈에 알아봤다. 기타는 무전을 켜 위급 상황을 알렸다. 머뭇거릴 시간이 없었다. 정훈이 런지하듯 팔과 무릎을 굽히고 상체를 낮춰 나이프를 수경에게 들이댔다. 그와 동시에 수경도 고개를 돌렸다. 칼끝은 경동맥이 아닌 그녀의 오른쪽 뺨에서 턱을 내리질렀다. 하

　　　　　　　　인간보다 인간적인

트 모양의 헤어라인에 물오른 복숭아처럼 희고도 발그레한 수경의 낯이 일그러졌다. 스코틀랜드산 최고급 순모로 짠 트위드 재킷 위로 선혈이 떨어져 커다란 느낌표 모양을 만들었다.

"당신 같은 늙다리도 키퍼 시켜주나? 요즘은 개나 소나."

정훈은 수경의 일갈을 듣지 못했다. 공황발작과 협심증이 동시에 병든 몸을 옥죄었다. 그가 의식을 잃고 쓰러지자 수경은 건물을 벗어나 대로로 내달렸다. 드레시한 옷을 입어도 수경의 신발은 늘 뉴발란스 530이었다. 오늘 같은 날이 잊을 만하면 한 번씩 수경을 각성시켰다.

때마침 신호가 바뀐 횡단보도에서 교살용 가롯테를 든 여자가 수경을 향해 뛰어왔다. 횡단보도에 멈춰선 택시 뒷문이 열렸다. 짙은 선글라스의 남자가 청일강이라 부르는 사시미도를 들고 다가왔다. 양쪽 모두 스무 걸음 남짓했다. 누군가는 경찰에 신고를 했을 테니 5분 안에 결판 내야 할 게임이었다.

"10시 방향 이태리 마피아, 12시 방향엔 일본 야쿠자. 더 있지? 니들 세 팀은 움직이잖아."

수경이 남자에게 이죽거리며 물었다. 그가 상체는 흔들리지 않게 고정한 채 빠른 걸음으로 수경에게 파고들었다. 칼날이 몸의 바깥 방향으로 향하게 잡은 손이 수경의 가슴으로 다가왔다. 그건 합이 맞춰진 공격이었다. 수경은 공격 직전 남자의 시선이

10시 방향에 짧게 머물렀던 걸 놓치지 않았다. 그가 칼로 위협해 수경이 체고를 낮추는 순간, 여자가 가롯테를 사용하기로 암묵된 거였다. 나무 손잡이에 와이어를 이어 만든 가롯테는 주로 이태리 마피아들이 처형 목적으로 사용했다. 적은 힘으로도 빠르고 확실하게 적을 살해할 수 있었다. 남자가 청일강을 휘두르자 여자는 이미 여러 변종의 숨통을 끊어 놓은 가롯테를 공중에 띄워 수경의 목을 휘감을 작전이었다. 하지만 수경은 키퍼들의 공격 패턴에 익숙했다. 그들의 선배와 선배, 또 그 위의 선배들이 이미 할 만큼 해 온 일이었다.

수경은 체고를 낮추는 대신 등을 둥글게 말아 아스팔트 바닥으로 낙하한 다음 다리를 넓게 벌렸다. 비보이처럼 그녀의 몸이 바닥에서 두 바퀴 도는 동안 무게 중심을 잃은 남자는 바닥으로 고꾸라지고 여자는 가롯테 손잡이에 눈을 맞아 주저앉았다.

"진짜 니들 두 팀밖에 없어? 싱겁게 왜 이래."

수경은 날렵하게 몸을 일으켜 인파 속에 숨기로 했다. 그때 성난 짐승의 안광처럼 허옇게 빛나는 트럭 한 대가 그녀를 향해 달려들었다. 운전석에 앉은 남자도 짙은 선글라스를 쓰고 있었다. 트럭은 수경이 서 있던 8차선 도로의 중앙분리대를 들이받았다. 횡단보도를 건너던 사람들이 비명을 질렀다. 마치 헐렁하게 만든 할리우드 B급 영화처럼 경찰차 두 대가 때맞춰 도착했다. 트

인간보다 인간적인

럭 앞바퀴 아래에 붉은 피가 왈칵왈칵 쏟아지는 누군가의 상체가 끼어 있었다. 경찰차에서 내린 순경이 경광등을 흔들며 트럭으로 다가섰다.

"운전자, 차에서 내립니다. 페달에서 발 떼고 핸들 놓습니다."

여러 가닥의 경적과 사람들의 비명, 울음, 그리고 콘서트장의 환호성이 초여름 아직 환한 밤을 불안하게 곤두세웠다.

"죽긴 너무 아깝다. 아직 젊고 너무 예뻐요. 그렇죠?"

피해자가 아직 살아 있길 바라며 바닥에 납작 엎드린 순경 옆에서 누군가 물었다.

"죽어? 아까워요? 무슨 말을 그렇게 합니까!"

순경은 심보 고약한 목소리의 주인이 괘씸해 고개를 치켜들었다. 뺨에 긴 상처를 입은 여자가 순경을 내려다보다 그 곁에 같이 엎드렸다. 바퀴에 깔린 여자는 여전히 한 손에 가룻테를 쥐고 있었다. 하체는 이미 바퀴와 아스팔트에 닳아 사라졌지만 여자는 발이 아프다는 말을 반복했다. 순경은 여자의 말은 들은 척 않고 수경의 옆모습을 보느라 정신이 팔렸다.

"제가 다 봤어요. 홍콩영화 삼합회처럼 갑자기 선글라스 쓴 저 아저씨가 트럭을 몰고 돌진했다니까요. 죽이려고 작정한 거 같았어요. 세상 참 험하네요."

순경은 수경의 말에 고개를 주억거리며 그녀의 눈동자 속에 반사된 흐리멍덩한 사내가 참 자신을 닮았다고 생각했다. 그때 무전기에서 거친 목소리가 쏟아졌다.

"종합운동장 12번 게이트 연결로 통제 바람. 통제 바람. 심정지 환자 이송 중이다."

구급차가 도착했을 때 정훈은 이미 심정지 상태였다. 관객들이 콘서트장에 입장하는 동안 턱수염과 기타, 그리고 그와 비슷한 또래의 청년들이 돌아가며 심폐소생술을 했지만 돌이키지 못했다. 정훈의 죽음은 이튿날 뉴스로도 다뤄지지 않았다.

인간보다 인간적인

변종 정수경

수경은 오래전부터 자신의 정체를 설명할 대사를 준비했다.

"어떤 해파리는 영원히 살 수 있대. 살다 싫증이 나면 우산처럼 몸을 접고 바위에 딱 달라붙어 버린다더라. 거기서 잠깐만 웅크리고 있으면 다시 태어나는 기적이 일어나는 거야. 어떻게 그런 일이 벌어지는지는 나도 몰라. 세상 모든 일에 이유가 따라붙는 건 아니잖아. 중요한 건 걔들은 맘만 먹으면 얼마든지 부활할 수 있다는 거지. 그게 이종이야. 다르다면 해파리 대신 인간의 모습을 가졌다는 거 하나겠고."

40년 전까지 수경은 이종이었다. 지금은 이종에서 변종이 되었지만.

"그럼 해파리에게 가장 소중한 건 뭘까. 먹이나 애인? 동료, 아니면 가족? 너무 인간적인 발상 아니야? 아마 가장 소중한 건 필요할 때 달라붙을 수 있는 바위일 거야. 바위를 잃은 해파리는 영생할 수 없으니까. 해파리가 유별난 게 아니라 바위가 신통한 건지도 모르고. 바위가 없으면 다른 생물들처럼 적에게 물리고 뜯기다 너덜너덜해져서 산산이 부서지겠지. 그게 나야. 바위를 잃은 해파리. 변종, 정수경."

이 대사는 기분에 따라 주인공이 달라졌다. 휴머노이드가 될 때도 있었고, 아바타의 암리타가 될 때도 있었고, 바이러스나 히드라가 주인공일 때도 있었다. 변하지 않는 건 자신이 상상 속 무언가가 아닌 현실에 버젓이 존재하는 괴물이라는 사실이었다.

바위를 잃기 전, 이종 시절의 수경은 참으로 귀한 존재였다. 암암리에 퍼진 소문에 의하면 이종을 가진 자는 반드시 부와 명예를 얻는다고 했다. 이종을 소유하게 된 인간은 일생을 바쳐 제 것을 사랑하기 마련이나, 늘 그 소유욕이 말썽이었다. 남이 내 것을 보고 마음이 동할까 두려워 별당을 지어놓고 겹겹의 문과 자물쇠를 달아 이종을 감추기 바빴다. 매일 뽀얗게 분을 칠하고 기름을 발라 머리를 빗겨주고, 비단옷에 가죽신을 신겼지만 사람들 앞에 내놓진 않았다. 이종은 별당아씨, 혹은 별당도령이란 칭호로 불리며 면사포에 감겨 방 안에서만 살았다. 그러다 문득 소유주의 마음이 식었다고 느끼는 순간이 찾아오면 태연한 얼굴로

인간보다 인간적인

자결했다. 댕기나 옷고름에 목을 매기도 했고, 물에 적신 창호지를 얼굴에 붙여 질식사를 택하는 일도 있었다. 이종은 스스로 곡기를 끊거나 혀를 깨물거나 벽에 머리를 찧기까지 다양한 방법으로 소유주를 등졌다.

사랑을 잃은 소유주보다 더 격노하는 이들은 가족이었다. 이종으로 이룬 부와 명예가 봄날 가랑눈처럼 사라질 것이 두려워 서둘러 재생 장례를 치렀다. 남들 눈에 띄지 않게 깊은 산으로 들어가 넓은 구덩이를 파고 이종을 묻었다. 이종은 인간보다 부패 속도가 빨랐다. 사나흘만 묻어놓아도 뼈와 살이 죽처럼 풀어져 흙에 스며들었다. 오직 한 부분, 머리카락이 붙은 두피만이 생전 그대로인데 또다시 사나흘을 기다리면 새로운 몸으로 재생되었다. 이전에 가졌던 성별을 제외하면 생김새와 나이는 매번 달라졌다. 그러나 소유주의 마음은 한결이었다. 때로 자신보다 늙고 병약한 이종을 맞이한다 해도 불만이 없었다. 수경은 정 씨 가문에 입적되어 10대를 거쳐 왔고 157번 부활한 이종이었다.

"넣어둬요. 나 택시비 안 받는다니까요. 정수경 씨 같은 멋진 변종을 태우게 돼 정말 영광이에요. 오히려 돈은 제가 드리고 싶어요. 변종 파이팅!"

택시 기사의 말에 수경은 피식 웃으며 차에서 내렸다.

"파이팅이란다. 돌아서면 까먹을 거면서."

수경은 서래마을 가장자리 주택가 한편의 뉴턴빌딩에 25년째 살았다. 그럼에도 그녀를 알아보는 이웃은 없었다. 한순간 사람들의 마음을 훔치는 재주가 있지만 유효 기간은 고작해야 5분 40초였다. 수경에게 반해 친절을 베풀고 돌아선 이웃들은 조금 전 자신의 마음을 뭉클하게 헤집어 놓은 여자의 이목구비가 떠오르지 않았다. 이종이 인간 사회에서 5백 년을 섞여 살면서도 정체가 발각나지 않는 이유였다.

1층 KB은행365자동화점 옆으로 난 출입문을 밀고 들어가면 엘리베이터와 휠체어 리프트가 설치된 계단이 나왔다. 2층은 명품편집숍, 3층은 요가수련원이 세를 살았다. 건물주 일중은 일주일에 이틀 4층을 썼고, 5층은 수경과 교임이 살았다. 엘리베이터에 오른 수경의 뺨에서 연신 피가 흘렀다. 한 번 상처가 난 곳은 이렇게 아물지 않았다. 유일한 치료법은 일명 그림자호수, 인영못이라 불리는 이종들의 태생지에서 가져온 물뿐이었다. 인영못은 뭍에 생긴 샘에서 비롯되었지만 해수인 덕에 소금을 생산할수 있었다. 재생이 불가능한 변종의 상처를 아물게 하려면 인영못에서 난 인염을 물에 개어 발라야 했다.

"애, 아무래도 내가 너 때문에 늙는 거 같아. 상다구리는 왜 깨먹고 들어온 거야?"

현관문을 열자 휠체어를 탄 교임의 잔소리가 맞이했다. 얼굴엔 살색 습윤밴드를 두르고 버킷햇으로 숱 없는 머리를 가린 교임이 못마땅한 눈으로 수경을 훑었다.

"얘가 뭐야, 얘가. 나보다 발생년이 2백 년은 늦으면서 입만 쩍하면 얘, 쟤, 너! 교양 있는 서울 사람들끼리 말 좀 가려 하자, 박교임."

부모 대신 인영못 바닥의 알집에서 깨어난 그들은 겉모습으로 발생년을 가늠하기 힘들었다. 서너 살짜리 아기의 모습으로 처음 뭍에 나오는 이도 있었고, 중년이나 노인의 모습을 가진 이도 있었다. 150년 전 인영못에서 나온 교임은 젖살이 뺨과 턱에 덕스럽게 붙은 스무 살이었다.

"이제사 발생년은 따져 뭐하니. 우리가 등본이 있길 해, 족보가 있길 해. 껍데기가 중요한 게 인간 세상인 거 알잖아. 너야말로 내 이름 막 부르지 말고 언니라고 하라니까. 그래야 천하에 호로자식 소리 안 듣지. 칠순 노인네한테 반말 찍찍, 이름 퉤퉤."

방 세 칸짜리 아파트만 한 거실을 가로질러, 수경이 자신의 방으로 들어갔다. 그녀의 걸음마다 후두둑 핏방울이 떨어졌다.

"어머, 얘. 너 보기보다 많이 다쳤구나? 무슨 사고를 치고 온 거니. 인염부터 발라."

수경은 침실 옆에 커튼으로 가려놓은 작은 응접실로 향했다. 1인용 리클라이너와 테이블, 냉장고, 와인바, 그리고 새카만 무광 금고가 주백색 조명 아래 아늑하게 자리 잡았다. 수경은 손으로 금고 다이얼을 가리고 잠금을 해제했다.

"같이 산 세월이 25년이다. 그런데 아직도 날 못 믿겠지?"

휠체어를 끌고 따라온 교임이 코웃음을 쳤다.

"못 믿지. 우린 이종이 아니라 변종이잖아. 돌봐주는 소유주도 없는 주제에 겁대가리 없이 누굴 믿어?"

수경은 금고 깊숙한 곳에 손을 밀어 넣었다. 인염은 허리가 잘록한 유리병에 담겨 있어 정말 소금처럼 보였다. 수경은 냉장고에서 생수를 한 병 따 뚜껑에 물을 받은 뒤 연한 녹색이 감도는 고운 결정체를 반 티스푼 섞었다. 고개를 뒤로 젖히고 오로지 감에 의존해 상처에 발라야 했다.

"아유, 금가루보다 귀한 걸 그렇고 바르게? 애, 있어봐. 내가 발라줄게."

교임이 수경 옆에 다가와 한쪽 휠만 돌려 방향을 바꿨다. 그녀는 수경의 손에서 병뚜껑을 낚아채 새끼손가락에 적셨다.

"많이도 버렸다. 사람 같으면 흉 지겠어. 아으 야, 징그러워."

교임의 손가락 끝에 맺힌 물방울이 조개처럼 벌어진 수경의 상처로 톡 떨어졌다.

"이제 인염 딱 밥숟가락 한 개 남았어."

다시 인염수를 손가락에 적셔 상처에 떨어뜨리길 반복하자 깊

인간보다 인간적인

게 팬 근육층이 빠르게 차올랐다. 수백 번을 겪은 일이지만 수경은 늘 불편했다. 인간의 껍데기를 뒤집어쓴 괴물이라는 증거가 살 밑에서 버르적거리니 괴성을 지르고 몸부림을 치고 싶었다. 하지만 매번 그녀는 입과 눈을 꼭 다물고 고통을 목구멍 깊이 눌러 삼켰다.

"나도 그쯤 남았을 거 같더라. 작년에 내가 빙판에서 나자빠지지만 않았으면 서너 숟가락은 남았을 텐데, 또 미안하게 됐네."

교임은 낙상사고로 뒤통수가 함몰하고 고관절이 내려앉았다. 피부는 인염수를 부어 회복했지만 골절은 끝내 해결하지 못해 휠체어 신세를 지게 되었다. 인간과 똑같은 외형에 장기마저 다를 바 없었지만, 그들은 의학의 혜택을 누리지 못했다. 항생제, 진통제, 소염제, 항히스타민제, 하다못해 아스피린까지 효과가 없었다.

"이 한 숟가락 끝나면 우리 점잖게 가기로 한 거 잊지 않았지? 형체 유지하겠다고 아등바등하지 말고 운명대로 살다 끝내는 거야. 괴물로 영생해서 뭐하겠어."

그럼 그렇지, 라고 교임이 맞장구쳤다. 그러나 수경이 손거울로 상처 부위를 바라보는 사이, 그녀는 몇 방울 남은 인염수를 홀짝 들이켰다.

"삥땅 치는 거 다 봤어. 내가 그런 걸로 쩨쩨하게 뭐라 한 적이 있던가? 교임 씨 덕에 명품 입고 먹고 뿌리며 살아왔잖아."

"좀 전엔 나 못 믿는다며?"

교임이 떨떠름하게 병뚜껑을 테이블에 내려놨다.

"떳떳하게 굴란 얘기잖아. 숨기고 감추니까 불신이 싹트는 거지. 그리고…… 어차피 죽을 몸뚱이에 왜 그렇게 집착을 해?"

수경은 트위드 재킷을 벗고 블라우스와 브래지어를 풀었다. 턱, 어깨, 골반과 종아리가 사막의 모래언덕처럼 부드럽고 우아한 곡선으로 이어졌다.

"그럼 나 떳떳하게 한마디만 할게. 딱 인염 한 꼬집만 적선해 주면 안 될까? 그때 뒤통수 깨진 자리에 머리털이 안 나. 물에 타서 분무기로 뿌려 보려고. 수경아. 아니, 수경 씨. 집착 아니고 희망사항이야."

수경은 콧노래로 딜라일라를 흥얼거리며 스타킹과 팬티를 벗었다. 대꾸 대신 콧노래로 상대를 무시해 버리는 그녀 특유의 거절법이었다. 수경이 욕실로 들어가 샤워기를 틀었다. 테이블 위에는 여전히 병뚜껑과 인염병이 놓여 있었다.

"씨발, 못 믿는다고 금고에 처넣을 땐 언제고. 난 쟤 속을 모르겠어."

교임은 인염을 황홀한 눈길로 바라봤다. 저걸 글리세린에 섞어 주름진 목과 뺨에 바르면 봉긋하게 부풀 것도 같았다. 침침한

인간보다 인간적인

눈에 넣으면 세상이 환할 것도 같았다. 가끔 이명이 들리는 귀와 혀가 말라 빙탕을 물고 사는 입에도 넣어보고 싶었다. 그녀가 욕실을 흘깃거리며 인염으로 손을 뻗었다. 레이스가 풍성한 블라우스 소매에 가려졌던 손등이 드러났다. 검버섯으로 얼룩덜룩했다. 그때 현관문 도어록 알림이 울렸다. 퉁탕거리는 발소리가 거실을 지나 수경의 방으로 향했다. 교임은 발소리의 주인이 누구인지 잘 알았다.

"마누라 팬 날 장모 온다더니, 저 인물이 지금 왜 와?"

현관문 비밀번호를 아는 사람은 건물주 일중뿐이었다.

"정수경, 나 들어간다!"

일중이 헛기침을 한 번 하고 수경의 방문을 열었다. 190센티의 장신에 투박한 근육을 철갑처럼 두른 사내가 큰 눈을 부라리며 들어섰다. 동그란 유리잔으로 코밑에서 입술 아래까지 꾹 눌러놓은 것처럼 팔자주름이 깊었다.

"바쁜 사람이 전화로 하지 뭐 하러 왔어? 점심은 들었고?"

교임이 교태 섞인 목소리로 일중을 맞았다.

"정수경이 종합운동장에서 키퍼 하나 차로 갈아 죽이고 둘을 병신 만들었는데, 내가 지금 밥이 넘어가? 걔 어딨어요?"

교임이 손가락으로 욕실 앞에 벗어 던진 옷을 가리켰다. 일중이 끄으, 신음을 흘리며 마른세수를 했다. 최근 이종과 변종들의 머릿수가 부쩍 줄고 있었다. 변종의 개체수 감소는 키퍼들의 타율이 좋아진 덕이었다.

"갑자기 왜 그랬을까. 한동안 몸 사렸는데, 예고도 안 하고 그 사람 많은 델 간 거람."

일중은 답을 알고 있었지만 설명이 길어질 게 뻔해 대꾸하지 않았다.

"내가 당신들한테 못해 준 게 뭐야? 키퍼들 정기 순찰 동선 꾸준히 업데이트해 주고, 기밀 서류 나오는 거 빠짐없이 스캔해서 넘겨주고, 이종 소유주들 단톡방에 초대까지 해줬으면 된 거 아냐? 그다음부터는 당신들이 처신하기 나름이잖아. 그거 하나 못해 줘?"

일중은 3년 전 교임에게 이 뉴턴빌딩을 선물 받았다. 세상에 공짜 점심은 없었다. 그는 미티어 그룹 서비스센터장으로 내부 기밀을 교임과 수경에게 공유했다. 밀정 역할인 셈이었다.

일중이 속한 미티어는 이종 소유주들의 뒤치다꺼리를 도맡는 일종의 매니지먼트사였다. 요즘 세상에 이종을 산에 암매장했다가는 살인자로 몰리기 십상이었다. 미티어는 사망한 이종의 시신을 처리하고 재생시킨 뒤 집까지 배송하는 임무를 대행했다. 새로운 신분증을 만들어주고 이종들의 동선을 추적하는 한편 소유주들의 자산도 관리했다. 소유주가 사망하면 자녀에게 이종이

인간보다 인간적인

상속되는 생리에 맞춰 서류와 인증 절차도 미티어의 몫이었다. 하지만 소유주에게 혈육이 없는 경우도 왕왕 있었다. 새 소유주를 찾지 못한 이종은 수경처럼 변종이 되었다. 미티어 입장에선 변종이 돈도 안 될뿐더러 내부고발자로 돌변할 수 있는 골칫덩이였다. 키퍼들이 탄생하게 된 배경이었다.

"내 말이 그 말이야. 무기 없이 기어나가서 얼굴에 칼 맞고 들어왔다니까. 나 쟤 조만간 큰 사고 칠 거 같아 겁나."

교임이 허스키하게 목소리를 낮춰 소곤거렸다.

"침통을 안 가져갔다고?"

놀란 일중에게 교임이 턱짓으로 스탠드 조명 쪽을 가리켰다. 조명 아래 은으로 만든 담뱃갑만 한 침통이 놓여 있었다. 침통 안에는 4개의 길이와 굵기가 다른 침이 있었다. 상대의 급소를 찔러 단시간 옴짝달싹하지 못하게 만드는 참침, 메스처럼 살을 베어낼 수 있는 검침, 몸 깊숙이 들어가 신경을 건드리는 호침. 그리고 수경이 가장 아끼는 장실침은 나비의 대롱입처럼 나선형으로 말려 있었다. 일반적인 장침은 20센티 내외지만 수경의 장실침은 이름 그대로 실처럼 가늘고 길어 30센티에 달했다.

"저 계집애 물 되려고 환장을 했구나. 그럴 거면 나한테 금고 번호 알려줘야 하는 게 맞지 않아? 산 사람은 살아야지. 안 그래, 일중 씨?"

욕실 물소리가 뚝 끊겼다. 철쭉색 립스틱을 바른 교임의 입술이 동그랗게 오므라져 입안으로 들어갔다.

"어머, 들었나 보다."

욕실 문이 열리고 묵직한 헤어터번에 가운을 걸친 수경이 걸어 나왔다. 일중이 이글거리는 눈빛으로 수경을 노려봤다. 그녀는 여전히 거절의 의미를 담은 딜라일라를 흥얼거렸다. 둘은 암투 중이었다. 매달 보호비 명목으로 교임에게 6백만 원을 받아 가는 일중으로선 그녀가 소멸되면 수입이 반토막 날 위기였다. 수경이 서울 한복판에서 그 야단법석을 떤 건 우연스러운 사건이 아니었다. 일중을 향한 협박이자 시위라는 걸 그는 잘 알았다.

"알겠고, 그놈의 콧노래 좀 그만할 수 없을까? 아주 멀미가 난다."

일중의 시선이 허물어졌다. 늘 그랬듯, 이번에도 지고 말았다. 콧노래를 멈춘 수경이 터번을 벗고 젖은 머리를 쓸어 넘기며 다가왔다.

"이름, 주소, 닉네임, 소유주 전화번호."

수경의 머리카락에서 떨어진 물방울이 일중의 양말을 적셨다. 미지근하고 향기로운 물이 피부에 스며들자 그는 소름이 돋았다. 물에 대한 오랜 공포증 탓이었다.

"이름 이영, 청담로 91번길, 닉네임은 콤파스. 010-237-

2819."

　일중은 미티어의 고객 중 가장 말썽이 잦고, 그만큼 큰 수익을 안겨주는 이정빈과 그의 이종 정보를 넘겼다. 이종들의 신상정보를 외부에 공개한 게 알려지면 일중은 조직에서 떨려나기 전에 자살로 위장한 죽음을 맞을 게 분명했다.

　"설명이 부족하잖아. 나는 싸움꾼이라 파이터이고 교임 씨는 구라쟁이니까 라이어인데, 갠 왜 콤파스야?"

　닉네임은 개체마다 갖고 있는 고유의 능력이었다. 수경은 주먹질을 타고났고, 교임은 거짓말로 남을 속여 넘기는 재주가 탁월했다.

　"대충 짐작 안 되나? 콤파스, 나침반이라고. 뭐든 잘 찾아낸다더라."

　이영은 탐지 능력이 뛰어났다. 의식을 집중하면 반경 50킬로미터 내에서 자신을 부르는 사람의 방향이나 찾아야 할 목적지를 선명하게 감지했다.

　"돈은 돈대로 받아먹으면서 더럽게 불친절하네. 좋아, 마지막 질문. 개 지난 1년간 몇 번이나 재생했어?"

　수경이 돌아서 화장대로 향했다. 드라이어를 켜고 머리를 말렸다.

　"네 번!"

손가락으로 수를 헤아린 일중이 고함치듯 대꾸했다. 이종들의 평균 수명은 2.8년이었다. 수경이 드라이어를 내려놓고 거울로 일중을 바라봤다.

"석 달에 한 번이란 얘기네. 니들 진짜 양심 뒤졌다. 소유주가 얼마나 학대하는지 알면서도 계속 재생을 시켜준 거잖아. 썩어 문드러진 새끼들. 구더기만도 못한 미티어 놈들."

수경의 험한 말에도 일중은 동요가 없었다. 그가 생각해도 미티어 그룹은 이종의 송장을 쌓아 세운 거대한 카타콤 같았다. 한 구의 시신을 재생시키고 단장해 새 신분과 함께 소유주에게 데려다 주는 수수료가 1억이었다. 소각장 근무자들에게 들은 말에 따르면 하루에도 20구의 이종 송장이 실려 와 그 수만큼 두피를 벗겨내 재생 실린더에 담근다고 했다. 남은 살과 뼈는 소각로에 태우는 게 원칙이지만 요즘은 재활용을 모색하느라 자회사인 유스셀메디컬에서 수거해 갔다. 그걸 안 다음부터 일중은 회사 구내식당 밥을 먹지 않았다.

"정수경, 너 내 입에 돈 물려 놨다고 영영 못 짖는다 생각하지 마."

일중은 수경이 아니라 교임을 바라보며 말했다. 보호비를 내는 진짜 물주가 그녀인 탓이었다.

"나 무서울 거 없어. 이미 건물주에, 보호비로 챙긴 돈은 배당

주에 꽂아놨거든. 겁먹어야 할 건 당신들이지. 인염 다 떨어지면 죽겠다며? 근데 자연사하기 전에 내가 찢어버리면 어떡하게?"

교임이 휠체어 바퀴로 일중의 발등을 지그시 눌렀다.

"일중 씨, 478호흡법 기억나지? 속에서 천불 날 때 그거 딱 5분만 하자. 나 봐봐."

일중은 돈 때문에 인간도 아닌 것들에게 휘둘리는 자신이 하찮게 느껴졌다. 원숭이에게 바나나 까주는 일도 이보다는 성스러울 것 같았다. 그가 이토록 지악스럽게 돈을 모으는 까닭은 자신만의 이종을 갖기 위해서였다. 이종의 자연 발생은 1950년대에 멈추었다. 한때 3천 명에 달했던 개체수가 1천 명대에 멈췄다. 그리고 최근 들어선 사망한 이종이 재생하지 않아 소각 처리되는 경우가 잦아졌다. 이종의 가치는 나날이 수직 상승했다. 미티어의 회장 차유성은 주인 없는 이종 하나를 갖고 있었다. 이종의 몸값에 수수료, 무제한 사후 처리 서비스까지 포함한 패키지 금액이 2백 억이었다. 일중은 이종의 소유주를 경멸하면서도 시기했다. 누구에게도 사랑받은 적이 없어 어떤 사람도 사랑할 줄 몰랐던 일중은 이종을 통해 미지의 감정을 느껴보고 싶었다.

"머리에 솜만 찼나? 미티어가 너 같은 변절자를 살려둘 리 없잖아. 볼일 끝났으니 나가줘. 나 가운 벗을래."

일중의 시선이 교임을 떠나 수경에게로 향했다. 그녀가 가운의 앞섶을 풀었다.

"난 인간이야. 지문도 있고 사진도 찍히고 진짜 주민번호도 있지. 마음만 먹으면 오늘이라도 외국으로 떠버릴 수 있단 얘기라고. 그러니 다시는 협박……."

수경이 가운을 완전히 벗어버리고 몸을 돌리자 일중이 도망치듯 방을 나섰다.

"동료가 죽었다잖아! 일중 씨가 사람 좋기 망정이지, 나라면 오자마자 귀싸대기 올려붙였어. 그리고…… 너도 죽을 뻔했잖아."

"친일파가 왜놈 죽는다고 슬플까? 말이 되는 소릴 해. 그리고 우린 죽는 게 아니라 소멸이지. 그 편이 깔끔해서 좋아. 제발 차별화하자고."

변종은 자살을 하면 시체가 되지만 타살당하거나 자연사하면 한 양동이의 해수가 되어버린다. 염이나 화장 같은 장례도 필요 없었다. 대걸레 하나면 깨끗이 비워지는 소멸이 수경은 두렵지 않았다.

"아직은 소멸할 때 안 됐어. 그러니까 가방에 미리 침통 넣어놔. 안 그러면 여기서 계속 버틸 거야. 나 말 많고 방귀도 많이 뀌는 거 알지? 같이 있기 싫잖아. 빨리 침통 챙겨."

교임이 스탠드 아래에 놓인 침통을 가져와 수경에게 내밀었다. 침통은 수경의 마지막 소유주 정춘의 유품이었다. 요즘도 그녀는 영화에 박해일이 나올 때마다 춘의를 떠올렸다. 가늘고 긴 눈과 붓으로 먹을 찍어 한 호흡에 그린 듯 간명한 코와 입술이 퍽 닮았다. 수경은 침통을 손바닥 사이에 넣고 지그시 눈을 감았다. 맥박이 뛸 때마다 침통 안의 침들이 톡톡, 튀는 소리를 냈다. 춘의는 그런 식으로 사람들 맥을 잡는 침의였다.

춘의와 맺어진 날이 아직도 어제 같았다. 1960년 춘의의 아버지가 결핵으로 급사하자 상속은 은밀하고 황급하게 치러졌다. 소유주와 이종의 첫 만남은 약식 혼례와 비슷한 승계식으로 시작했다. 망자의 시신이 입관하기 전 둘의 연분을 맺어야 했다. 일꾼들은 별당의 4면을 검은 천으로 가리고 네 그릇의 씨앗과 네 그릇의 과일, 향이 다른 술 두 병, 아무것도 넣지 않고 종이처럼 부쳐낸 밀전을 직교자상에 놓았다. 승계식을 주관하는 건 선친의 형제나 사촌이었다. 춘의와 수경의 승계식은 삼척에 사는 큰아버지가 참례했다. 둘은 검은 두건으로 눈을 가리고 예도를 따랐다.

"십 년이요."

작은아버지가 그릇에 담긴 조, 밀, 수수, 깨를 한 숟가락씩 떠 수경의 입에 넣어주었다. 시신에 염을 하는 모습과 크게 다르지 않았다.

"백 년이요."

숟가락이 수경의 입안에 들어갈 때마다 집안의 번성을 축원하는 추임새가 붙었다.

"천년, 그리고 만년이요. 정 가네 번성하세."

예도대로라면 수경은 입안에 들어온 씨앗을 씹지 않고 삼켜야 했다. 겨우 곡식을 넘긴 뒤엔 산딸기와 참외, 수박, 복숭아가 한 입 크기로 들어왔다. 참외를 씹지 않고 삼키는 일이 곤욕스러워 수경이 사레가 들고 말았다.

"백부, 간소하게 합시다. 정말 이런 절차가 필요하긴 합니까. 여인이 힘들어 하잖소."

수경이 불편해하자 춘의가 큰아버지의 바짓가랑이를 당겼다.

"경을 칠 소리 헌다. 저것한테 벌써부터 휘둘리면 어쩐단 말이냐. 네 아버지가 물러서 저것이 우리 재산을 많이도 탕진했다. 자결을 하는 한이 있더라도 안 되는 건 안 된다고 가르쳐야지."

큰아버지는 단호했다. 기침이 잦아들지도 않았는데 수경의 턱을 손으로 당겨 입을 벌리고 다시 참외를 떠 넣었다. 바닥을 짚은 수경의 손이 바들바들 떨렸다. 지난 생엔 중년의 후덕한 부인네였지만 이번 생은 솜털이 채 벗어지지 않은 20대였다. 새로운 육신에 맞춰 마음도 여려져 큰아버지의 꾸지람이 무서웠다.

"내 것이니 내 말 들으란 거잖소. 제기에 혼례복에 과일까지 죄 거간꾼 배만 불려주는 잔치는 그만하겠소."

춘의는 두건을 벗었다. 비단소복 차림의 수경이 우악스러운 손에 못 이겨 입을 벌리는 게 보였다. 그는 큰아버지를 밀어내고 수경의 두건도 벗겼다. 말린 장미처럼 발긋한 눈에 눈물이 그득 고였다. 춘의는 상복 호주머니에서 침통을 꺼냈다. 참침 하나를 뽑아 수경의 무지와 검지 사이에 찔러 넣었다. 거스러미 없이 매끈한 입술이 벌어지며 나른한 신음이 흘렀다. 침이 들어간 자리에서 검붉은 피가 솟아났다.

"네 이놈, 부정 타게 뭐하는 짓이냐? 차린 음식을 먹고 삼배한 다음에 상견해야 동티가 없단 말이다. 앞으로 집안에 망조가 들면 다 네놈 탓인 게야. 응?"

큰아버지가 호통을 쳤지만 춘의의 귀엔 들리지 않았다. 그는 방금 제 것이 된 이종에게 온 마음을 빼앗겼다. 종다리에 앉은 잠자리를 잡을 때처럼 수경의 손등을 어루만지는 그의 손길이 조심스러웠다. 어제까지만 해도 별당아씨로 불리던 거북한 존재가 이제는 종교가 되어버렸다. 인간이 신의 육체를 탐하지 않듯, 춘의는 수경을 아끼고 사랑하되 만지고 핥고 깨물지 않기로 마음의 맹세를 했다.

선친의 장례식 내내 수경은 상주인 춘의와 함께했다. 큰아버지는 이종을 밖으로 내돌리면 언놈이 채갈 줄 아느냐고 성을 냈다. 종래에는 춘의 이종이니 그의 결정을 따르는 수밖에 없었다. 그게 대대로 내려온 이종 소유주에 대한 예법이었다. 식이 끝나고 삼척에 내려가기 전, 큰아버지는 춘의 이름 옆에 감출 장(藏) 자를 쓰려고 족보를 꺼냈다. 이는 이종이 누구로부터 누구에게 승계되었는지를 표시하기 위한 일이었지만 춘의는 이 또한 허락하지 않았다.

"이런 상놈의 자식을 보았나. 네 멋대로 할 거면 의절이다. 우리 가문의 쌀 한 되, 흙 한 줌도 줄 수 없어!"

큰아버지는 춘의의 머리끄덩이를 잡아 넘어뜨렸다. 춘의는 선친 명의의 집과 땅, 국채를 모두 큰아버지에게 넘기기로 했다. 거절하기엔 너무 큰 재산이었다. 그는 핏발 선 눈으로 춘의와 수경을 일별하고 삼척으로 떠났다.

"봤어? 방금 내가 가부장을 끝냈네. 백부가 떠나셨으니 이제 자네하고 나는 자유야."

춘의는 흐뭇한 얼굴로 이삿짐을 꾸리느라 바빴다. 춘의의 선친은 수경을 매우 아꼈으나 별당 문을 밖에서 잠가야 했다. 삼척 큰아버지가 보낸 일꾼들이 서슬 퍼런 눈으로 감시한 탓이었다.

"당신 지금 무슨 짓을 했는지 알아?"

근심스러운 마음에 수경이 보따리를 발로 찼다. 이종 소유주에겐 부와 명예가 따른다는 옛말이 있었다. 하지만 애당초 생면

인간보다 인간적인

부지의 남, 그것도 인간이 아닌 기이한 생물을 먹이고 입힐 수 있는 가문은 이미 부자였다. 이제 춘의에게 남은 것이라곤 침통과 수경뿐이었다. 가난이 불러오는 크고 작은 불편과 마찰은 머지않아 수경에게 자살 충동을 불러올 게 뻔했다.

"지레 걱정하지 마. 아버지만큼 부자는 아니지만 내 돌팔이도 아니니까."

춘의의 집안은 어의가 둘이나 있었고, 후손들도 대대로 이름난 한약사였다. 그런데 한의대를 중퇴한 춘의는 침술까지 유별났다. 둘은 경기도 이천에서 고양으로 이사해 철길 앞에 '봄뜻한약방'이라는 가게를 냈다.

"춘의 당신, 진짜 봄 춘 자에 뜻 의 자야? 이름이 봄의 뜻이라고?"

수경은 약방에 달린 작은 살림방에서 춘의가 까주는 사과를 받아먹었다.

"어머니가 나 낳고 섣달그믐에 돌아가셨어. 내가 백일이 되는 봄까지는 살고 싶다고 그리 지으셨대."

"그분 돌아가신 거…… 나 때문이야?"

수경의 물음에 춘의는 고개를 가로저었다. 하지만 그의 어머니는 산후열로 죽은 게 아니었다. 한약과 침으로도 고칠 수 없는 우울증 때문이었다. 별당과 한약방만 오가는 남편, 그리고 별당아씨에 대한 울분은 출산 후 더욱 거세졌다. 춘의도 중학생이 되어서야 주워듣게 된 비사였다.

"어떻게 소문이 났는지 환자가 많아. 내일부턴 자네가 도와줘야 꾸리겠어."

이종의 특성 때문인지, 아니면 춘의의 솜씨 덕분인지 한약방은 금세 환자가 들끓었다. 조제를 하고 침을 놓는 건 춘의가 맡았고, 탕약을 끓이고 돈을 받는 건 수경의 일이 되었다. 인간사에 뛰어든 이종은 수경이 처음이었다. 처음엔 화려한 양단 저고리에 분칠을 하고 나갔지만 손과 발이 바빠지자 저절로 편한 복장을 찾게 되었다. 수경은 한복과 양장을 장롱에 넣어두고 나일론 바지와 블라우스에 앞치마를 둘렀다. 화장을 하지 않아도 그린 듯 곱다는 얘기에 흥이 났다. 남이 먹여주고 재워주고 잠자리 날개 같은 옷만 입던 별당아씨 시절의 기억이 잠결에 누가 들려준 옛날이야기처럼 아득히 멀어졌다.

수경은 잠들기 전 거칠어진 손등을 바라보다 어쩌면 자신도 모르는 사이 인간이 되어버린 건 아닐까 의심했다. 그녀가 아는 한 이종은 고통과 수치를 오래 견디지 못한다. 분명 드센 환자를 만나면 마음이 상했고, 뜨거운 약탕기를 옮기다 살이 데는 일도 흔했다. 이렇게 몸과 마음이 고된데 죽고 싶다는 생각이 들지 않는 게 이상했다.

인간보다 인간적인

"춘의, 혹시 나 모르게 이상한 약 먹인 거 아니야?"

수경은 춘의가 의술을 발휘해 자신을 인간으로 바꾼 건지 모른다고 생각했다. 한여름, 아직 뜨뜻한 우물물을 길어 수경의 몸에 끼얹어 주던 춘의가 두레박질을 멈췄다.

"맞지? 당신이 날 인간으로 만든 거지? 진짜 명의였네."

수경은 달빛 아래 창백하게 서 있는 춘의를 젖은 몸으로 안았다.

"자네의 음식에 간을 맞춘 소금을 인염이라고 이름 지었어. 그리고 자네는 아직 이종이야."

약이 아니라 소금이라는 대답이 돌아왔다. 수경이 춘의에게서 몸을 뗐다.

"아니야. 이종이면 벌써 죽었지. 우린 손바닥에 굳은살이 박이는 거 못 참아."

춘의는 수경의 몸을 수건으로 닦아주고 부엌으로 들어갔다. 그가 간장종지에 녹색 소금 한 숟갈을 담아왔다.

"고서적을 찾다 보니 알아낸 게 있어. 그 인염에 이종의 상처를 치료하는 성분이 들었대. 자네들은 걸핏하면 자살을 해버리니 몰랐겠지만 살성이 나빠서 이게 없으면 낫지를 않아."

그러고 보니 수경은 여러 생에 걸쳐 크고 작은 상처를 입었다. 그때마다 소유주는 뜸을 뜨고 약초를 붙여 주었지만 결국 깨끗이 아문 적이 없었다.

"인염 때문에 내가 힘들어도 자살을 안 한다는 거야?"

수경은 궁금한 게 많았다. 대체 어디서 이런 소금을 얻었는지, 왜 자살 욕구를 잃었는지, 우린 어디에서 왔는지.

"아니, 스스로 통제할 수 있었던 거야. 그건 인염 없어도 가능해. 자네가 삶을 선택했어. 다른 소유주들도 알아야 해. 이종에게 선택권을 주면 죽지 않는다는 걸 가르쳐야지."

수경은 약방 천장에 매달아놓은 녹용 주머니가 머리에 쿵 떨어진 것만 같았다. 인간처럼 살면 거의 인간이 된다는 사실이 당혹스러웠다.

"누가 춘의 말을 듣겠어. 다들 부자 되려고 이종 끼고 사는 거잖아. 선택권을 주면 우리 다 도망가게?"

"자네는 도망가지 않았잖아. 다른 소유주도 우리처럼 살 수 있어. 김, 이, 박, 최, 조 씨들 족보를 모았어."

거기 감출 장 자가 적힌 사람들을 찾아가 마음을 돌릴 생각이었다. 수경에겐 불가능한 일로 보였다. 하지만 춘의는 포기하지 않았다. 그는 소유주들에게 편지를 쓰고, 교환원을 통해 전화를 걸고 직접 찾아가기까지 했다. 대부분의 소유주들은 춘의 큰아버지처럼 그를 정신 나간 몽상가로 치부했다. 하지만 아주 헛수고는 아니었다. 이종을 상속할 자녀가 없는 몇몇 소유주가 춘의

인간보다 인간적인

와 뜻을 같이했다.

"의원님 계시오?"

수경이 춘의와 함께 산 지 10년쯤 되었을 때 한약방으로 여자
두 명이 찾아왔다. 한 사람은 여자치고 기골이 장대하고 부리부
리한 눈에 남성용 수트를 입었고, 또 한 사람은 30대 중반의 멋
쟁이 여자였다. 자정이 가까운 터라 수경은 잠이 들었고, 춘의 혼
자 두 여자를 맞았다. 한약방 앞에 포드 그라나다 한 대가 서 있
었다. 집 한 채 값을 넉넉히 넘는 고급 수입차였다.

"진료가 끝났으니 내일 오시면 좋겠습니다."

그 무렵 고질적 기침에 시달리던 춘의는 칼락거리며 둘에게
공손히 머리를 숙였다.

"저 박순애입니다. 그리고 여기 이 아이가 교임이지요."

여자의 말에 춘의는 그녀의 손을 덥석 잡고 한약방으로 돌아
왔다. 물을 끓여 차를 우리고 연탄불의 화력을 높인 다음 춘의는
두 여자와 마주 앉았다. 그와 순애는 한동안 말없이 서로를 바라
보며 눈물을 흘렸다. 그제야 부스스 잠에서 깬 수경이 쪽문을 열
고 한약방을 내다봤다.

"춘의, 저 사람들 누구야?"

수경이 내복 위에 카디건을 걸치고 춘의 옆에 다가앉았다.

"서울에서 오신 박 씨 가문의 소유주와 이종 박교임 씨야."

춘의가 눈물을 훔쳐내며 대답했다. 수경의 시선이 교임을 향했다. 잘 꾸몄지만 눈가가 퀭하고 뼈대가 가늘어 병약한 인상의 미인이었다.

"저 아이가 수경이군요."

이번엔 순애가 입을 열었다.

"제가 고생을 많이 시켜 고운 태가 많이 사라졌어요. 미안한 일이죠."

춘의가 수경의 거친 손등을 애처롭게 매만졌다.

"저도 우리 교임이 많이 괴롭혀요. 요즘은 비서로 쓰고 있습니다. 아버지가 살아 계셨으면 아마 계집년이 박 씨 가문을 다 말아먹는다고 극약이라도 먹이셨겠죠."

순애는 거대 학교법인 정성학원을 운영했다. 부친을 여의고 그의 이종이었던 교임을 상속받았다. 그리고 춘의로부터 편지와 전화를 받으며 몇 날 며칠 잠을 설치다, 그와 뜻을 함께하기로 결심했다. 순애의 아버지는 유언으로 교임이 자살하면 자신의 묘지 곁에 묻었다 반드시 일주일 안에 봉분을 파헤치라고 당부했다. 그리고 당신이 지금껏 교임을 관리해 온 방법과 요령을 책으로 남겼다. 책이 시키는 대로 했다면 교임은 지금쯤 펜트하우스에 갇혀 있을 터였다. 아무리 진귀한 음식과 사치품으로 달래도 3년을 넘기지 못하는 교임의 자살 주기는 어느덧 5년을 넘겼다.

인간보다 인간적인

"박교임 씨는 요즘 죽으려는 시도 없죠?"

"정 선생 말대로 일선에서 일도 가르치고 회의도 참석시키고 출장도 보냈더니, 입으론 불만인데 속으론 싫지 않은 모양입니다."

순애가 사내처럼 호탕한 웃음을 터트리며 교임을 바라봤다. 그림처럼 온화한 미소만 짓던 교임이 입술을 샐쭉댔다.

"순애 씨, 나 속으로도 불만 많아. 당신 스케줄이 좀 빡빡해? 약한 몸으로 따라가는 거, 닭한테 소 낳으란 거야."

순애는 짱알거리는 교임이 귀여워 그녀의 손등에 입을 맞췄다.

"여기서 추태 부리지 말고, 정 선생한테 의논하겠다는 그거나 말해."

교임이 슬그머니 손을 빼 팔짱을 끼고 춘의를 바라봤다.

"무슨 걱정이 있으십니까?"

춘의가 물었다. 순애는 아랫입술을 자근거리다 후, 길게 한숨을 쉬었다.

"아버지가 친구와 언약해 놓은 사윗감이 있어요. 상대는 저한테 이종이 있다는 것도 알고 있어요. 내년에는 식을 올려야 합니다. 우리 교임이를 상속할 자식을 생산해야 하니까요. 아버진 이종이 부의 원천이라고 믿는 분이셨어요."

춘의와 순애는 자신들 대에서 이종 상속이 끝나야 한다고 생각했다. 비록 자신들이 죽고 나면 변종이 되어 긴 세월을 버텨야 할 테지만 지금처럼 직업을 갖고 성실히 노력하면 보통의 사람들과 구분하기 어려울 터였다. 그런데 순애에게 아이가 생기면 다시 상속의 굴레로 들어가야 한다는 얘기였다.

"간섭할 친척이 없으시니 거절할 수도 있잖습니까?"

춘의가 물었다.

"혼인신고는 아버지 사망 전에 끝냈어요. 간신히 식만 미루고 지냈는데, 이제 낭떠러지 끝에 왔지요. 날 받아놓고 보니 미치고 환장하겠어요."

순애의 자궁엔 이미 구리로 만든 피임 장치가 들어 있었다. 남편감인 장인철은 교임이 그들 가문에 부와 명예를 가져다주는 존재라는 걸 알고 있었다. 딸인 순애는 이종 자유주의자가 됐지만 인철은 장인의 유지를 받들 것이 틀림없었다.

"일단 식은 올리시죠."

침통을 만지작거리던 춘의가 입을 열었다.

"그 남자는 다시 교임이를 가둬버릴 겁니다."

"휘둘리지 않으려면 남편보다 더 큰 권위 위에 오르세요. 그것만이 두 분 다 무사무탈한 길입니다."

순애가 고개를 끄덕였다.

"노력해 보겠습니다. 그리고 이건 어렵게 구한 양약입니다. 서독에서 건너온 것이니 차도가 있을 겁니다."

순애는 앞으로 버텨내야 할 날들이 아득했지만, 교임 앞에서 무너질 수 없었다. 그녀가 검정색 보스턴백을 춘의에게 내밀었다.

"어디서 구한 물건입니까?"

순애는 좀처럼 입이 떨어지지 않았다. 춘의가 알면 질색할 만한 가문에서 얻어낸 약이었다. 며칠 전 거간꾼 차 씨의 아들 유성이 약 꾸러미를 들고 집을 찾아왔다. 아비인 차 씨는 피마자기름에 황백과 어성초를 개어 넣은 물약을 소 한 마리 값에 팔았다. 효과도 없는 싸구려 기름이 수십 년간 유통된 것은 기댈 곳 없는 소유주들의 간절한 마음 때문이었다. 그러나 아들 유성은 왜인지 무상으로 약을 뿌렸다. 독일어나 영어가 적힌 수십 개의 연갈색 약병 중엔 결핵 치료제도 들어 있었다. 유성은 그걸 춘의에게 전해 달라고 부탁했다.

"출처가 어디든 약효만 있으면 되는 거 아닙니까?"

춘의는 순애의 난처한 표정을 보곤 보스턴백을 도로 밀어냈다.

"그들의 농간에 넘어간 거요?"

노여워 언성을 높인 춘의가 가슴을 움켜쥐었다. 그의 목덜미와 가슴팍에 미세혈관이 잎맥처럼 도드라졌다. 갓 스무 살에 거간꾼이 된 차유성은 자기네와 거래를 트지 않은 소유주들을 물어물어 찾아다녔다. 그러곤 철마다 새 옷을 지어 보내고 때마다 과일과 고기, 구하기 힘든 치료제를 안겼다. 정성에 마음이 기운 이종 자유주의자 몇은 몹시 글씨가 작고 이해하기 힘든 문서에 인감도장을 찍었다. 춘의는 유성의 뭉근한 인내 뒤에 치근한 속내가 숨어 있다는 걸 알아차렸다.

"진정하세요. 제가 그럴 리 있겠습니까? 다만 고비는 넘기셔야 하니 약을 얻었을 뿐입니다. 얻었다기보단 빼앗았다고 봐야겠지요."

사실이었다. 순애는 거간꾼의 아들 유성의 선물을 단호하게 거절했다. 그러나 날로 병색이 짙어 주변 정리를 시작한다는 춘의를 뒷짐 지고 지켜볼 수는 없었다. 그녀는 경호원을 시켜 유성을 흠씬 두들겨 팬 뒤 약이 든 가방을 빼앗았다. 그의 양복저고리 주머니에 두둑한 약값을 찔러주었으니, 서로 불만 없는 거래였다고 생각했다.

"장물이라면 더더욱 받을 수 없습니다. 가져가지 않으면 내가 버리겠소."

"정 선생님!"

순애는 병색으로 파리한 춘의가 진심으로 걱정스러웠다.

"이제 일어나시지요."

춘의가 먼저 자리에서 일어섰다. 마지못해 따라 일어선 순애에게 수경이 다가갔다. 그러고는 보스턴백 손잡이를 움켜쥐고 큰 눈을 한 번 껌뻑 감았다. 춘의가 순애 일행을 배웅하는 사이,

인간보다 인간적인

수경은 보스턴백에 든 약병을 꺼내 찬장에 숨겼다.

"부디 평안하시길 바랍니다."

순애가 인사를 건네고 보조석 문을 열어 교임을 실었다. 수경이 빈 보스턴백을 순애에게 건넸다.

"여자 홀몸으로 권력과 금력을 거머쥔다는 게 쉬운 일이 아닐 게요. 할 일이 많을 겁니다. 부디 굳세지시길."

굳세지라는 춘의의 말에 순애는 꾹꾹 눌러놓았던 눈물을 왈칵 쏟았다. 소유주들의 사랑은 모성애와 다르지 않았다. 순애 역시 교임을 위해서라면 못할 일이 없었다. 그녀는 성대한 결혼식을 올렸고, 자신의 이종인 교임에게 피아노 연주를 맡겼다. 교임을 바라보는 신랑 장인철의 표정은 흥분되어 있었다. 가문 대대로 의사 집안이고, 자신 또한 명망 높은 의사인 그에게 이종의 시신을 직접 해부해 볼 기회가 다가왔기 때문이었다. 그러나 끝내 인철의 바람은 이뤄지지 않았다. 순애가 여당의 천거를 받아 교육감에 선출되었고, 그녀의 선거 전략 실장이 교임이었다. 결혼과 동시에 둘은 선거 유세에 바빴으며 당선 후엔 사택으로 들어가 좀처럼 외부 활동을 하지 않았다. 그리고 집요하게 장인철의 뒷조사를 하여 장 씨 가문의 의료재단 비리를 끄집어냈다. 한 번도 결합한 적 없는 부부의 이혼이 그렇게 매듭지어졌다.

그 무렵 춘의의 병세는 악화되었다. 발작적인 기침 끝에 피가 섞여 나오기도 했다. 바싹 야윈 춘의는 불혹의 나이였지만 노인처럼도 보였다.

"수경이 자네, 침 한번 놓아볼래?"

저녁상을 물리고 자리를 편 춘의가 윗옷을 벗었다.

"약은 마다하더니 침은 왜?"

수경이 뿌루퉁한 얼굴로 춘의를 바라봤다.

"자네 솜씨 구경 좀 하려고."

"어깨너머로 배운 돌팔이한테 뭘 믿고 몸을 맡겨? 무슨 병인지도 모르면서."

그릇을 물에 담그고 돌아온 수경이 떨떠름하게 물었다. 그간 춘의에게 침놓는 기술을 배우긴 했지만 서툰 솜씨로 고쳐질 병 같지 않았다. 수경은 양의원에 가서 엑스레이도 찍어보고 서독 약도 먹어보자고 설득하는 중이었다.

"못할 게 뭐야. 요즘은 나보다 자네한테 맞고 싶어 하는 환자도 있는데. 장실침을 쓰세."

춘의가 이부자리에 누워 자신의 갈빗대 안쪽을 손가락으로 꾹 눌렀다. 뼈에 가죽을 도배한 양 앙상한 배가 가쁘게 들썩거렸다.

"나 아무래도 못하겠어. 거긴 간이 있잖아. 장실침 들어가면 터질지도 몰라."

수경이 인상을 찌푸리고 돌아앉았다.

인간보다 인간적인

"아니야. 여긴 간이 아니라 폐가 있어. 그리고 잘만 꽂으면 터질 일도 없지. 폐를 둘러싼 막만 훑고 나올 수 있어."

그럼에도 수경은 마다했다. 결국 춘의는 스스로 장실침을 꽂았다. 아플 법도 한데 그의 표정은 우물물처럼 잔잔했다. 이윽고 침을 두 바퀴 돌려 뽑아냈다. 살이 닿은 침의 표면이 아주 진한 푸른빛을 띠었다.

"이럴 리가 없잖아. 줘 봐. 침 색이 왜 이래?"

수경이 전구를 밝히고 장실침을 꼼꼼히 뜯어보았다.

"염증이 묻어나온 게야. 그럼 이렇게 침이 퍼렇게 부식되어 나오지."

어느새 윗옷을 걸친 춘의가 수경 옆에 앉았다.

"당신은 소아마비도 고쳤고, 간질도 고쳐봤잖아. 정확히 무슨 병이야? 어?"

춘의의 병명은 결핵이었다. 명의인 그는 자신이 죽는 날을 헤아릴 수 있었다. 운이 좋으면 6개월, 나쁘면 3개월이었다. 그는 죽음에 이르기까지 자신이 어떤 병을 앓고 있으며, 그 병이 얼마나 뿌리 깊은지 말하지 않았다. 그보다 더 중요한 일이 많았다. 그는 수경을 안심시키느라 십전대보탕을 끓여 조석으로 마셨다. 병세가 나날이 악화되자 춘의는 수경과 각방을 썼다. 가슴이 빠개질 듯 아픈 날엔 객혈을 왈칵 쏟기도 했다. 그래도 환자를 맞이했고, 아무렇지 않은 척 수경의 식사를 챙겼다.

이제 춘의는 일주일에 한 번만 한약방을 열었다. 대체로 죽은 듯 잠을 잤고 깨어 있을 때는 고서를 뒤졌다. 말린 명태처럼 야위고 오그라드는 춘의를 지켜보는 수경의 마음은 감자를 찐 냄비처럼 타들어갔다. 그녀는 부엌 찬장에 숨겨놓은 약병을 꺼냈다. 안엔 길쭉한 흰색 알약이 가득 들어 있었다. 마개를 열고 완충재로 채워 넣은 솜을 꺼낸 다음 돌절구에 약을 쏟았다. 준 사람이 누구든 병을 고칠 수만 있다면 마다할 이유가 없었다. 대쪽 같은 춘의 대신 갈대 같은 수경이 움직일 때였다. 그녀는 곱게 빻은 알약을 춘의가 마실 미음과 탕약에 섞었다.

그로부터 넉 달이 흐른 어느 날, 춘의는 몸이 가뿐해진 걸 느꼈다. 오랜만에 기운이 나 내년 겨울에 쓸 연탄을 주문해 연탄광을 채웠다. 씩씩하게 밥그릇을 비우고 덥수룩한 머리도 말끔히 잘라냈다.

"춘의, 당신 다 나았구나. 역시 이렇게 될 줄 알았어."

수경이 수건으로 젖은 머리를 터는 춘의를 끌어안았다. 몰래 먹인 양약 덕분에 기적이 일어났다고 믿었다. 춘의가 해골 같은 몰골로 아련하게 웃어 보였다. 그는 이 알 수 없는 힘의 근원이 태풍의 눈이라는 걸 알았다. 죽음 직전에 반짝하는 단 하루였다.

"오늘은 자네도 멋 좀 부리면 어떨까?"

인간보다 인간적인

그는 봄뜻한약방을 닫고, 수경에게 기차 여행을 가자고 청했다. 왜인지 한껏 들뜬 춘의의 부탁에 수경도 흥이 났다. 둘은 기차를 타고 시와 도의 경계선을 넘었다. 그리고 버스를 갈아탄 다음엔 택시로 옮겨 한참을 달렸다. 논과 밭이 서서히 멀어지고 황량한 들판이 다가왔다.

"난 온천 유람 가는 줄 알고 땟수건까지 챙겨 왔는데, 여기가 어디야?"

수경은 볼품없는 시골 들판을 지루하게 바라봤다.

"저 앞에 보이는 야트막한 산이 인영못을 품고 있지."

춘의가 밭은기침을 하며 차창을 열어 손가락을 뻗었다. 산이라고 하기엔 낮고, 언덕이라고 하기엔 험준해 보이는 구릉이 보였다.

"우리 고향이라고 말하던 거기?"

수경은 택시기사가 신경 쓰여 말을 흐렸다.

"다쳐서 죽는 것도 자연사지만, 그건 너무 혹독하지 않아? 난 자네가 오래 살았으면 좋겠어. 그래서 학대받는 자네 동족에게 자유를 줬으면 해. 인염으로 변종들에게 보시도 하고……."

춘의가 말을 맺지 못하고 격하게 기침을 터트렸다.

"춘의, 왜 그래? 아침까지 말짱했잖아. 다 나은 거 아니었어?"

바지와 택시의 시트를 적실 만큼 많은 양의 객혈이 흘러나왔다. 수경은 그의 수명이 다했다는 걸 본능적으로 느꼈다. 차가 피로 더럽혀지자 겨우 스무 살을 넘겼을까 싶은 젊은 택시기사가 운전을 멈췄다.

"에라, 폐병쟁이였네. 야, 너희 내려. 안 내리면 송장 만들어 버리고 간다?"

공교롭게도 지역명과 자기 이름이 같은 택시기사는 성격이 불같았다. 그는 우악스러운 손길로 춘의를 끄집어내 바닥으로 메꽂았다. 수경도 택시 문을 열고 나가 흙바닥에서 구르는 춘의를 끌어안았다. 그러고는 양철 드럼처럼 동그랗게 솟아난 바위에 춘의를 기대 앉혔다.

"부축해 줘. 자네한테 인영못을 보여줘야 해."

이미 눈빛이 탁해진 춘의가 쌔액쌔액 불길한 숨소리를 냈다.

"춘의 너는 나쁜 인간이구나. 천하에 다시없는 말종이었어. 내가 혼자 남을 걸 알았잖아. 어떻게……, 어떻게 치료 받고 살아날 생각을 안 한 거야! 왜 그리 미련을 떤 거냐고. 당신 이종 정수경이 중하지, 남의 이종 자유가 어째서 더 중해? 당신이 할 일을 나한테 떠넘기면 어쩌잔 얘기야!"

수경은 춘의의 어깨를 흔들며 원망했다. 양약 몇 알로 나을 병이 아니었다. 그는 마지막 힘을 짜내 수경의 손을 잡았다.

"미안허네."

인간보다 인간적인

네 음절의 말에 피가 올칵 솟아났다. 수경은 슬픔과 배신감에 춘의에게서 손을 뗐다. 그리고 하이힐을 벗어 하나씩 손에 들고 택시가 사라진 길을 따라 걸었다. 수경은 춘의가 미웠다. 그녀를 사랑한다면 마지막을 준비할 게 아니라 조금이라도 더 곁을 지켰어야 했다. 죽을 날을 받아놓고 숙제까지 남길 거면서 한마디 내색하지 않은 그 마음이 헤아려지지 않았다.

　"미안하면 어떻게 해서든 다시 살아나. 안 그러면 당신 부탁 절대 못 들어줘. 이종들 쫓아다니며 다 튀쳐 나오게 만들 거야. 혼자 살지도 못하는 배냇병신들을 내가 왜 지켜줘? 난 당신이 죽으면 우리 종족들 씨를 말려버릴 테야. 알겠어? 알겠냐고!"

　서른 걸음쯤 걷다 수경은 몸을 돌려 춘의를 바라봤다. 그는 바위에 기댄 채 꼼짝 않았다.

　"비겁한 인간아, 물었으면 대답을 해. 어떻게든 다시 살아나서 내 얼굴 보며 얘기해 보라고."

　수경이 울부짖었다. 그녀는 체온이 서늘하게 식는 걸 느꼈다. 이종의 체온은 인간보다 높은 38도였다. 변종은 인간보다 낮은 34도다. 수경의 체온이 식는다는 건 소유주가 사망해 변종이 되었다는 의미였다. 그녀가 돌아서 서너 걸음 떼었을 때 춘의의 숨은 멎었다.

　"이 개자식! 육시를 해도 모자랄 자식!"

수경의 슬픔은 분노와 구분하기 어려웠다. 그녀의 고함에 마지막 순간까지 수경을 바라보느라 부릅뜬 춘의의 눈이 서서히 감겼다. 콧등에 올린 안경이 스르르 떨어지고 다정하게 올라붙었던 입술도 벌어졌다. 수경은 하이힐을 내던지고 춘의에게 돌아갔다. 그의 몸에선 여전히 익숙한 체취가 풍겼다. 떨리는 손으로 침통을 연 수경은 참침을 꺼내 귓불을 사혈했다.

"개라도 살릴 거야. 육시를 해도 붙일 거야. 정춘의 기다려봐. 내가 분해서라도 당신 그냥은 못 보내. 괘씸해서 안 되겠어!"

생전 춘의는 잘만 사혈하면 죽을 고비도 넘긴다고 했다. 그가 일러준 혈자리였지만 피가 솟아나지 않았다. 그러나 포기할 수 없었다. 수경은 눈물과 콧물을 흘리며 춘의의 몸 곳곳에 침을 꽂았다. 종래에는 침조차 파고들지 못할 정도로 피부가 단단히 굳어버렸다. 그러는 사이 해가 뉘엿해졌다. 인영못을 담은 산에서 여인이 흐느끼는 소리가 밤새 들렸다.

"이제 내 편은 세상에 나밖에 없어졌네? 나한테 아주 진정한 자유를 선물하셨어, 씨발. 고마워서 따라 죽고 싶네. 그치만 나도 계획이 있어. 절대 당신이 바라는 대로 곱게 살다 편안히 죽지 않을 거야. 나는 당신 부탁을 들어줄 수 없으니까. 앞으로 인간과 이종 사이를 끊는 게 내 생존의 의미겠지. 나한테 없는 건 남들한테도 없어야 해."

인간보다 인간적인

수경은 마른 흙으로 더럽혀진 발에 하이힐을 끼워 신었다. 시
내에서 차로 한 시간 넘게 달렸으니 아마도 새벽녘에야 돌아갈
수 있을 터였다. 그녀는 침통을 챙겨 일어섰다. 그러고는 춘의의
시체를 바위 곁에 남겨두고 동쪽으로 걸었다. 4월이었지만 밤바
람이 차가웠다. 인염 덕에 질병으로부터 자유로웠던 수경이 부
러 춘의를 흉내 내 기침을 했다.

변종 박교임

외출하려던 교임은 수경의 방에서 들리는 비명에 휠체어를 멈췄다. 수경은 매일 아침 잠에서 깨기 전 베갯잇이 푹 젖도록 울었다. 때로 오늘처럼 비명을 지르거나 죽은 소유주의 이름에 욕설을 붙이기도 했다. 그러고도 방문을 열고 나올 땐 울음기 없이 멀끔한 얼굴이었다. 어떤 꿈을 꾸는지 물은 적 없었다. 변종들 사이에선 죽은 소유주와의 추억을 입에 올리지 않는 게 암묵적인 규칙이었다.

교임은 휠을 굴렸다. 오랜만에 마음이 설렜다. 건물 2층 편집숍의 숍마스터로부터 에르메스 버킨 쉐브르 망갈로 30사이즈를 구했다는 소식을 들어서였다. 이미 다양한 소재의 버킨백이 있었지만, 장소마다 옷차림마다 필요한 핸드백이 달랐다. 현관을

인간보다 인간적인

나서 엘리베이터로 2층에 내려오자 숍마스터 레이디 황보가 기다리고 있었다. 그녀는 안경을 고쳐 쓰며 미소 지었다. 같은 건물에서 자주 만나는 사이지만 5분 40초만 지나면 이목구비가 희미해지니 매번 새로 얼굴을 익혀야 했다. 그저 휠체어를 타는 왜소한 노인이라는 이미지만으로 교임을 기억했다.

"안에 뭐 하니, 박순애 회장님 오셨는데 왜들 앉아 있어?"

황보가 휠체어를 밀고 편집숍 안으로 들어갔다. 소파에 앉아 있던 직원 두 명이 펄쩍 뛰듯 일어서서 달려 나왔다. 세상 사람들은 교임의 신분을 박순애로 알고 있었다. 그녀의 소유주였던 순애는 지난 2002년 월드컵 16강전을 보다 심장마비로 죽었다. 그녀 나이 57세였다. 춘의를 대신해 미티어에 소속되지 않은 이종 자유주의자 비밀 모임의 대표를 맡고, 후원해 온 순애의 죽음은 비밀에 부쳐졌다.

교육감 임기를 마치고 국회의원을 세 번이나 연임하는 동안 순애는 자신의 죽음 이후를 준비했다. 그의 멘토였던 춘의의 부고를 전해 들은 후 꽤나 고심한 계획이었다. 그녀는 90년대 초에 화장 시설을 인가받아 납골당과 함께 운영했다. 그 덕에 순애의 시신은 병원을 거치지 않고 재가 되어 뿌려졌다. 또 성형수술과 다이어트로 교임과 비슷한 외모를 유지했고, 지문마저 레이저 시술로 수정했다. 인간과 달리 이종의 지문은 열 손가락마다 동그란 원 한 개씩이 박혀 있는 형태였다. 순애는 진피층까지 절개해 지문을 동그라미로 바꾸고 여러 번 흉터 제거 시술을 받았다. 순애가 남긴 재산은 5천 억이 넘었지만, 그중 가장 가치가 높은 건 자신의 신분이었다. 이종이 인간의 신분을 갖게 된 경우는 그 이전과 이후에도 없었다.

"거추장스러워. 자기가 그러니까 나 진짜 중늙은이 된 거 같잖아. 아직 그 정돈 아냐. 우리 쉽게 갑시다. 가방 보여줘요."

교임의 부탁에 황보가 직원에게 눈짓을 보냈다. 새 장갑을 꺼내 손에 낀 직원이 유리 케이스 아래 금고를 열어 회갈색 가방을 꺼냈다. 교임이 황홀한 표정을 지으며 휠체어를 굴렸다.

"세상에, 넌 어쩌면 그렇게 생겼니? 이름이 에르메스 아니면 어쩔 뻔했어? 진짜 관상 보고 이름 지었나봐. 황보 마스터, 트윌리 하나 수경이한테 어울리게 골라서 묶어서 포장해 줘."

마음은 자신이 들고 싶었지만 외출할 데가 없는 처지였다. 장소와 옷차림에 맞춰 핸드백을 바꿀 사람은 인염의 주인 수경이었다. 한때는 로로피아나 코트에 버킨백을 들고 이사회와 국회를 드나들던 교임은 몇 차례의 교통사고와 낙상을 겪으며 집 안에 주저앉고 말았다.

"따님은 언제 봐도 대학생 같아요. 제가 여기서 일한 지 12년째니까 벌써 30대 중반일 텐데요."

인간보다 인간적인

레이디 황보는 건물주가 교임이었을 때 입주했다. 그때 무심한 얼굴로 몇 번 스친 수경의 이미지를 기억했다. 대학 다니는 딸이라는 얘길 들었지만 십수 년이 흐른 지금까지 졸업을 했단 말도 취업을 했단 얘기도 듣지 못했다. 늘 같은 체형에 젤리처럼 탱탱한 피부를 유지하는 것도 놀라웠다. 요즘 부유층 사이에 유행한다는 아기주사를 맞는지도 모르겠다고 생각했다.

"세상에! 누가 들으면 믿겠다. 우리 애가 무슨 30대야. 재작년에 고등학교 졸업하고 1년 재수해서 이번에 약대 들어갔다니까. 접때 자기가 축하한다고 루이비통 파우치 선물했잖아. 그걸 잊었어?"

교임은 생각나는 대로 지껄였다.

"어머, 맞다! 그때 회장님이 입은 옷도 생각나요. 빨간색 펜디 스웨터에 베레모 쓰셨잖아요. 딸 건데 몰래 입었다고 말씀하셨는데, 왜 까맣게 잊은 건지 몰라요. 저 어쩜 좋아요, 회장님. 아직 쉰 살도 안 됐는데 돌아서면 까먹는 쥐정신이에요."

순간 레이디 황보의 기억은 교임의 거짓말로 윤색되었다. 그녀의 거짓말은 모든 인간에게 감쪽같이 먹혔다. 심지어 없는 과거도 만들어졌고 하지 않은 이야기도 장면으로 연상되었다. 레이디 황보는 스웨터에 베레모 쓴 교임에게 약대 진학한 수경 이야기를 들었다고 믿어버렸다. 직원은 수십 장의 종이를 꺼내 요란스럽게 접어가며 박스를 포장했다.

"이해해. 디지털 치매 시대잖아. 황보 마스터, 내가 자기 계좌로 가방값 입금했어. 차액은 현금으로 인출해서 1층 ATM 통해 돌려줄래?"

교임이 이 편집숍을 애용하는 데엔 이유가 있었다. 물론 가깝기도 했지만 돈 심부름을 시킬 만큼 정직한 사람은 드물기 때문이었다. 매달 지금처럼 명품을 사들이고 고액을 입금시킨 다음 차액은 일중에게 보냈다. 처음엔 레이디 황보도 이 계산법에 의문을 품고 거절 의사를 표했다. 하지만 교임은 화려한 거짓말로 그녀를 안심시켰다.

"내 전남편이 오죽 못난 인간이어야 말이지. 수경이는 내가 거뒀지만 아들은 못 본 지가 20년이 넘었어. 고현정 마음이 내 마음 같을 거야. 용돈이라도 넉넉하게 넣어주고 싶어도, 애비란 작자가 계좌 관리까지 하잖아. 징글징글해. 황보 마스터 아니면 우리 애 어디 가서 싸구려 보스 정장이나 사 입을 거 아니겠어. 한창 멋 낼 땐데."

순애와 인철 사이엔 자식이 없었다. 합방을 한 적조차 없으니 당연한 결과였다. 그래도 수경과의 관계를 궁금해 하는 사람들에겐 모녀지간이라고 설명했다. 겉으로 드러난 나이 차이로는 할머니뻘이 확실했지만 자신의 입으로 인정하긴 싫었다.

인간보다 인간적인

교임을 5층 집 현관까지 배웅하고 내려온 레이디 황보는 1층 ATM으로 향했다. 몇 차례에 걸쳐 현금을 인출하고, 이체 전용 ATM 앞에 섰다. 그녀는 무통장 입금을 선택하고 계좌번호를 눌렀다. 예금주는 늘 정수환이었다. 현금을 넣고 이체를 확인한 뒤 사진을 찍어 교임에게 메시지로 전송했다. 거실 안락의자에서 메시지를 받은 교임은 가볍게 혀를 찼다. 레이디 황보는 거짓말뿐 아니라 기계에도 속고 있었다. 이체 전용 ATM이라는 건 세상에 없었다. 건물주 일중이 보호비를 현금으로 받아 챙기려고 제작한 ATM 모양의 금고이자 비상구와 연결된 제 2의 출입구였다. 퇴근한 일중은 ATM 뒤로 들어가 돈통에 보관된 현금을 챙겨갈 거였다. 1출입구 외에 비밀 출입구를 만들자고 제안한 건 교임이었다.

변종들 사이에선 수경이 인염이라는 신비로운 치료제를 갖고 있다는 소문이 돌았다. 오래전 몇 번인가 딱한 처지의 변종에게 인염을 나눠준 교임의 잘못이었다. 수경의 은신처가 변종들에게 들키는 날엔 그들이 강도로 돌변할 수도 있었다. 그때를 대비해 두 개의 출입구가 필요하다고 주장했다.

부스럭거리는 소리가 들렸다. 물소리, 타박타박 발소리, 이윽고 방문 열리는 소리에 교임이 고개를 돌렸다.

"난 꼭 핸드백을 사면 색상이 겹치더라. 이거 너 가질래?"

부엌으로 향하던 수경이 터덜터덜 교임에게 다가왔다.

"반품해. 내가 해 줘?"

애가 끊어지게 울던 수경의 얼굴은 여느 날처럼 말끔했다. 참 신기한 재주구나, 교임은 생각했다.

"순애가 그랬어. 커스터머로서 반품만큼 부끄러운 게 없다고. 마음이 변해 반품하는 건, 취향이 얄팍하다는 증거고 뭐가 마음에 안 들어 반품한다는 건, 구입하기 전에 꼼꼼히 따져 보지 못한 무능의 증거라고 했어. 취향도 얄팍하고 무능한 건 사실이지만 남한테 들키긴 싫어. 그니까 너나 가지라고."

그렇게 생긴 명품이 빈방 하나를 채웠다. 수경은 쇼핑백을 건네받아 빈방 수납장 앞에서 끌렀다. 온오프라인에서 모두 품절된 귀한 핸드백이었다. 돈이 있어도 인맥과 명성 없이는 손에 쥐기 어려웠다.

"교임 씨, 이거 받더라도 인염 베풀 생각 없어. 그래도 콜?"

"애, 나 구차하게 만들지 마. 국물 한 방울 먹은 걸로 이렇게 쪽을 주면 앞으로 어떻게 같이 살아?"

교임의 대답에 수경이 씨익 웃으며 오늘 입고 나갈 옷을 골랐다. 그녀는 어제 일중에게 들은 이영의 주소로 찾아갈 생각이었다. 소유주에게 학대받으며 서너 달에 한 번씩 자살할 바엔 소각해 주는 게 나을 것 같았다. 두피까지 깨끗이 태우면 이종의 재

인간보다 인간적인

생은 불가능하기 때문이었다. 소유주가 순순히 문을 열어주지 않을 터였다. 제아무리 매력도 100퍼센트의 수경이라도 이종을 보유한 인간의 마음을 얻긴 어려웠다. 대신 부자일 테니 그 집에 드나드는 사람을 꼬드겨 몰래 숨어들기로 했다. 눈에 띄지 않는 무채색 계열을 찾다 보니 블랙진에 가죽 블루종으로 손이 갔다.

"저녁에 일중 씨 불러서 밥 먹자. 풀고 살아야 하지 않아? 논현동 게장 사장님 오시라고 했어. 3인으로 세팅해 주실 거야."

"난 교임 씨 사교술이 늘 신기해. 상대는 볼 때마다 초면인데 꿋꿋하게 단골 유지하고 팁도 턱턱 주잖아."

거실로 나온 수경은 곧바로 현관으로 향했다.

"또 어딜 가? 침통은 챙겼고?"

수경이 호주머니에서 침통을 꺼내 교임에게 보여주었다.

"이따 전화할 테니까 화장장 예약 잡아줘."

교임은 수경이 얼마나 끔찍한 계획을 세웠는지 알아차렸다. 늘 말버릇처럼 이종과 변종은 씨를 말려야 한다고 했다. 반죽 좋은 교임은 매번 그 말에 장단을 맞춰줬다. 그런데 정말 이종 납치를 실행하고 살해할 목적이 분명해 보이자 눈앞이 캄캄했다.

"수경, 다시 생각하자."

"뭘?"

"우리끼리 불문율이긴 하지만, 그래도 안 꺼낼 수가 없네. 정춘의 씨라면 말릴 일이야. 자유를 주랬지 죽이라곤 안 했잖아."

처음이 힘들지 그다음은 수월해지리란 걸 교임은 알았다.

순애가 죽고 교임은 천년을 살더라도 다 쓰지 못할 재산을 가지게 됐다. 하지만 변종이 된 이상 더는 재생할 수 없었다. 그즈음 주식회사 미티어가 설립되었다. 순애의 전남편인 장인철도 지분을 갖고 있었다. 인철은 감정적으로 경영에 참여했다. 자신에게 모욕을 안겨준 괴물에 대한 혐오를 숨기지 않았다. 그는 미티어의 회장인 차유성을 설득해 소유주 없는 변종 사냥을 시작했다. 변종들 중 대다수는 벼락거지가 되어 길바닥으로 내몰렸다. 보호자가 없는 미아나 다름없었지만 겉보기엔 매력적인 젊은이들이었다. 변종은 먹고 살기 위해 범죄에 뛰어들었다. CCTV에 찍히지 않았고 지문도 조회되지 않으니 제격이었다. 절도, 강도, 로맨스 스캠, 성매매, 보이스 피싱에 이르기까지 후미지고 냄새나는 범죄 직군으로 파고들었다. 그 수가 늘어나자 전담반이 생겼다.

함정수사에 덜미를 잡히고, 정보원에게 신분이 노출되며 몇몇이 경찰조사를 받았다. 수사당국은 이들의 진술에서 미티어 그룹이라는 공통분모를 찾아냈다. 인간이 아닌 이종과 변종이라는 특수 개체를 어떻게 사법 처리해야 할지 누구도 답을 내리지 못했다. 결국 검찰은 이 뚱딴지를 국세청으로 떠넘겼다. 국세청은 세무조사를 핑계로 미티어 그룹에 들이닥쳤고, 차유성은 궁지에 몰렸다. 그는 당황하지 않았다. 돈이 자물쇠라는 진리는 고대부터 지금까지 면면히 계승되었다. 그는 소유주들에게 착취한 돈을 전부 뇌물로 베풀었다. 장차관은 물론이거니와 무궁화부터 다이아까지 유성의 입김이 닿지 않은 곳이 없었다. 결국 사건은 불법 이민자들이 벌인 일탈로 마무리되었다.

그날부터 미티어의 변종 사냥이 개시되었다. 얼굴로는 구분할 수 없지만 체온에 따라 색이 달리 표시되는 선글라스를 개발했다. 이종은 인간보다 체온이 높아 붉게 보였고, 변종은 인간보다 체온이 낮아 파랗게 보였다. 키퍼들은 사람 속에 섞여 사는 파란색 괴물을 살해하기 시작했다. 가장 최신 버전의 선글라스는 변종의 매력에 현혹되지 않는 기능까지 다다랐다.

2009년 어느 여름. 인철의 지시로 키퍼들이 교임의 출몰지를 찾았다. 주로 그녀의 재단에서 운영하는 학교나 기관에 방문할 때였다. 하지만 명망이 두터운 그녀를 인파 속에서 살해할 수는 없었다. 키퍼들은 교임이 혼자가 될 만한 순간을 노리고 미행했다. 늘 그녀 곁엔 경호원이 따라붙었고 경비 또한 삼엄했다. 인철은 키퍼들을 모아 문이 열리지 않는다면 문지기가 돼야 할 거 아니냐며 서류철로 그들의 머리를 짝짝, 소리 나게 갈겼다. 키퍼들은 교임의 운전기사를 미티어에 특채하는 조건으로 작전에 합류시켰다. 운전기사는 출근 시간에 맞춰 생전 순애가 아끼던 링컨 차를 타고 한남동 자택 앞에 대기했다. 얼마 지나지 않아 교임이 내려왔고, 정중하게 뒷좌석 문을 열었다.

콤팩트 거울을 들여다보던 교임은 왜인지 차가 출발하지 않는 걸 이상하게 여기고 운전석을 바라봤다. 익숙한 운전기사의 뒤통수 대신 정수리까지 벗겨진 중년 남자가 앉아 있었다. 미티어의 장인철이었다.

"원수를 링컨에서 만나네. 할망구가 너무 잘 지내는 것 같아 화가 나."

인철이 나직이 속삭이며 차의 가속 페달을 밟았다.

"누가 뭐래도 내 사회적 신분은 박순애예요. 다른 변종들처럼 쉽게 덮을 수 없으니 당장 그만둬요."

교임은 인철이 보이게끔 핸드폰을 꺼내들었다.

"니들 죽으면 물 되는데 덮고 말고 할 게 있어?"

틀린 말이 아니었다. 하지만 교임과 일하는 파트너들이 실종 신고라도 할 게 틀림없었다. 그녀가 사는 한남동은 CCTV도 무수했다. 동선을 쫓다 보면 인철이 용의자에 오를 터였다.

"닥터 장, 상식적인 사람이잖아요. 경찰은 순애의 전남편인 당신을 의심할 거고 그다음엔……."

교임이 인철을 설득하려고 입을 열자 운전이 거칠어졌다. 도로가 아닌 길, 인도와 강변 테니스장, 농구대를 향해 링컨이 질주했다. 비로소 교임은 인철이 제정신이 아니란 걸 깨달았다. 복수를 위해 미티어의 지분을 사들이고, 키퍼들을 양성해 왔으며 기회의 순간 목숨까지 내놓을 정도의 광기 어린 악인이었다. 차의 최종 목적지는 한강임이 분명했다.

룸미러에 비친 인철은 흥분을 감추지 못해 눈, 코, 입이 모두 열린 채 쾌성을 질렀다. 강변을 둘러싼 높은 블록 앞에서 인철이 속도를 높였다. 강변에 나와 느긋이 아침 산책을 즐기던 사람들의 비명이 쏟아졌다. 그들 사이에 선글라스를 낀 키퍼 여럿이 묵념하듯 두 손을 모으고 광경을 주시했다.

교임은 모든 생명이 그렇듯 죽음이 두려웠다. 인간들이 내세나 천국, 혹은 지옥의 개념을 믿는 것도 죽음에 대한 두려움이라고 생각했다. 정말 그런 시스템이 있다 하더라도 이종이나 변종은 배제할 터였다. 어느 종교에선 인간을 제외한 모든 것이 영혼이 없다고도 했으니까. 비명보다 끔찍한 인철의 웃음이 일순 멈췄다. 운전석 에어백이 터진 거였다. 차체가 낮은 링컨이 높은 블록을 넘지 못해 전복했다. 안전벨트를 매지 않았던 교임도 차 천장에 몸이 추락해 머리와 얼굴을 다쳤다. 의식이 흐려졌다 맑아지길 반복했다. 교임은 세 번째 의식이 맑아졌을 때 깨진 창문을 통해 차에서 내렸다. 지켜보던 키퍼들이 달려 들었지만 교임이 비명을 질러 산책객들을 주목시켰다.

"할머니! 얼굴 피…… 제가 신고할게요."

산책객 중 대형견을 끌고 달려온 여자가 휴대폰을 열었다. 머뭇거리던 키퍼들은 링컨으로 달려가 인철을 구조했다. 위험을 넘겼지만 교임은 아직 안전하지 않았다. 그녀의 분홍색 지미추 구두 위로 묽은 피가 주르륵 흘러내렸다. 교임이 자신의 얼굴을 손으로 조심조심 만졌다. 볼이 불규칙하게 찢어져 어금니가 만져졌다. 병원에서 치료할 수 있는 상처가 아니었다. 오히려 의사들에게 정체를 들켜 실험실에서 죽을지 몰랐다.

"나 배우예요. 저기 선글라스 쓴 사람들 스태프니까 신고하지 마세요. 오늘 촬영한다고 공지했다던데, 아시죠?"

교임의 거짓말은 언제나 통했다. 여자, 그리고 몰려들었던 산책객들은 어젠가 그젠가 공원 앞에 플래카드가 걸려 있었다고 믿었다. 심지어 새 드라마 '바람 잘 날 없네' 촬영이라고 제목까지 연상해냈다. 그들은 특수분장이 너무 리얼하다며 박수까지 쳤다.

"사진 같이 찍어도 돼요?"

대형견주가 다정하게 교임 옆에 섰다. 피가 솟구치고 지주막하 출혈로 의식마저 희미해져갔다.

"사진은 이따 찍어줄게요. 나 다음 촬영장에 데려다준 다음에요."

교임은 대형견주에게 봄뜻한약방 주소를 건넸다.

수경이 현관문을 열었다.

"너덜너덜한 꼴로 제발 살려만 달라던 당신을 받아주는 게 아니었어."

교임은 봄뜻한약방에서 수경을 만나 인염수에 몸을 담그고 회복했다. 그 대가로 둘은 한 집에 살고 재산을 공유했다. 교임이 없었다면 수경은 지금보다 궁핍하지만 대신 인염도 넉넉하고 간섭 없이 살 수 있었을 터였다.

"말 고딴 식으로 좀 하지 마. 그럴 때마다 니가 후회하고 나 죽일까 봐 겁나."

늘 수경 앞에서 약자인 교임이 오랜만에 성을 냈다. 골절된 손목뼈 하나가 뒤틀렸는지 피부 밑이 따끔거렸다.

"뭐 하러? 내가 안 죽여도 곧 죽게 생겼는데."

수경이 집을 나섰다. 교임은 동족을 살해하고 말살시키려는 수경을 이해할 수 없었다. 인간이라면 몰라도 이종과 변종은 서로를 미워하기에 너무 적은 한 줌이었다. 교임이 망연자실하는 사이, 수경은 1층으로 내려와 건물을 빠져나갔다. 건물 내부와 외부, 그리고 ATM에 설치된 액션 CCTV가 스르르 움직였다.

그걸 지켜보는 사람은 건물주 일중이었다.

일중의 데스크톱은 업무용 계정과 개인용 계정이 달랐다. 그의 개인 계정엔 뉴턴빌딩에 설치해 놓은 CCTV 여덟 대가 실시간으로 전송되었다. 교임과 수경의 안전을 위한다는 명분을 내세워 설치했지만 그는 본업인 변종 사냥의 용도로도 영상을 활용했다. 근래 변종들 사이에 수경이 인염을 갖고 있다는 소문이 돌았다. 난다 긴다는 변종들이 강도로 돌변해 수경을 공격했지만 전투력 만렙인 그녀와 대적할 상대는 없었다. 인염은커녕 회복할 수 없는 부상을 입은 변종들은 아직도 미련을 버리지 못하고 뉴턴빌딩 근처를 어슬렁거렸다. 일중은 CCTV로 그들의 키와 체형, 옷차림 등을 특정하고 키퍼들에게 출동 명령을 내렸다.

일중의 상황실 문을 누군가 노크했다. 그는 업무 계정으로 바꿔 문 앞에 설치한 CCTV를 확인했다. 키퍼 윤이나였다. 작은 키에 마른 몸, 짧은 커트 머리를 한 이나는 언뜻 보면 초등학교 고학년 남학생처럼 보였다.

"들어와."

일중은 면접에서 이나를 탈락시키려고 했지만 인철의 생각은 달랐다. 도 팀장, 저 친구 눈을 봐. 사흘 굶은 암범이야. 우린 사람이 아니라 그 사람의 증오를 사야 해. 인철은 이나의 증오를 높게 샀다.

인간보다 인간적인

"팀장님, 저 드릴 말씀이 있습니다."

일중의 상황실 한쪽 벽면은 대형 LED 패널이었다. 서울과 수도권, 그리고 주요 광역시의 1,750개의 CCTV가 2초 단위로 넘어갔다. 그 짧은 순간에 변종을 변별하고 키퍼를 파견하는 게 일중의 주요 업무였다.

"말해."

일중은 종로의 광장시장 골목과 낙원동 아귀찜 거리를 빠르게 훑었다.

"제가 정수경 얼굴을 기억합니다."

태연한 척 신촌 현대백화점에서 세브란스로 향하는 길에 시선을 고정한 일중은 한쪽 다리를 떨었다.

"정수경이 아니겠지. 변종 얼굴은 5분 40초를 넘어가면 잊게 돼 있어."

일중은 이종과 변종을 남들보다 비교적 선명히 기억했다. 완벽한 이목구비까지 떠올릴 순 없지만 분위기와 특징은 아련하게 그려졌다. 다른 사람들은 이종의 얼굴을 보고 돌아서면 몇 분 만에 까맣게 잊었다. 그래서 미티어 전상망엔 주요 변종들의 얼굴이 사진이 아닌 초상화로 등록되어 있었다. 일중은 이나도 자신처럼 별난 재주가 있나 보다, 넘겨짚었다.

"저는 한 번 본 건 절대 잊지 않습니다. 지금까지 본 자동차 번호판 전부를 기억하고, 연도와 날짜만 말해 주시면 그날의 주요 뉴스도 말씀드릴 수 있습니다."

일중은 패널에서 눈을 떼고 의자를 돌려 이나를 바라봤다. 이종뿐 아니라 모든 걸 기억한다는 얘기였다.

"2010년 8월 10일."

믿지 않았지만, 그래도 테스트는 필요했다. 일중은 포털 사이트를 열어 자신이 말한 날짜를 검색했다.

"서울과 수도권 아침 기온은 19도에서 22도. 제주와 영남 지방은 국지성 호우가 내렸고 수도권은 맑았습니다. 주요 뉴스로는 전날 행당역 CNG 버스 폭발사고의 후속 보도가 있었고, 성내역이 잠실나루역으로 바뀐 날입니다. 일본의 간 나오토 총리가 담화를 발표했으며……."

"윤이나, 그만해. 알아들었어."

일중이 손을 흔들어 이나의 입을 막았다. 그가 검색한 날짜의 뉴스와 일치했다. 이나가 정수경의 얼굴을 기억한다는 게 사실일 가능성이 높았다. 변종 매직이 통하지 않는 키퍼는 처음이었다. 일중이 관리해야 할 사람이 한 명 더 늘었다.

"언제 정수경 얼굴을 봤어? 너 체력 평가 떨어져서 현장 경험 없잖아."

4개월째 인턴인 이나는 남은 2개월 안에 체력 평가를 통과하고 변종 하나를 제거해야 정직원이 될 터였다.

"현장 참관 갔다 봤습니다. 제 사수가 종합경기장에서 순직한 이성경입니다."

가룻테로 수경의 목을 노리던 키퍼였다. 그녀를 거기까지 데려다주고 현장을 목격한 인물이 이나였다.

"얼굴 안다고 달라지는 게 없어요. 그 변종은 은신처도 알려진 바 없는 데다 설령 운 좋게 만난다 하더라도 짬찌끄레기가 덤벼 제압할 만한 하수가 아니거든."

일중은 자신이 지금 사람 한 명을 살리고 있다고 생각했다. 수경과 맞붙어서 목숨을 건진 키퍼는 다섯 손가락 안에 꼽을 만했다. 그들조차 장실침이 신경을 건드려 심각한 후유 장애를 앓았다. 다리를 절름거리거나 한쪽 눈꺼풀이 닫히지 않거나 어린 시절 기억이 모조리 지워지기도 했다.

"무작정 공격할 생각은 없습니다. 일단 가까워지는 게 단기 목표예요. 우연으로 가장해 몇 번 안면을 트고 상대가 경계를 늦출 때 허를 찌를 생각입니다. 에어건만 주시면 어떻게든⋯⋯."

이나의 시선이 상황실 한편에 세워놓은 캐비닛으로 향했다. 거기에는 방검복, 방탄복, 산도 높은 화학약품과 다양한 도검 외에도 에어건이 있었다. 에어건은 총기류로 분류되어 사격 점수 특급인 키퍼들에게 보급되는 무기였다. 17센티 길이의 동그란 원통에 손가락만 한 총구와 방아쇠가 달린, 일중의 눈엔 불알만 한 보따리 달린 페니스처럼 보였다. 생김새는 우스워도 위력은 권총과 비등했다. 고압산소가 금속제 탄환을 발사해 소동물 정도는 관통시킬 수도 있었다.

"윤이나 키퍼, 당신 사수 누구니?"

일중은 미티어의 자산을 풋내기에게 덥석 맡길 생각이 없었다.

"인성진 키퍼입니다."

대답을 들은 일중은 내선으로 성진에게 전화를 걸었다.

"네, 인성진입니다."

"윤이나 사격 점수 얼마 나와?"

일중은 이나의 두꺼운 안경 렌즈를 슬쩍 바라봤다. 초고도 근시였다.

"특급입니다. 그런데 혹시 우리 이나 팀장님 방에 있습니까?"

대답을 하고도 성진이 퍼뜩 놀라 물었다. 당혹스럽긴 일중도 마찬가지였다. 낙오일 줄 알았던 이나가 사격에선 특급을 받았으니 핑곗거리가 사라졌다.

"너네 이나 내 방에 있다. 사격 특급씩이나 되는 애가 왜 체력 평가는 5급이냐? 이건 사수가 무능해서 그래. 애 3등급까지 올릴 때까지 무기 지급하지 마."

당장 에어건을 쥐어줄 수는 없었다. 그러니 체력을 문제 삼기

인간보다 인간적인

로 했다. 일중은 전화를 끊고 의자를 돌려 이나를 물끄러미 바라 봤다. 그녀가 어깨너비로 무릎을 벌리고 뒷짐을 쥔 채 간절한 표정을 지었다.

"들은 대로야. 돌아가 봐."

"저, 팀장님. 일단은 정수경하고 친분부터 쌓게 동선 추적 좀 부탁드립니다. 걸음걸이로 어느 정도는 특정할 수 있다고 들었습니다."

"정수경은 걸음의 특징이 없어. 출몰 지역도 중구난방이고. 정 찾고 싶으면 이나 씨가 발품 파는 수밖에 없겠지."

일중은 거짓말을 했다. 수경의 걸음엔 아주 미세하나마 특징이 있었다. 모든 생물은 좌우가 대칭일 수 없었다. 수경 역시 오른쪽 다리가 0.4센티 짧고 발 크기도 작았다. 이 악물고 찾다 보면 눈에 띄기도 했다. 하지만 보호비를 받는 밀정이 그런 고급 정보를 누설할 수 없었다. 일중은 변종 식별 모델링 프로그램에서 수경의 보폭과 어깨너비를 몰래 수정해 두었다.

이나가 상황실을 나서자 일중은 다시 개인 계정에 들어갔다. 그가 도로 CCTV에 접속해 청담로 91길을 화면에 띄웠다. 미니멀하게 건축된 3층짜리 고급 주택이 보였다. 1층엔 심미갤러리라는 골동품숍이 보였다. 바로크 시대의 콘솔과 의자, 캐비닛이 전시되어 있었다. 모두 돌을 상감해 꾸민 피에트라 두라 장식의 초고가 가구였다. 건물 앞엔 건물주의 재력을 상징하는 벤틀리와 부가티가 주차되어 있었다. 일중의 예상이 맞다면 머지않아 수경이 CCTV에 담길 거였다.

일중이 지켜보리라는 걸 아는 수경은 거리 곳곳의 CCTV 각도를 살피며 사각지대에 오토바이를 세웠다. 교임처럼 인간의 신분이 없으니 운전은 위험했다. 대신 경찰이 신분증을 요구했을 때 버리고 도망칠 수 있는 오토바이가 편했다. 그녀는 한 블록 떨어진 골목에서 심미갤러리를 주시했다. 승무원처럼 올림머리를 한 종업원 둘이 타조깃털로 가구의 먼지를 터는 게 보였다. 수경은 휴대폰으로 심미갤러리를 검색했다.

갤러리 관장으로 소개된 사람은 동그란 뿔테 안경을 쓴 30대 중반의 남자 이정빈이었다. 그가 보유한 골동품은 만든 사람과 과거 소유했던 사람들의 이름이 마치 이종의 계보처럼 복잡하게 나열되어 있었다. 장인 뒤브라가 만들어 남작 로랑이 소유했고, 그의 아들과 또 그의 아들을 거쳐 수집가 커셀에게 인수되었다 쿠조 가문으로 팔려갔다. 그 낡아빠진 스툴의 가격은 천만 원을 훌쩍 넘었다. 수경은 이정빈과 그의 이종 이영을 기다리는 중이었다.

정오를 20분 넘긴 시각, 정빈은 갤러리가 아닌 주택의 1층 현관문을 열고 나왔다. 사진에선 젊고 이지적으로 보였던 그는 수경의 생각보다 작고 뚱뚱했다. 정빈의 손을 잡고 나온 이영은 사람으로 치면 고등학교 1, 2학년 정도로 보였다. 크롭 후드티에 조거팬츠 차림의 영은 기분이 좋은지 발걸음이 경쾌했다.

"정빈 씨, 우리 어디 갈 건데?"

"청평호. 지난번에 너무 좋아했어. 기억 안 나지?"

"응, 하나도 안 나. 나도 전생이 생각났으면 좋겠어. 내가 이렇게 된 게 대체 언제쯤이야?"

"거의 5년 됐네. 우리 아빠가 소유했을 때까진 또렷했으니까."

두런두런 얘기를 나누며 정빈과 영이 벤틀리에 올랐다. 수경은 자신도 모르게 어금니를 빠드득 소리 나게 갈았다. 이종이 전생을 기억 못하는 경우는 하나밖에 없었다. 인간의 방어 기제처럼 고통스러운 사건을 스스로 삭제하는 거였다. 벤틀리가 출발했다. 수경이 헬멧을 쓰는 동안 K7 한 대가 파고들어 머뭇거린 탓에 벤틀리와 수경 사이의 거리가 멀어졌다.

"쌍, 초장부터 재수 없게."

수경이 K7을 향해 가운데 손가락을 뻗치고 골목을 내달렸다. 어차피 목적지는 알고 있으니 먼저 도착해 무대를 꾸미는 것도 나쁘지 않았다. 달리는 차에 바짝 붙어 슬쩍 사고를 유발하고, 정빈이 내리면 영을 납치해 도망치는 거였다. 케타민으로 마취한 다음 교임의 화장장으로 끌고 가면 고통받는 이종 하나가 영원한 자유를 얻게 될 터였다. 수경은 고질적인 체증 구간을 가뿐히 훑고 지나 국도로 접어들었다.

교임은 집 안에서 지내지만 쉴 새 없이 바빴다. 가뜩이나 부족한 근육이 손실되지 않게 틈틈이 단백질 쉐이크를 마셨고 워킹 패드를 걸었다. 하루 세 번 피고름이 찬 습윤밴드를 갈아야 했으며, 가사도우미에게 청소와 빨래를 맡긴 뒤엔 서재에서 학교법인 업무를 봐야 했다. 그녀가 죽으면 재단은 누군가의 손에 넘어가겠지만, 시신은 아무도 찾지 못할 터였다. 실종 후 3년은 지나야 귀속 절차가 진행될 테니 공백을 메울 후임자도 구해야 했다. 이 모든 일이 마무리될 때까지 부디 비루한 뼈와 살이 장기를 쏟아내지 않길 바랐다.

"아냐. 죽긴 왜 죽어? 인염만 있으면 영생불사할 수 있는걸."

교임은 노트북을 덮고 휴대폰으로 누군가에게 전화를 걸었다. 현재로선 교임의 유일한 희망인 사설탐정 남선이었다.

"회장님, 안녕하시죠?"

벨이 한 번 울리고 선이 전화를 받았다. 거친 바람소리가 수화기로 넘어왔다.

"오늘도 외근 나가셨구나. 저녁인데 어디예요?"

선은 한때 지능수사팀의 팀장으로 굵직한 사건을 많이도 해결

인간보다 인간적인

한 전직 형사였다. 지금은 명예퇴직을 해 사설탐정 일을 하고 있지만, 교임의 부탁으로 다른 사건을 맡지 않는다. 대기업 임원 연봉을 선수금으로 내놓은 덕이었다.

"아산 꽝 쳤어요. 이름이 아산인 기사가 있긴 한데 너무 젊더라고요. 회장님이 찾는 분은 70대일 텐데 그 양반은 환갑도 멀었어요."

수경은 인영못의 위치를 기억하지 못했다. 그나마 희미한 힌트라면 인영못 근처까지 운전한 택시기사의 이름과 연령대였다. 수경이 내린 기차역과 택시기사의 이름이 같다는 사실 하나만이 유일한 희망이었다. 당시 기사가 20대 초반이었다니 아직 사망하긴 일렀다. 그가 피를 토하고 죽어간 중년의 남자와 소름 돋게 아름다운 여자를 기억한다면 인영못을 찾아낼 수도 있었다.

"어디로 이동하시는데요?"

"연기군으로 넘어갑니다. 택시 조합에 문의해보니 두 명이나 있어요. 박연기하고 최연기."

선의 희망적인 대답에 교임은 빙그레 웃었다.

"저녁 맛있는 거 드세요. 연기에서 제일 좋은 걸로 넉넉하게."

전화를 끊은 교임은 그에게 저녁값 30만 원을 입금해줬다. 그러나 선은 지금 아산을 거쳐 연기군으로 넘어가는 길이 아니었다. 그는 화성에 괜찮은 토지가 나왔다는 소식을 듣고 아내와 드라이브 겸 IC를 빠져나가는 중이었다. 입금 알림에 선은 제 아내에게 이따 수원에 들러 왕갈비나 먹자고 말했다. 교임은 많은 사람들에게 인정을 베풀었다. 하지만 그들 중 교임과 친구라고 말할 수 있는 사람은 없었다. 돌아서고 나면 돈 많은 늙은 장애인이라는 막연한 기억만 남을 뿐, 교임이라는 사람이 어떤 표정으로 무슨 말을 했는지 뚜렷하지 않았다. 사람들에게 교임은 역할로만 존재할 뿐이었다.

교임은 순애 꿈보다 인영못에서 헤엄치는 꿈을 더 자주 꿨다. 산중 연못이 크면 얼마나 크랴 싶지만, 꿈에서 본 인영못은 바다처럼 넓고 바닥이 보이지 않을 만큼 짙었다. 바람이 불면 제법 큰 파도까지 일었다. 갈매기 대신 흰 공작새가 못 위를 날았고 등껍질이 책가방만 한 거북이가 헤엄쳤다. 교임은 몸에 걸친 옷을 벗었다. 휠체어와 보조기구를 떼어낸 몸은 비루했다. 갖고 놀다 냅다 집어던진 마론 인형처럼 골절로 사지가 기괴하게 비틀렸다. 얼굴과 몸을 덮은 습윤밴드마저 떼어내자 움푹움푹 팬 상처에서 주황색 피고름이 흘렀다. 그녀는 땅으로 내려온 나무늘보처럼 천천히 기어 인영못으로 들어갔다. 차가운 물이 코와 입으로 스며들었다. 더는 숨이 쉬어지지 않아 폐가 조여들 즈음 입을 벌렸다. 짭짤한 해수가 목구멍과 기도로 밀려들었다.

물은 산소처럼 교임의 폐를 편안하게 부풀렸다. 위장으로 넘

인간보다 인간적인

어간 물이 아가미처럼 해진 살갗을 타고 빠져나왔다. 용기가 난 교임이 물속 깊숙이 고개를 박았다. 안에는 투명한 포육낭에 든 이종들이 연못 바닥 진흙에 탯줄을 붙이고 해초처럼 유연하게 흔들렸다. 교임도 한 시절 저 바닥에서 고요한 꿈을 꿨다는 걸, 꿈으로 깨달았다. 족히 수천 개가 훌쩍 넘을 이종들 중엔 교임을 향해 배시시 웃어주는 이들도 있었다. 나오지 마라, 나오지 마. 저 밖은 살 만한 곳이 아니야. 그러다가도 어서 나와, 나와서 보고 겪으렴, 거긴 네 짝이 있단다. 딴소리를 해버렸다. 교임은 무릎을 튕겨 수면 위로 올라왔다. 두 팔로 물결을 가르며 끝없는 인영못을 헤엄쳤다. 그러다 못 위에 비친 자기 얼굴을 보게 되었다. 자잘한 상처와 검버섯이 벗겨져 나가고 깐 달걀처럼 윤기 나는 피부였다. 손으로 뒤통수를 더듬었다. 함몰된 자리가 함함해졌다. 매가리 없이 몽땅 빠졌던 머리칼이 빽빽했다. 팔과 다리, 옆구리와 등허리에서 피고름 흘리던 상처가 매끈했다. 꿈이 끝날 때면 늘 뭍에서 교임을 부르는 목소리가 들렸다. 교임아, 교임아. 무얼 하자고도 말하지 않고 그저 애달프게 이름만 불렀다. 교임은 그게 순애의 목소리라고 믿었다. 순애야, 나 여깄어! 라고 외치려는 순간 꼭 꿈에서 깼다. 그래서 교임은 수경도 매일 비슷한 꿈을 꿀 거라고 생각했다.

"참 내. 주책없이 눈물이 왜 나?"

교임이 티슈로 눈물을 닦고 서재를 나섰다. 오렌지색 석양이 거실 절반을 물들였다. 누군가 1층 출입구 차임벨을 눌렀다. 패널을 들여다보니 간장게장 식당 사장이었다. 예약 시간에 맞춰 도착한 터였다. 정작 식사에 초대한 수경과 일중은 돌아오지 않았다. 교임이 1층 출입구를 열어주고 현관문 앞에 휠체어를 세웠다. 엘리베이터 문 열리는 소리에 현관문 잠금장치를 해제했다. 게장 사장과 함께 수경도 현관으로 들어왔다.

"타이밍 좋다. 일중이만 오면 되겠어."

교임이 휠체어를 뒤로 밀며 게장 사장과 수경을 맞이했다.

"뭐 해, 따라 오지 않고."

수경이 엘리베이터를 향해 손짓했다. 기다리던 게장 사장이 먼저 들어와 데면데면 인사를 하고 부엌으로 향했다.

"수경 씨, 밖에 누구 더 있어?"

수경은 한 손으로 현관문 손잡이를 잡고 다른 한 손으로는 영의 손을 잡은 채 어정쩡하게 서 있었다. 교임이 의아한 표정을 지으며 현관문 밖을 내다봤다. 긴 머리를 높이 틀어 묶은 10대 후반의 여자애 이영이 잔뜩 긴장한 얼굴로 교임을 바라봤다.

"쟨 누구야?"

교임이 영을 보며 부드럽게 웃었다. 물론 영의 눈에 비친 그녀는 반창고로 얼굴 절반을 가린 마녀 같은 노파가 입을 벌린 걸로

인간보다 인간적인

보였다.

"왜 이러실까. 교임 씨, 진짜 빙그레 쌍년인 거 알아? 하나만 해. 빙글거리든지 쌍년 짓만 하든지."

교임의 얼굴에서 웃음기가 빠졌다. 어젯밤, 수경이 잠든 틈을 타 그녀의 침통을 연 교임이었다. 4개의 침 외에도 케타민 앰플을 담은 주사기가 보였다. 교임은 펜치로 주삿바늘을 뭉툭하게 자른 뒤 방을 빠져 나왔다.

"다 된 밥에 우리 교임 씨가 똥가루 뿌렸잖아. 야, 너!"

영이 수경의 손을 뿌리치고 엘리베이터를 빠져나와 계단으로 내뛰었다. 그 뒤를 따르려는 수경의 손을 교임이 감아쥐었다.

"미쳤어? 놔!"

영에게 케타민을 주사해 마취하려던 계획이 무산되자 집으로 유인했지만, 본능적으로 위험을 감지한 아이가 달아나고 만 거였다. 교임이 혼신의 힘을 담아 수경에게 매달렸다.

"수경아, 이러지 말자. 이래서 얻는 게 뭐니? 쟤도 살 권리가 있잖아! 우리 배운 여자들이야."

영의 발소리가 멀어지다 이내 사라졌다. 수경이 몸에서 힘을 뺐다. 그녀가 울먹거리는 교임을 노려봤다.

"누가 줬어, 그 권리? 천부 인권은 인간만 갖는 거잖아. 괴물한 테는 괴물권이라도 있나 봐?"

겨우 한숨 돌린 교임이 어깨와 겨드랑이 인대를 주물렀다.

"꼭 한 번을 꽈서 얘기한다니까. 인권이고 괴물권이고 없다 쳐. 그럼 너한테는 살생권 있어? 쟤 소유주 입장에서 생각해 봐. 얼마나 억장이 무너지겠니."

수경은 운동화를 벗어 현관 옆 달항아리에 집어 던졌다.

"쟤 저렇게 도망가 봤자 주인 못 만나."

"어머, 그럼 변종이구나. 체온이 우리랑 같아? 그럼 뭐 하러 케타민을 쓰고 화장장 승인을 받으려고 했어?"

교임이 달항아리 근처에 너부러진 뉴발란스를 정리했다.

"아직 이종이야. 나 저녁 안 먹으니까 비린내 풍기지 마."

수경은 거실 통창으로 교차로를 달리는 영을 내려다 봤다. 흙투성이의 조거팬츠는 허벅지가 나달거렸다. 벤틀리가 중앙분리대를 들이받으며 트럭과 추돌한 탓에 영은 차 밖으로 튕겨 나왔다. 아스팔트에 허벅지와 팔꿈치가 쓸리며 옷이 찢어지고 피가 났다. 간신히 목숨은 구했지만 상처를 치료하려면 인염이 필요할 터였다. 수경은 조만간 영이 돌아오리라 짐작했다.

벤틀리가 갈지 자로 달리기 시작한 건 수경이 미리 도착해 미행을 대기 중이던 45번 국도였다. 졸음 운전인가 했지만 운전석에 앉은 정빈은 말짱히 깬 채 낭패스러운 표정이었다. 수경은 벤틀리를 쫓아 오토바이를 몰았다. 그때 또다시 K7이 바짝 벤틀리

　　　　　　　　　　　인간보다 인간적인

뒤를 따랐다. 청담동에서 봤던 K7과 번호판이 같았다. 그제야 수경은 자신만 벤틀리를 미행하는 게 아니라는 걸 알아차렸다. 그녀는 속도를 줄이며 갓길로 빠졌다. 지그재그로 곡예하듯 달리던 벤틀리가 기어코 중앙분리대를 들이받았다. 다가오던 10톤 트럭이 경적을 울렸지만 추돌을 피할 수는 없었다. 자동차에서 떨어져 나온 파편이 50미터 밖의 수경 앞으로 떨어졌다.

정빈이 뒷목을 잡고 안전벨트를 풀었다. 그리고 차 문을 연 그가 지척지척 걸어 나와 핸드폰을 들었다. 그때 뒤따라오던 K7이 속도를 높여 정빈을 들이받았다. 첫 번째 추돌에선 경상만 입었던 정빈이 이번엔 5미터가량 날아가 아스팔트에 머리부터 떨어졌다. 트럭 운전자가 차에서 내려 정빈에게 달려갔다. K7에서 선글라스 쓴 운전자도 내렸다. 그는 트럭 운전자를 막아서더니 명함을 내밀었다. 당혹스러운지 한참 머리를 긁적거리던 트럭 운전자가 대답하듯 두어번 턱을 털고 다시 운전석에 앉았다. 트럭은 황급히 사고 현장을 벗어났다. 주위를 두리번거리던 K7 운전자가 선글라스를 벗었다. 미티어 그룹의 실권자이자 유스셀메디컬의 대표인 장인철이었다.

수경의 눈에 이 사고는 분명 사전 계획된 이벤트였다. 그래야 그룹의 임원인 인철이 친히 나서 미행한 것이 설명된다. 보조석에 기절해 있던 영이 차 문을 열고 나가 비척비척 자신의 소유주인 정빈을 향했다.

"안 돼! 죽지 마. 당신 죽으면 난 이제 어떻게 되는 건데? 정빈 씨, 눈 떠 봐."

영은 작은 어깨를 파르르 떨며 정빈을 끌어안았다.

"기생충년, 끝까지 지 걱정만 하네."

인철이 욕설을 뇌까리곤 누군가와 통화했다. 이윽고 사설 구급차 한 대가 멈춰 섰다. 선글라스를 쓴 키퍼 넷이 구급차에서 내려 영의 양팔을 하나씩 잡았다. 그리고 온 얼굴이 피에 젖은 정빈을 들것으로 옮겨 구급차에 실었다.

'어떻게 돌아가는 거야? 일부러 소유주를 반쯤 죽여놓고 이종을 잡아 간다고?'

수경은 답 없는 의문을 품은 채 오토바이를 몰았다. 인철의 목적이 뭔지는 몰라도 자신처럼 불쌍한 이종을 데려다 소각해 줄 거 같진 않았다. 죽을 때까지 착취하고 변종이 되면 물로 돌려보낼 게 거의 확실했다. 문제는 어떤 방식의 착취인가였다. 인철은 키퍼들 사이에서도 악명 높은 매드 사이언티스트였다. 착취의 방식이 끔찍하리란 건 수경도 어렴풋이 알고 있었다. 인간의 손에 칼질당하느니 동족에게 안락사를 권유받는 게 낫다고 그녀는 생각했다.

수경이 구급차 앞에 오토바이를 멈추고 침통을 열었다. 급작

인간보다 인간적인

스러운 수경의 등장에 키퍼들은 갈팡질팡했다. 그녀는 발로 앞줄에 선 키퍼 둘의 가슴팍을 걷어찼다. 당황한 키퍼들이 각자 주무기를 꺼냈다. 두 명은 전투용 나이프를 들었고, 덩치가 큰 사내는 구급차에서 쇠지렛대를, 체격이 세 남자를 압도하는 중년 여자는 에어건이었다. 몇 걸음 뒤에 선 인철이 흥미롭다는 표정으로 K7 보닛에 엉덩이를 기대고 앉았다.

"니들 싸움을 책에서 배웠지? 그래서 자신만만하구나?"

쇠지렛대를 든 사내가 수경을 향해 돌진했다. 그녀는 허리를 뒤로 꺾어 공격을 피하고 유연하게 상체를 반 바퀴 돌려 사내의 겨드랑이에 장실침을 꽂았다. 방검복이든 방탄복이든 몸통은 보호해도 겨드랑이는 뚫려 있기 마련이었다. 장실침이 향하는 곳은 기관지였다. 수경이 손가락을 비틀자 침이 끝을 동그랗게 말아 기관지를 끊어냈다.

"책에 적힌 거 잘 떠올려 봐. 백병전 승리의 원칙 알지? 1번 더 길고 우수한 무기를 가진 자가 이긴다."

이번엔 나이프를 든 두 명이 양쪽에서 덤벼들었다. 수경은 바닥에 나자빠진 사내의 쇠지렛대를 그러잡아 두 키퍼의 정강이를 타격했다. 깡, 소리와 함께 둘 중 한 명은 정강이뼈가 골절되어 그대로 학다리처럼 밖으로 꺾였다. 골절은 면했지만 강한 통증에 절룩거리던 키퍼에겐 관자놀이로 장실침을 날렸다. 침이 들어가 휘저으며 신경을 건드리자 키퍼의 표정과 동작이 제멋대로 날뛰었다.

"훅 땡기면 당신 반신불수야. 무기 다음이 뭔지 아는 사람?"

남은 키퍼는 에어건을 든 여자였다. 에어건의 특성상 가까이 붙지 않으면 명중률이 떨어졌다. 그녀는 앞주머니에서 안경을 꺼내 쓰고 수경을 조준하며 다가왔다.

"체급이 크고 전투 훈련이 잘된 자가 이긴다, 이 벌레년아."

여자가 수경을 향해 크게 한 걸음 내딛으며 방아쇠를 당겼다.

"대충 봤구나? 수가 더 많은 쪽이 이긴다, 부터 나와야지."

수경의 동체 시력은 인간을 아득히 초월했다. 그녀는 장실침 탓에 얼굴 한쪽 표정이 무너진 키퍼를 끌어당겨 방패로 사용했다. 에어건에 키퍼의 오른쪽 볼이 관통했다.

"쟤들 지금 너네 편 아냐. 다 내 마리오네트지. 전쟁은 쪽수가 1번인 거 잊지 마."

수경이 어느새 여자의 곁에 바짝 붙어 손목을 꺾고 에어건을 탈취했다. 그녀는 무슨 수작이냐고 묻기 위해 인철을 찾아 K7 보닛을 봤다. 그러나 우그러진 보닛 위에 인철은 없었다. 수경이 아차 싶어 몸을 돌렸다. 구급차는 뒷문이 열린 채 움직이기 시작했다. 수경도 에어건을 던져 버리고 오토바이에 올랐다. 구급차 안엔 정빈이 벨트에 묶여 있었고 그 옆에 영이 울상을 짓고

인간보다 인간적인

있었다.

"뛰어내려. 도와줄게."

수경이 뒷문 앞에 바짝 붙어 영을 향해 소리쳤다. 눈물과 콧물로 번들거리는 영이 고개를 가로저었다.

"나도 너랑 같은 종족이야. 빙다리 핫바지 같이 인간 노리개로 살지 말란 말야."

구급차가 속도를 올렸다.

"여기서 200미터만 더 가면 고속도로야. 거기서부턴 널 도울 수 없어. 내려. 내 목숨 걸고 도와주겠다는데 마다하면 넌 살 자격 없어."

국도가 거의 끝나갔다. 수경은 속도를 조절하며 영에게 손을 내밀었다.

"여러 번 죽어 봤잖아. 지금보다 더 끔찍한 상황 아닐 때도 극단적인 적 많잖아. 눈 감고 뛰어. 내가 받아준다고!"

영은 두 손으로 얼굴을 가렸다.

"정빈 씨, 내가 꼭 찾아갈게. 기다려."

삶과 죽음의 교차로에서 영이 유언처럼 남긴 약속은 소유주의 문병이었다.

"그만 짜고 지금 뛰어!"

수경은 재빨리 브레이크를 잡으며 반 바퀴 돌아 오토바이 후미로 영을 받아냈다. 0.1초만 빠르거나 느렸어도, 각도가 조금만 어긋났어도 영은 전신이 골절돼 시신도 수습하기 어려웠을 거였다. 구급차는 고속도로에 올라탔다. 뒷자리에 안착해 수경의 등을 끌어안은 영이 흐느껴 울었다.

"병신 같은 년. 인형의 집 벗어났으면 웃어야지. 이제 오지게 간지 나는 일 하러 가자."

겨우 뉴턴빌딩까지 데려왔건만 마지막 순간에 손을 뿌리친 게 수경은 부아가 났다. 그녀가 땀내 나는 옷을 벗어 교임에게 맡기고 방으로 들어갔다. 교임은 식탁 한 자리가 비었으니 새로운 손님을 부르기로 마음을 고쳤다.

"응, 황 팀장. 자기 뭐 해? 조깅? 조깅은 아침에 하는 거지. 그길로 뉴턴빌딩으로 유턴해. 왜긴, 밥 먹자고. 일중이도 금방 올거야. 수경이 년이 속 뒤집어 놔서 오늘 술 한잔 마시게. 변종이라 변덕스러운가 봐. 계장 아줌마 오셨으니까 지금 바로 와."

교임이 유일하게 속내를 터놓는 사람은 황 팀장뿐이었다. 그는 일중의 전임자로 미티어 그룹 창립 멤버 중 하나였다. 다시말해 첫 밀정이었다. 황은 30분도 되지 않아 땀을 뻘뻘 흘리며벨을 눌렀다. 간발의 차로 먼저 도착한 일중이 떫은 눈길로 황을바라봤다.

　　　　　　　　　인간보다 인간적인

"야, 도일중이. 내가 너한테 해 준 게 얼만데 고개도 까딱 안하냐?"

일중이 황에게 인수인계를 받을 때 교임과 수경의 캐릭터가 이 정도로 유별나다는 얘긴 없었다. 주에 한 번씩 키퍼들 동선 알려주고, 내부 지침 공유하고, 근처 얼쩡거리는 변종들이나 쫓아내면 된다고 사람 좋게 웃던 황을 떠올리자 일중은 입맛이 떨어졌다.

"저 조만간 때려칩니다. 그땐 선배라고도 안 부를 거예요. 만나도 아는 척 맙시다."

투덜거리는 일중의 입에 교임이 내장에 비벼 김에 싼 밥을 밀어 넣었다.

"일중 씨, 말이 씨가 되고 습관이 팔자가 되는 거야."

좋은 말과 좋은 습관이 없으니 그럼 나는 나쁜 인간이냐고, 일중은 따져 묻고 싶었다. 그러나 입안에서 사르르 녹는 게장의 감칠맛에 그는 입술을 닫았다.

"수경이는요?"

20년을 미티어 그룹에서 일한 황은 교임의 충실한 정보원인 동시에 직장에서도 인정받는 팀장이었다. 그는 공원에서 뉴턴빌딩으로 달리며 아직 미티어에 남은 후배들에게 안부전화를 걸었다. 능구렁이 황이 그들로부터 주워들은 바, 오늘 수경은 큰 실수를 했다. 미티어와 유스셀메디컬의 중추인 인철을 공격하고 이종을 빼돌리기까지 했으니 후환을 두려워할 때였다.

"비린 거 싫대. 황 팀장 앉아. 뚜껑 몇 개 치즈 올려서 오븐 넣었어. 금방 돼."

일중으로부터 오늘 일을 전해 들은 교임도 마음이 편치 않았다. 순애의 남편 인철이 얼마나 잔인한지 먼저 겪어 잘 알았다.

"내가 돌려 물을 줄 몰라서 그런데 이해해 줘."

교임이 삶은 줄기콩을 오독오독 씹으며 황의 눈치를 봤다.

"장인철이 왜 이종을 사냥한 거야? 일중 씨 말로는 임상 실험 같은 게 아니냐고 그러는데, 뭐 좀 아는 게 있어?"

수경 역시 내내 그게 신경 쓰여 방문을 닫고 골치를 앓는 중이었다. 멸종이 답이라고 떠들었지만 그 결정을 인간이 내리게 해선 안 된다고 생각했다.

"아, 깝깝하네. 알면서 비싸게 굴지 마세요. 선배 동기가 유스셀 이사잖아요. 껍데기만 퇴사했지, 뼈는 아주 미티어 대들보 밑에 깔렸으면서 모르는 척하기는."

일중이 오래 씹던 밥을 삼키고 말했다. 그가 맡은 고객센터는 이종과 변종, 그리고 키퍼들의 신상과 사건사고를 중심으로 돌아가는 일종의 경찰서와 비슷했다. 그들의 시스템을 결정하고 새로운 사업 방향을 규정하는 사법부는 열 명 남짓한 임원들이

인간보다 인간적인

었다. 황의 입사 동기 중 한 명이 거기 속해 있다고 들었다.

"나도 잘은 몰라. 그래도 희미하게 실루엣이나 보이지."

오븐 알림이 울렸다. 교임이 얼른 오븐 장갑을 끼고 치즈구이를 꺼내 식탁에 놓았다. 일중과 교임의 시선이 황에게 쏠렸다.

"이종의 세포가 인간의 노화를 역행시켜. 요즘 아기주사라고 피부과에서 놔주는 2백만 원짜리가 이종 줄기세포야. 장인철이 이종들을 도마에 놓고 다지다시피 실험해서 찾아냈대."

교임은 상상조차 할 수 없는 장면이 연상돼 싱크대에 대고 욕지기를 했다. 이종의 신비로운 재생 능력을 그런 식으로 이용할 줄은 몰랐다. 몇 시간 전 집 앞에서 도망친 영이라는 아이가 도륙될지 모른다는 생각에 이르자 교임은 정신이 아뜩했다.

"그래서 소유주가 죽지 않을 만큼 몰고 갔단 거죠?"

일중도 충격을 받았지만 내색하지 않았다. 그의 본업은 미티어의 서비스센터 센터장이었다. 그저 부업으로 조금 위험한 일을 하고 있을 뿐, 여차하면 교임과 수경을 물로 만들 위력도 있었다. 어느 쪽이 더 힘이 센지는 좀 더 지켜봐야 했다.

"그렇지. 소유주가 죽으면 이종이 변종이 되고 그럼 말짱 도루묵이잖아. 회장님께는 죄송한 얘기지만 막말로 변종을 어따 써? 재생은커녕 회복 능력도 없는 걸. 잉여 생물이지."

황의 말에 따르면 주인이 살아 있는 며칠이 인철에겐 골든 타임이었다. 혈액, 안구, 피부, 줄기세포를 적출하고, 스페셜 오더가 있을 경우엔 지방이나 근육까지 긁어냈다. 아직 어디에도 허가받은 적 없는 신생 물질이었지만, 효과가 소문나자 비밀스러운 수요가 폭발했다.

"이종 하나에서 뽑아내는 돈이 50억이랍니다. 그러니 오늘처럼 표적 하나 딱 정해서 자동차 미리 손봐놓고 한적한 데서 의식 불명 만드는 거죠. 이번 말고도 몇 건 돼요."

말이 끝나자 일중은 걸신들린 듯 음식을 먹었다. 식어서 비린 내가 더 심해진 꽃게탕에 밥을 말고 양념게장을 뼈째 아득아득 씹어 먹었다. 그는 지금 이 순간 더 힘이 센 쪽이 미티어라는 결론을 내렸다. 당분간은 몸을 사리고 변종들을 몰아내야겠다고 방향을 잡았다. 쏠쏠한 보호비가 아쉬웠지만 수경이라는 폭탄을 계속 손에 쥐고 있긴 위험했다. 그녀가 자신의 특기인 장실침만 안 썼어도 이렇게 정체가 들통나진 않았을 텐데, 망할 년. 일중이 거칠게 밥숟가락을 내려놓았다.

"급하게 먹는 거 보니까 일중 씨 꼭지 돌았네. 자기 습관이 그렇잖아. 지금 엄청 손절 마렵나 보다."

어느 결에 수경이 일중의 의자에 등을 기대고 서 있었다. 일중은 거칠게 의자를 빼고 식탁에서 벗어났다.

"오늘 내가 건드리지 않으면 도일중 팀장은 끝까지 모를 일이었네. 사내에서 신망이 많이 얕으신가 봐. 어떻게 퇴사자보다 깜깜할까."

속을 긁는 수경의 목소리를 무시하고 일중은 운동화에 발을 구겨 넣었다.

"나 아무 대비 없이 당신 믿는 거 아니야. 우리 사이에 오고 간 수많은 자료와 음성 녹취 파일이 요즘 기술로는 딱 새끼손톱 크기 메모리 카드에 들어가더라. 키퍼가 덤벼서 내가 물 된다? 일중 씨는 동물 사료 될지도 모르겠네."

방금 먹은 저녁밥이 명치에 딱딱하게 뭉치는 기분이었다. 운동화를 신은 일중이 수경을 향해 돌아섰다.

"나는 키퍼 아닌 줄 알아? 메모리 카드 회수…… 그거 뺏으면 그만이야."

힘주어 말한 일중이 현관을 나섰다. 묵직한 철문이 그의 등 뒤에서 마치 수갑처럼 철컹, 쇠 마찰음을 내며 닫혔다. 일중은 주먹을 쥐어 윗배를 두드리고 계단을 내려갔다. 그가 자신의 집 현관문 앞에 도착했을 때 휴대폰이 울렸다. 후배 성진이었다. 일중이 퇴근을 하면 키퍼들이 돌아가며 2인 1조로 당직을 섰다. 일중은 성진이 지금 뭘 발견했는지, 짐작할 수 있었다.

"수경이는 왜 아직까지 일중이랑 아웅다웅이야? 쟤처럼 단순한 놈이 없어. 얼러주면 웃고 꼬집으면 울고 가라면 가, 오라면 오는 앤데 너무 형이상학적으로 바라보는 거 같아."

황도 한때 일중처럼 일에 감정을 섞었다. 하지만 교임을 만나고, 그녀가 인간보다 인간적으로 자신을 믿어주었을 때 이미 마음에선 센터장을 그만두었다. 오로지 교임과 수경의 충직한 하인으로 17년을 살아왔기에 명예퇴직을 할 때도 서운한 감정이 없었다.

"황 팀장, 장인철이 숨은 이종들까지 손대진 않을까?"

모든 소유주가 미티어와 거래하는 건 아니었다. 춘의나 순애처럼 이종 자유주의자들은 소유주임을 숨기고 살았다. 교임은 50명 남짓한 이종 자유주의자들과 꾸준히 이메일을 주고받으며 미티어에서 벌어지는 이슈를 전달해왔다.

"안 댄단 법은 없죠. 위치만 발각되면 한입에 꿀꺽일 테니 한동안 눈에 띄지 않는 게 좋을 겁니다."

교임은 입이 썼다. 그녀는 주기적으로 데이터를 백업하고 노트북을 포맷했다. 그런데 지난가을, 그녀의 백업 USB가 사라졌다. 범인은 수경 아니면 일중인데 둘 다 어르고 달래고, 꾸짖고 역정을 내도 아니라고 잡아뗐다. 그게 인철의 손에 들어가면 이종 자유주의자들의 생태계는 박살나고 말 터였다.

"아우, 뒤숭숭해. 일중 씨는 왜 험한 농을 퍼붓고 가. 변종 찜찜하게."

인간보다 인간적인

교임이 분위기를 환기하느라 농담을 하자, 황이 어깨를 들썩이며 웃었다. 그러나 수경의 표정은 싸늘했다.

"농담 아냐. 도일중은 언젠가 한 번 우리 뒤통수칠 거야. 가족 없잖아. 잰 자기밖에 몰라."

수경의 말에 교임이 사레가 들어 기침을 했다.

"우린 뭐 달라? 가족 없지, 우리도 우리밖에 모르지. 안 그래? 심지어 너는 우리라는 종 자체를 뒤통수치려고 하잖아. 기가 막힌다. 내가 저런 변종이랑 살아, 황 팀장."

교임은 모두가 농담을 잃은 세상이 삭막하다 느꼈다. 순애가 있었다면, 그녀였다면, 모든 순간에 적당히 진지했을 터였다. 순애가 인철과 약혼했을 때 교임은 14개월이나 가출을 했다. 처연한 인상의 30대 중반 모습이던 시절이었다. 교임은 인간이 무서워 이종들과 어울렸다. 그들 중 하나와 순애하곤 해 본 적 없는 육체관계에 빠져들기도 했다. 쾌락의 뒤끝은 씁쓸했다. 호텔에서 시작해 여인숙까지 전전하다, 혜화역 4번 출구에서 우연히 순애와 재회했다. 교임이었다면 빰따귀라도 날릴 만큼 화가 났겠지만, 순애는 달랐다. 오랜만이다, 박교임. 우리 만난 김에 동거나 할까?

순애의 결혼식 이튿날 새벽, 교임은 전선에 목을 감고 자살했다. 더 젊고 예쁜 모습으로 재생해 순애를 맞이하고 싶었다. 오직 자신만이 순애의 모든 것이 되길 바랐다. 과욕 때문이었을까. 재생된 몸은 70대 노인이었다. 이종이 노인으로 재생하는 건 무척 드문 일이었다. 인간이 유아기에 귀여운 용모로 부모의 애정을 끌어내는 것처럼, 이종 또한 대개는 매력적인 나이와 얼굴을 갖고 재생하기 마련이었다. 물론 교임은 나이에 비해 아름다웠다. 눈이 서양인처럼 오목하고 큰 데다 콧대가 날렵했으며 숱 많은 회색 머리칼은 아름답게 굽실거렸다. 하지만 노인은 노인조차 좋아하지 않는 게 인간 세상의 이치였다.

순애는 교임을 끌어안고 명랑하게 웃음을 터트렸다. 훌륭한 도전이야. 잘했어. 연식 덕분에 없는 서사와 커리어가 생겼잖아. 이제 학교 이사님으로 모셔도 되겠네. 명성이 생겼으니 앞으로 죽으면 안 돼. 언젠가 내가 네 나이가 될 테니 기다리는 거야. 순애는 학교 법인 부이사장으로 교임을 앉혔다. 노인이 된 건 아쉽지만 덕분에 순애와 24시간을 함께할 수 있어 교임도 만족했다.

순애는 많은 것을 남겼다. 거대한 자본가가 되어 남이 지은 밥을 먹고 남이 청소한 집에 사는 것, 인간을 두려워하지 않는 법, 가끔 천한 농담으로 분위기를 전환하는 재주까지 모두 순애에게 배운 것들이었다. 교임은 더 살아야겠다고 다짐했다.

인간보다 인간적인

이종 이영

뉴턴빌딩 밖은 깔끔하게 구획이 정돈된 고급 주택가였다. 영은 추돌 때 터진 에어백에 코뼈가 부러졌다. 어떻게 해도 코피는 멎지 않았다. 고개를 치켜들면 피가 목구멍으로 넘어가는 게 느껴졌다. 후드 티셔츠의 앞섶이 피로 펑 젖었다. 강아지를 수레에 태워 밤 산책하던 노부인이 안쓰러워 죽겠다는 얼굴로 그녀에게 다가왔다. 영은 코피보다 사람이 두려웠다. 정빈에게 교통사고를 낸 인철, 그가 데려온 네 명의 키퍼들, 그리고 이종인지 변종인지 알 수 없지만 동족이라고 자기소개를 했던 수경까지 미덥지 않았다. 특히 수경은 기분 좋게 재워주겠다며 케타민이라는 주사 얘기를 꺼냈다.

안전한 곳이 있다면, 그나마 정빈 같은 소유자일 거라 생각했다. 영은 주머니에서 핸드폰을 꺼냈다. 키퍼들이 영을 차에서 끄집어낼 때 컵홀더에 꽂아놓은 정빈의 것을 집어 들었다. 그녀는 폐지가 키 높이만큼 쌓인 리어카 옆에 쪼그려 앉아 텔레그램을 눈으로 훑었다. 읽지 않은 메시지가 1,195개나 쌓인 단체 채팅방이 맨 첫 줄에 있었다. Owners club이었다. 소유주들의 모임이었다. 참가자가 819명이나 되는 채팅방엔 아직 정빈의 사고 소식이 전파되지 않았다. 그들은 하나같이 자신이 소유한 이종의 초상화를 프로필 사진으로 설정해 놨다. 사진에 담을 수 없으니 고전적인 방식을 택한 거였다.

– 들었어요? 변종 중에 인염을 가진 애가 있대요. 상처가 순식간에 낫는다던데.

어느 소유주가 새 메시지를 작성했다.

– 금시초문입니다~

– 헛소문이죠. 그런 게 있으면 누가 자살 독촉합니까? 비싼 돈 주고.

소유주 중 일부는 자신의 이종이 완벽한 컨디션을 유지하길 바랐다. 그래서 크게 다쳤을 때 노골적으로 자살을 추동했다.

– 거 말 좀 가립시다. 여기 오너 대부분은 이종을 자기 목숨만큼 소중하게 여깁니다. 자살 독촉이라니.

거북한 소유주들이 발작하듯 꾸지람했다. 영은 인염 얘기를

인간보다 인간적인

보고 또 들여다봤다. 정말 그런 게 있다면 빨리 찾아야 했다. 이미 영은 너무 많은 피를 흘렸고 오래 굶었으며 수중엔 천 원짜리 지폐 한 장이 없었다.

– 형들 인염 얘기 구라 아냐… 그 변종 강남 쪽에 산대. 근데 싸움이 특기라 키퍼들도 못 건드린다고. 바늘 같은 게 무기래.

그때 춘의 정이라는 이름의 소유주가 새 메시지를 작성했다. 눈이 번쩍 뜨인 영은 춘의에게 따로 메시지를 보냈다.

– 인염 얘기 더 할 수 있어요? 혹시 다른 이름으로 부르기도 하나요?

영은 춘의라는 소유주가 말한 변종이 수경이라고 짐작했다. 하지만 그녀에게 들은 건 케타민 얘기뿐이었다.

– 형 솔깃했구나? 유흥이나 건달 쪽 변종들은 케타민이라고 부를걸. 짝퉁 조심해.

영은 수경을 믿지 않고 도망친 게 후회스러웠다. 이미 1시간 넘게 걸어왔다. 지금의 몸 상태로 뉴턴빌딩에 돌아가려면 2시간이 될지 3시간이 될지 몰랐다. 영은 카페와 독일식 호프집, 스티커 사진 가게 외벽을 짚어가며 느릿느릿 걸었다. 눈앞이 컴컴해지고 시야가 좁아졌다. 여기서 죽으면 정빈이 깨어날 때 다른 모습으로 변해 있을지도 몰랐다. 그를 당혹스럽지 않게 하려면 죽음의 유혹을 버텨야 했다. 영이 손등으로 코를 막으며 한 걸음

더 내딛었다.

"학생, 이 시간에 돌아다니면 위험해. 옷이 다 이게 뭐야. 내가 태워줄게."

잿빛 수트를 입은 배 나온 남자가 영을 가로막았다. 그녀가 가까스로 고개를 들어 남자의 얼굴을 바라봤다. 선글라스를 쓴 대머리였다.

"아저씨가 찾느라 고생했잖아."

인철이었다. 그가 영을 부축하는 척 다가서 경동맥에 마취제를 박아 넣었다. 이종에게 통하는 유일한 인간 약물이었다.

미티어 그룹은 지상 10층을 본사가 썼고, 지하 1층만 자회사인 유스셀메디컬이 썼다. 영이 후송된 곳은 지하 1층의 유스셀 랩실이었다. 사지와 두부를 고정하는 장치가 붙은 부검대가 조명 아래 창백하게 빛났다. 인철은 영을 부검대에 올려놓고 피에 젖은 재킷과 셔츠를 벗었다. 러닝셔츠에 트렁크 팬티, 양말뿐인 차림의 그가 영의 피 묻은 옷자락과 목덜미를 더듬었다. 38도 언저리여야 할 체온이 사람 정도로 떨어진 게 느껴졌다. 출혈이 원인이었다. 적출 전까진 체온을 유지해야 하니 부검대 온도를 높였다. 인철은 서두르기로 했다. 영의 소유주인 정빈이 코마에 빠졌으니 영국에 사는 그의 어머니가 동의해 주면 생명 유지 장치를 제거할 터였다. 그게 오늘 밤이 될지 일주일 후가 될지 알수 없었다. 그 전에 영의 몸에서 쓸 만한 것들을 적출해야 했다.

죄책감은 없었다. 전처인 순애가 이종에 미쳐 자신을 낭떠러지에서 떠밀어버린 일을 생각하면 이 정도 대접도 후했다. 고집스럽게 이혼을 종용하던 순애는 인철 부모의 의료재단 비리를 세상에 까발렸다. 그의 부모는 추징금 35억 원에 1년 6개월의 실형을 살았고, 재단의 이사 중 한 명이었던 인철 또한 6개월간 수감되었다. 순애는 그 기간 동안 이혼 청구 소송을 준비했다. 범죄자가 된 인철에겐 불리한 재판이었다.

"물건 배달할 키퍼 누구 있어?"

인철이 내선으로 서비스센터에 전화를 걸었다. 적출한 세포와 장기를 아이스박스에 담아 이송할 사람이 필요했다. 랩실에 상주하는 박사 과정 조교 정현이 부친상으로 자리를 비운 탓이었다.

"상황실에 두 명 있습니다. 제가 내려가겠습니다."

전화를 받은 키퍼는 성진이었다. 이종에게 어머니의 사랑을 빼앗기고 고아나 다름없이 성장한 그는 인철이 직접 채용한 키퍼였다. 그는 출입문 옆에 붙은 패널에 성진의 사원번호를 눌러놓았다. 그러고는 샤워실로 들어갔다. 랩실 한 편에 설치한 샤워실은 4면이 투명한 유리였다. 온갖 험한 꼴을 다 겪은 조교조차 이해할 수 없는 공간이었다. 인철은 러닝셔츠와 트렁크 팬티, 양말을 벗고 샤워꼭지를 비틀었다. 살균제를 몸에 문지르고 뜨거운 물 아래 고개를 푹 수그렸다. 마른 가지처럼 까만 그의 성기가 오랜만에 발기했다. 인철은 환갑을 훌쩍 넘겼지만 아직 숫총각이었다. 그가 성욕을 느끼는 순간은 지금처럼 무언가 해체할 것을 곁에 두었을 때뿐이었다.

성진은 1층에서 비상계단을 탔다. 유스셀메디컬은 일반인 출입을 막기 위해 엘리베이터가 정차하지 않았다. 그 안에서도 랩실은 사원번호가 등록된 사람만 드나들 수 있었다. 키퍼들 중에선 성진이 처음이었다. 유스셀 사무실과 대표실을 지나 랩실 출입구 앞에 섰다. 대학병원의 중환자실처럼 거대한 자동문이 그를 가로막았다. 성진은 인식기에 사원증을 태그했다. 문이 열리고 진한 소독약 냄새와 악취가 풍겼다.

성진은 손등으로 코를 덮었다. 악취의 근원은 랩실 한구석에 놓인 압축팩이었다. 안에는 최소 두 구의 시신이 피부가 벗겨진 채 뒤섞여 있었다. 끔찍한 광경이었지만 성진은 눈길을 돌리지 않고 부릅떴다. 사내에 퍼진 괴담보다 현실은 더 잔혹했다.

"아저씨…… 저 좀 도와주세요. 아저씨……."

의식을 되찾은 영이 바싹 마른입으로 구조를 요청했다. 그녀가 부검대를 손으로 짚고 상체를 일으켰다.

"안 돼. 거기 그대로 있어. 움직이면 결박한다."

성진은 랩실 한가운데 설치된 샤워실을 바라봤다. 뜨거운 수증기로 가득한 유리 상자엔 몸에 털이 많고 군살이 흘러내린 인철이 자위를 하고 있었다. 성진의 눈엔 그게 이종의 시신보다 역겨웠다.

"살려 달라는 거 아니에요. 우리 정빈 씨한테 마지막 인사하게 도와주세요. 그다음엔 어떻게 써도 괜찮아요."

빈혈이 심한 영은 피부와 입술이 창백하고 심하게 몸을 떨었다.

"정빈 씨가 누구야?"

"제 소유주예요. 저 사람이 우리 정빈 씨를 해쳤어요. 지금 죽어가는 게 느껴져요. 부탁해요."

성진은 영에게서 시선을 떼고 돌아섰다. 미티어에서 교육받은 대로라면 이종은 자신들의 이익만을 추구했다. 조금이라도 불편하거나 위축되면 어떤 방식으로든 자살을 감행했다. 책임 없는 쾌락을 좇는 괴물이 이종이라고 배웠다. 성진이 군 입대하던 날 논산으로 배웅 나온 어머니 경남은 안절부절못했다. 명수가 알면 서운해서 커튼봉에 매달릴 거 같다며 눈물을 글썽거렸다. 그녀는 성진이 훈련소에 들어가는 걸 보지 않고 서둘러 인천 집으로 돌아갔다. 그 야단을 떨고도 명수는 자살했다. 어머니는 명수의 시신을 재생하느라 집을 팔고, 성진의 급여까지 빌려갔다. 변함없는 사랑을 퍼붓는 건 자식인 자신인데, 어머니는 명수가 재생하는 일주일간 곡기를 끊었다.

"니들 말 안 믿어. 조금만 수틀려도 자살해 버리는 것들이 살해되는 건 무섭다고?"

성진은 벽에 이마를 기댔다. 샤워실에서 물소리가 멎었다. 거센 바람 소리가 들렸다. 인철은 수건 대신 온풍기로 몸을 말렸다. 수술 가운을 입고 라텍스 장갑을 낀 다음 영의 몸을 섬세하게 분해할 터였다.

"이기적이라 자살하는 게 아니에요. 소유주가 우리한테 실망하면 다시 사랑받기 위해 새 몸으로 돌아오는 것뿐이라고요. 우린 소유주의 취향에 따라 캐릭터를 조금씩 수정하고, 더 완벽해지려고 노력해요."

영은 전생이 기억나지 않지만, 이종의 습성에 대해선 빠삭했다. 이종의 궁극적인 목표는 완전한 사랑이었다. 흠결 없는 몸과 정신으로 소유주를 만족시켜야 이종도 행복해졌다.

"성진아, 조교 자리에 가면 아이스박스 있다. 부검실 안에 들여놔. 나 금방 나가니까 기집애 주물럭대지 마라."

샤워실에서 인철이 소리쳤다.

"아저씨!"

영이 부검대에서 바스러질 듯 메마른 목소리로 그를 불렀다. 성진은 몸을 돌려 조교의 자리로 갔다. 두 개의 모니터와 파일로

인간보다 인간적인

가득한 책상 아래에 파란색 아이스박스가 놓여 있었다. 그는 아이스박스를 집어 부검실로 향했다. 천장에서 에어샤워가 쏟아져 머리카락이 흩날렸다. 그는 영을 외면하고 부검대 아래에 아이스박스를 놓았다. 돌아선 성진은 곧바로 자동문을 열고 랩실을 빠져나갔다. 악취와 소독약 냄새가 멀어졌다.

"삐삐, 화재가 발생했습니다. 삐삐, 화재가 발생했습니다."

인철이 샤워실을 나왔을 때 소방 경고음이 울렸다. 자동문 너머에서 붉은 플래시가 번쩍거렸다. 누군가 화재경보기를 누른 거였다. 그대로 놔두면 수 분 내로 소방관이 들이닥칠 터였다. 랩실의 이종 시신과 부검대에 누워 있는 영을 어떻게 설명해야 할지 몰랐다.

"야, 인성진. 비닐팩에 고기 치워."

인철이 벌거숭이인 채 뛰어나와 랩실을 둘러보았다. 영이 없었다. 성진도 없었다. 인철은 성진이 영을 빼돌렸다고 생각했다. 그때 자동문이 열리고 얼굴이 새빨갛게 달아오른 성진이 숨을 헐떡이며 들어왔다.

"여자애, 도망쳤습니다."

인철은 성진의 멱살을 움켜쥐어 그를 끌어안듯 당겼다. 그러고는 앞니로 성진의 귓불을 피가 날 때까지 깨물었다.

"CCTV 까 봐. 네 짓이면 네 발로 부검대에 올라가야 할 거야."

CCTV엔 성진이 담뱃갑을 흔들며 엘리베이터로 향하는 모습이 남아 있었다. 이윽고 영이 절룩거리며 자동문을 열고 나왔다. 그녀는 화재경보기를 누른 다음 비상계단으로 향했다. 경비원과 당직자들은 영을 찾아내지 못했다. 그녀는 영리하게도 지하 3층 주차장으로 숨어들었다. 그러곤 야근이 끝나 집에 돌아가는 키퍼의 픽업 트럭에 몸을 숨겼다. 지하주차장 출구엔 검색대가 없었다.

영은 키퍼의 목적지가 청담동과 가까웠으면 좋겠다고 생각했다. 수경을 만나 인염을 얻으면 코피를 멈추고 정빈을 만나러 가야 했다. 그가 입원한 곳이 어디든 상관없었다. 영은 원하는 것을 찾아내는 비상한 재주가 있었다. 픽업 트럭이 역삼동 예림당아트홀 앞에서 신호에 걸렸다. 영은 살그머니 차에서 내려 웅크리고 앉았다. 차가 멀어진 다음에야 가로수를 짚고 일어섰다. 자정이 가까운 시각이었지만 행인이 많았다. 그들은 코피 흘리는 영에게 티슈나 손수건을 건네며 도우려고 다가섰다. 영은 선한 사람과 악한 사람을 구분할 수 없어 손을 내젓고 걸음을 옮겼다. 눈을 감자 어둠 속에 형광색 화살표가 뉴턴빌딩 방향을 가리켰다.

영이 뉴턴빌딩에 돌아온 건 새벽 3시를 조금 넘긴 시각이었다. 건물 1층 ATM 조명에 의지해 출입구로 다가섰다. 출입구는

인간보다 인간적인

일중이 출근하는 7시 30분에 열릴 터였다. 영은 벽돌을 쌓아 만든 화단 앞에 쪼그려 앉아 기댔다. 심박이 느려지고 졸음이 쏟아졌다. 이대로 잠들면 깨어나지 못하리란 걸 확신했다. 그녀는 자신의 손등을 가져다 냄새를 맡았다. 살에서 기분 좋은 향기가 풍겼다. 베르가못, 가죽, 타바코, 엠버, 자작나무 등이 조화롭게 섞인 어른스럽고 그윽한 향이었다. 영은 그걸 죽음의 냄새로 기억했다. 죽음에 이른 무수한 순간들은 기억에서 지워졌지만, 마지막 순간 후각을 강하게 자극하는 이 향기만은 또렷했다. 영은 정빈이 떠올라 눈물이 맺혔다. 향기롭게 죽어 고약한 악취를 풍기다 사흘만 지나도 곤죽이 되어버리는, 기이한 생명을 수십 번 다시 받아준 고마운 사람이었다. 너무 어리거나 늙은 모습으로 그를 마주하게 될까 봐, 영은 두려웠다.

"거기 너. 술 처먹었으면 집에 가라."

영이 술 취한 사람처럼 둔한 동작으로 눈물과 코피를 닦아냈을 때 1층 센서등이 켜졌다. 자다 깨서 소변을 보고 침대로 돌아가던 일중이 거실 모니터로 송출되는 8개의 CCTV 중 하나에서 영을 발견한 거였다.

"아저씨, 저 케타민이 필요해요. 5층 사람 좀 불러주세요."

영의 희미한 목소리는 일중에게 가닿지 못했다. 그는 핸드폰 랜턴을 켜 영의 몰골을 뜯어보았다. 후드 티셔츠와 조거팬츠가 피에 젖고 코피가 흐르는 얼굴은 백짓장 같았다. 술에 취했다기 보다 누군가에게 실컷 얻어맞은 모양새라고 생각했다. 그가 출입구 틈 사이로 코를 바짝 댔다. 죽어가는 이종 특유의 향기가 차가운 새벽 공기에 섞여 났다.

"너 이종이냐? 집이 어딘데 여기서 이러고 있어?"

"청……."

영은 의식을 잃고 털썩, 우로 쓰러졌다. 일중이 출입구를 열고 화단 방향으로 걸어갔다.

"인성진, 이 빡대가리 새끼 당직 서면서 뭐하는 거야, 씨. 미아 돼서 죽으면 수수료도 못 받는데."

일중이 핸드폰으로 통화 목록에서 키퍼 성진을 찾았다. 통화 버튼을 누르려는 찰나, 지금 자신 앞에 죽어가는 이종이 누구인지 깨달았다. 수경이 자신을 겁박해 얻어낸 이종의 정보 중 청담로에 사는 이영 같았다. 콤파스 능력으로 수경을 찾아 여기까지 찾아온 게 아닐까 싶었다. 일중은 핸드폰으로 영의 소유주 정빈에게 전화를 걸었다. 영의 바지 주머니에서 벨소리가 울렸다.

"맞네. 이영이야."

일중은 골몰했다. 여기서 성진이나 상황실에 전화를 걸면 영을 회수하러 올 터였다. 그런데 왜 허구많은 장소 중에 미티어 센터장인 일중과 동선이 겹치는 곳에서 이종이 죽었는지 물을

인간보다 인간적인

게 자명했다. 곤란한 상황은 피해야 했다. 일중은 영을 차에 실어 소유주의 주소지 인근에 던져놓고 올 생각으로 돌아섰다. 차키와 외투, 그리고 부패액을 흡수할 담요가 필요했다.

"깜짝이야! 귀신인 줄."

돌아선 일중의 시야에 하얀 실크가운을 걸친 수경이 보였다.

"변종보다는 귀신이 낫지 않겠어?"

황급히 내려온 수경은 맨발이었다. 그녀가 영에게 다가가 목덜미에 코를 박았다. 죽음의 향기가 제법 났고, 체온도 낮았다. 하지만 아직 경동맥이 팔딱거리는 게 보였다.

"얘 좀 짊어지고 와."

바람결에 수경의 가운이 펄럭거렸다. 아무것도 걸치지 않은 알몸이 드러나자 일중이 얼른 시선을 돌렸다.

"죽었어. 차 키 가지고 와서 쟤네 집 근처에 옮겨놓을 거야. 장인철한테 잡혀 갔다 탈출한 모양이야. 피 봐라, 저거."

"안 죽었어. 죽어가는 건 쟤 소유주 이정빈이지."

일중이 옴칫 놀라 수경을 바라봤다.

"장인철이 차로 들이받는 걸 내가 봤어. 쟤 돌려보내면 눈에 불을 켜고 어떤 놈이 거기 갖다 놨는지 찾아낼걸. 내부 기밀을 아는 변절자 소행일 테니까."

일중은 인철과 얽히고 싶지 않았다. 그에게 교육받고 돌아온 키퍼들은 하나같이 사이코패스처럼 굴었다. 급소만 툭 건드려 물로 돌려보내도 될 변종들을 고양이가 쥐를 장난감으로 굴리듯 수십 번 흠집 낸 다음 치명상을 입혔다. 인철이 직접 참여한 비밀작전의 희생자가 영이라면, 일중이 껍적대서 이로울 것이 없었다. 그는 영을 어깨에 짊어지고 출입문을 열었다.

"니가 기어코 내 목줄을 잡는구나. 일 커지면 나 감당 못한다. 난 제 3세계로 떠버릴 거야. 장인철이 눈 돌면 그게 누구든 표본 만들어 인체의 신비전에 내놓을 테니까."

일중이 수경의 집 현관문을 열자 자다 깬 교임이 맞이했다. 살구색 나이트가운에 머리엔 수면모자를 쓴 교임은 일중의 어깨에 얹힌 영을 보자 비명을 질렀다.

"이 냄새……. 일중 씨! 죽은 앨 데려오면 어떡해. 지금 우리보고 부활시키란 거야? 썩기 시작하면 냄새가 말도 못할 텐데, 무슨 생각이니."

수경이 교임을 향해 쉿, 주의를 주었다.

"오늘 왜 이래? 다 같이 미쳤어?"

죽을 고비를 넘길 때마다 교임은 자신의 몸에서 죽음의 향기를 맡았다. 고비를 여러 번 넘기고 나자, 교임은 향수가게 앞을 지날 때마다 공황발작을 일으켰다. 그녀에게 향기란 죽음의 징조 이상도 이하도 아니었다.

인간보다 인간적인

"이종이야. 장인철한테 잡혀 갔다 도망친 거며 여기까지 혼자 찾아온 거며, 일반적인 이종의 특기를 넘어섰어. 아무래도 계획을 수정해야겠어."

수경의 시선이 영의 오른쪽 손목으로 향했다. 유스셀메디컬 리소스라 적힌 네임택이 달랑거렸다.

"계획 수정? 그럼 걔 소멸 안 시키겠단 얘기네?"

교임이 안도의 한숨을 내쉬었다.

"당연히 소멸, 시켜야지. 그 전에 재주 한번 써먹어 보려고. 아깝잖아."

일중이 '지랄'이라 나직이 혼잣말을 하고 거실 한가운데 영을 내려놓았다. 수경은 방으로 들어가 분무기에 물을 담아 인염과 섞었다. 유리병에 남은 용량 중 절반이 녹아들었다. 교임의 진회색 눈동자가 흔들렸다. 같은 변종도 아니고 이종한테 귀하디귀한 인염을 절반이나 써버린다는 게 아깝고 서운했다. 수경도 교임의 시선을 느꼈다.

"뚫어지겠네. 부담스러우니까 그만 봐."

수경이 분무기를 흔들며 방을 빠져나왔다.

"언제부터 니가 내 눈치를 봤다고. 하던 대로 해. 니 물건 니가 쓰겠다는데 내가 뭐라겠어?"

"그만 좀 배배 꼴래?"

수경의 걸음에 맞춰 교임의 휠체어도 빠르게 굴렀다.

"늙은 꼰대라서 그런 거니 니가 이해를 해 줘. 내가 보기엔 이 상황이 너무 이상하거든. 이종, 변종 씨를 말려야 한다고 귀에 인이 박히게 떠들더니 갑자기 쟨 왜 열외야? 재주 한번 써먹겠다고 그 귀한 인염을 낭비해? 뭐 얼마나 대단한 능력이기에 천하의 히틀러를 마더 테레사로 만들어? 너 정수경 맞니?"

교임이 거칠게 굴린 휠에 영의 손가락이 깔렸지만 기척이 없었다. 오만상을 쓰고 있던 일중이 휠체어를 당겨 수경과의 거리를 떼어놓았다.

"옳소, 교임 씨 말이 백번 맞지. 당신 처음엔 쟤 죽이려고 주소 딴 거잖아. 이제 와서 살리겠다는 진짜 꿍꿍이가 뭔데?"

일중도 교임의 편에 섰다.

"이영, 이 계집애 특기가 뭐랬지?"

수경은 영의 뒷목에 허벅지를 밀어 넣었다. 고개가 뒤로 젖혀지자 입을 벌려 혀 밑에 인염수를 분사했다. 가장 흡수가 빠른 부위였다.

"그야…… 콤파스."

일중은 아직 수경의 의도를 알아차리지 못했다. 수경은 상처가 깊은 두피와 콧등에 피부가 푹 젖을 만큼 인염수를 뿌렸다.

"등신들. 인영못을 찾아낼 수도 있단 얘기잖아."

교임이 앙상한 두 손으로 입을 틀어막으며 눈을 글썽거렸다. 이제 인염이 바닥나 곧 죽게 생겼는데 수경이 돌파구를 찾은 거였다. 못에 풍덩 몸을 던지고 해파리처럼 유영하는 그녀의 소원이 손에 잡힐 것만 같았다.

"인영못 아래 동면한 이종의 알들을 없애야지. 그다음에 못을 메꿀 거야. 나도 너도 애도, 거기서 소멸할 거고."

교임의 기대와 달리 수경은 다른 꿈을 꿨다. 빠르고 확실하게 멸종에 이르는 길이었다.

"나 기절하겠다, 일중 씨. 쟤 입 좀 틀어막아."

교임이 손을 뻗어 일중을 건드렸다. 그녀는 지금껏 수경이 멸종 타령을 할 때마다 속으론 코웃음을 쳤다. 소유주를 잃은 변종이라면 누구나 세상을 원망하고, 이종을 질투하며 자기 연민에 빠지기 마련이었다. 한때는 엇나간 마음으로 멸종을 염원하더라도, 막상 상황이 닥치면 동족에게 연민을 느끼고 실행하지 못할 것이 뻔히 보였다. 죽어야 할 놈은 미티어의 차유성과 장인철인데, 수경은 고장난 면역 세포처럼 적이 아닌 동족을 멸살하고 싶어 했다.

"정수경, 개 콤파스 능력이 그 정도라면 왜 미티어가 지금까지 내버려 뒀을까? 인영못에서 인염인가 뭔가 채취하면 대박 날 텐데?"

일중이 한심하다는 듯 한쪽 입꼬리만 들어올려 웃었다. 그사이 중간이 움푹 꺼졌던 영의 콧대가 솟아올랐다. 코피가 멎었고 찢어진 두피엔 새 살이 차올랐다.

"미티어 회장 차유성이 일선에서 물러난 게 20년이야. 죽었다는 소문까지 도는 마당에 진짜 실세는 장인철 아닌가?"

수경이 틀린 말을 하는 건 아니었다. 일중의 면접을 본 사람도 유성이 아닌 인철이었다. 돈과 입담으로 정재계를 구워삶던 유성은 굵직한 사건이 마무리되자 사교계에서 종적을 감췄다. 내부에서도 회장인 유성은 상징적인 존재일 뿐, 그를 직접 만났다는 직원은 없었다. 유성 대신 결재 파일에 전자도장을 찍는 건 캐나다에 사는 스물한 살짜리 아들이었다.

"그래, 당신 말대로 장인철이 실세야. 사업하는 사람인데 그 작자는 주판 안 튕기겠어? 말단인 나도 이렇게 계산이 서는데?"

영의 얼굴에 혈색이 돌았다. 수경은 그녀의 뒷목에서 허벅지를 빼고 소파 위에 놓인 교임의 숄을 몸에 덮어주었다.

"아직도 모르나 봐? 장인철과 나는 같은 과야. 우리한테 돈? 좋기야 하지. 근데 그보다 더 좋은 건 따로 있어. 우린 둘 다 이종이 사라지길 바라. 난 구질구질하게 연명하는 동족들 씨를 말리고 싶고, 그 작자는 자기한테 모멸감을 안겨준 인간 모습의 기생충을 박멸하고 싶어 하지. 다른 게 있다면, 내가 조금 더 육감이

인간보다 인간적인

발달한 거 하나뿐일걸."

인철은 영의 능력을 과소평가했다. 이종들 중엔 영과 같은 콤 파스는 제법 흔했다. 개체마다 능력치가 조금씩 달랐다. 하지만 인철이 경험한 표본 열 명의 능력은 어디서나 동, 서, 남, 북 방위 를 가늠할 수 있는 수준에 머물렀다. 영처럼 원하는 무언가를 향 해 선명한 내비게이션 신호가 잡히는 이종은 표본에 없었다.

"유스셀에서 탈출해 여길 제 발로 찾아왔어. 이 아이는 달라. 인영못을 찾아낼 거야."

수경이 무릎을 펴고 일어섰다. 통창으로 흘러든 달빛이 그녀 의 얼굴에 섬뜩한 음영을 만들었다. 붉은 입술은 더욱 붉어졌고, 흰 결막은 더 희게 번득거렸다. 처음엔 샘이 나 이죽거렸던 교임 도 고개를 떨어뜨렸다. 자신의 잔소리로 꺾기에는 수경의 믿음 과 신념은 너무 크고 단단했으며 광기마저 서려 있었다.

"역겹지도 않아? 그런 새끼랑 같은 급이라는 게."

일중이 물었다.

"일중 씨, 셧 업 해."

눈치 백단인 교임이 소곤거렸다.

"일중 씨는 공자님이라도 되나봐? 당신도 추한 욕망 때문에 여기 붙어 있는 거잖아. 악착같이 돈 모으는 이유, 설마 모를 줄 알았어? 비밀이 많으면 술을 먹지 말든가."

수경의 말에 일중은 간담이 서늘했다. 아무에게도 떠든 적 없는 욕망이었다. 마치 수음의 흔적을 차곡차곡 쌓아놓은 휴지통이 가족 앞에서 엎어진 것만 같아 얼굴이 후끈거렸다.

"머리가 늘었으니 3백 추가야."

그가 황급히 신을 신고 현관을 나섰다. 두방망이질 치는 가슴을 손으로 누르며 계단을 내려갔다. 위층, 교임의 집에서 가느다란 울음소리가 터졌다. 생기를 되찾은 영이 울기 시작했다. 살아난 게 기뻤고, 정빈 없는 현실이 슬펐으며, 랩실에서 목격한 부검대와 이종 시신이 떠올라 공포스러웠다.

수경이 분무기를 교임에게 남기고 방으로 들어갔다.

"이름이 이영이라……. 보자, 보자. 이름에 영, 임, 매 이런 글자 넣는 게 구한말 때 유행이었어. 나랑 비슷한가 보네. 내가 그쯤에 발생해서 이름이 교임이거든. 우리 다음 애들이 자나 숙이 많았고, 그다음이 옥, 미 이런 게 유행했고. 밥 줄까?"

교임은 수경을 꺾는 대신 영을 제 편으로 만들어 인영못의 위치를 먼저 찾기로 결심했다. 기어서 가도 서울만 가면 그만이었다.

"네."

영은 교임과 달리 거짓말을 못했다. 세포가 활성화되자 빈 위장이 요란스런 복음을 냈다. 영은 대답만 하고 다시 울기 시작했다.

"울지 마, 재수 털려."

인간보다 인간적인

교임은 냉장고에서 피넛버터와 식빵을 꺼냈다. 토스터로 식빵을 굽고 피넛버터를 얇게 발라 접시에 올렸다.

"도우미 아주머니 없으면 우린 이렇게 먹고 살아. 맛없어도 노인네 정성 봐서 먹어줘."

교임이 손짓을 하자 영이 식탁으로 다가와 앉았다.

"어머, 나 좀 봐. 영아, 옷부터 벗어."

영의 옷이 피칠갑이란 걸 그제야 알아차린 교임이 옷방으로 향했다. 그녀는 붉은 하트에 눈이 붙은 트레이닝복 세트를 가져왔다. 후드티를 벗어낸 영이 턱을 덜덜 떨며 훌쩍거렸다.

"브라는 안 했네?"

후드티 안은 이너웨어 없이 맨살이었다.

"정빈 씨가 입지 말랬어요. 거추장스럽다고."

정빈은 다른 소유주들과 달리 자신의 이종을 쓰다듬고 핥고 꼬집거나 할퀴는 방식으로 사랑했다. 그의 손이 언제든 드나들 수 있게, 영은 속옷을 입지 않았다. 교임이 뜨악한 표정을 지으며 후드티를 빨래통에 넣었다.

"얘, 그거 일반적이지 않은 거 몰라? 소유주한테 이종은 자식이랑 비슷한 관곈데 괴롭힌다고? 너 그래서 자살이 잦았구나."

소유주와 이종도 끌어안고 뺨을 비비고 함께 목욕을 하거나 서로의 타액이 묻은 음식을 나눠 먹긴 했다. 하지만 서로의 몸에 욕망이 생기지는 않았다.

"괴롭지 않아요. 내가 그렇게 해도 된다고 허락한 거니까."

옷을 갈아입은 영이 싱크대에서 손을 씻고 의자에 앉았다. 그녀는 뺨으로 눈물이 줄줄 흐르는 와중에도 열심히 토스트를 먹었다.

"허락 안 하면 안 될 상황으로 몰고 갔겠지. 인간 세상에도 가끔 그런 종자들이 있더라. 어떻게 지 새끼한테 고추가 서나 모르겠다."

영은 접시가 비자 교임을 물끄러미 바라봤다.

"더 줘?"

영이 끄덕였다.

"내가 뭐든 달라는 대로 다 줄 테니까, 너도 내 부탁 하나 들어줄래?"

교임이 목소리를 낮추며 영에게 다가왔다.

"말씀하세요."

"너, 인영못 알지? 우리 고향. 나 거기 가야 해. 이 꼬라지 좀 봐. 이게 사람이니, 넝마지. 거기 위치만 알려주면 갖고 싶다는 거 다 사 줄게. 그리고 말 놔. 그게 편해."

수중에 5천 억이 있어도 교임은 누릴 수가 없었다. 명품을 휘두른들 집 밖에 나갈 수가 있나, 산 너머 꽃이 피고 단풍이 든들

인간보다 인간적인

냄새 맡고 손에 쥘 수가 없었다. 살기 위해선 넝마를 벗고 제대로 된 가죽을 걸쳐야 했다.

"인영못이 뭔데?"

잔뜩 기대했던 교임이 어깨를 축 늘어뜨렸다.

"좋다 말았네. 나나 그 기집애나."

이종이나 변종 중에 인영못을 제대로 아는 이는 드물었다. 이종들의 소유주가 대대로 족보에 표시된 명문가에서나 가르치는 개념이 기원이었다. 교임만 해도 춘의를 만나 인영못과 인염에 대해 알았으니 모르는 걸 탓하기도 뭐했다.

"넌 꿈 안 꿔? 산이 뺑 둘러싼 큰 연못 꿈. 주변엔 횃대가 꽂혀 있고, 옷이 주렁주렁 걸린 곳이야. 무당들이 가져다 놓은 과일이며 떡, 사탕 같은 게 지천이지. 지금은 안 그럴지 몰라도 나 땐 그런 모습이었어. 우리가 발생한 연못 이름이 인영못이래."

교임이 발생해서 가장 먼저 각인된 풍경이었다. 그땐 10대 중반의 여자 모습이었다. 못을 나와 젖은 머리에서 물을 짜내고 돌아보면 무당들이 치성 들이던 기도터가 보였다. 교임은 횃대에 걸린 옷을 내려 몸에 걸치고 과일로 배를 채웠다. 그러자 철커덕 눈이 감겼다. 앞이 보이지 않는데 겁없이 발이 앞섰다. 등성이를 오르고 깎아지른 절벽을 조촘조촘 내려가기도 했다. 얕은 천을 넘고, 논과 밭을 지나 사람들이 사는 마을로 접어들었다. 교임은 느끼지 못했지만, 그녀는 5일을 쉬지 않고 걸어 어느 담 높은 대문 앞에 멈춰 섰다. 나비가 번데기에서 탈피하듯, 축축하게 젖어 무겁기만 했던 눈꺼풀이 가볍게 올라갔다. 그녀 앞에 이제 막 일본 유학을 마치고 돌아온 박 씨 가문의 막내아들 선평이 서 있었다. 이종으로서의 운명이 시작된 순간이었다.

"꿈 안 꿔. 잠이 안 와서 스틸녹스를 먹거든. 수면제나 마취제는 약발 잘 받아."

교임은 딱한 영을 위해 토스트를 구웠다.

"불면증은 언제 생겼어? 전생부터?"

버터나이프를 들어 피넛버터를 발랐다.

"전생도 기억 안 나. 그래서 꿈으로 꿀 만한 과거가 하나도 없나봐."

이 또한 교임에겐 괴이한 일이었다. 세월이 흘러 흐릿한 순간은 많지만 그래도 전생이나 전전생까지는 뚜렷하기 마련이었다. 이종에게도 치매 같은 게 있나, 의심스러웠다.

"옛날 일은 하나도 기억이 안 난다? 그럼, 아까 운 건 요즘 일 때문이겠네. 너 팔찌 보니까 유스셀에 있었던 거 같은데 거기서 뭘 봤어?"

교임은 수경의 방문이 아주 살짝 흔들리는 걸 봤다. 냉랭한 얼굴로 방에 들어가 버렸지만, 바깥 상황이 궁금할 터였다. 혼자 망

인간보다 인간적인

하는 줄 알았는데, 수경의 꼬라지도 별반 다름없다는 생각에 교임은 통쾌했다. 인영못이 뭔지도 모르는 애한테 그 귀한 인염수를 적선했으니 수경은 더 억울할지도 몰랐다.

"무서웠어. 정빈 씨를 공격하던 남자가 실험실로 데려가서 날 조각내려고 했거든."

공포 영화도 못 보고 조금만 징그러운 장면이 나와도 채널을 돌려버리는 교임이 귀를 틀어막았다. 입으로 오롤롤로, 소음을 내며 이미 머릿속에 연상된 장면을 지워내려 애썼다.

"먼저 당한 이종이 두 명이나 있었어. 시체는 비닐에 싸서 공기를 쭉 빼냈더라고."

"얘, 넌 먹으면서 그런 말이 나와? 남도 아니고 네가 당할 뻔한 일이잖아."

교임이 울상을 지었다.

"물어봤잖아?"

영은 정빈에 맞춰 수정된 최종 산물이었다. 원하는 대로 행동하고 묻는 말에 답해야 정빈이 흡족해 했다. 그래서 교임이 질색하는 이유를 몰랐다.

"그래. 어서 먹어. 인영못에 대해 뭐 떠오르는 거 있으면……."

교임이 수경 방문을 슬쩍 쳐다보고 영의 손바닥을 펼쳤다. 그러고는 '나한테만 말해 정수경 X년'이라 썼다. 교임의 거짓말 능력은 말이 아니어도 효력이 있었다. 영이 크게 한 번 고개를 끄덕였다.

"앞으로 교임이라고 불러. 발생 시기 비슷하면 동갑내기 친구라고 봐야지."

교임이 악수를 청했지만 영은 토스트에 피넛버터를 더 올리느라 정신이 팔려 있었다. 그 모습이 25년 전 재회한 수경과 퍽 닮아 보였다. 춘의의 사망 후 홀로 한약방을 지키던 수경은 몹시 궁핍했다. 인간이면 기초생활수급자라도 되었을 텐데, 손 벌릴 곳이 없으니 모아 놓은 돈을 아껴 쓰느라 늘 배를 곯았다. 그러다 머리가 박살나 찾아온 교임을 만나며 한순간에 팔자가 바뀌었다.

교임은 가끔 회상했다. 촌내 나는 수경이 이 집 부엌에 앉아 간장게장에 밥을 먹던 순간이었다. 밥 세 공기를 비우는 동안, 그녀는 묻는 말에 대답도 하지 않았다. 세상에 발생해 처음 먹는 귀한 짠맛이라며 납작해진 껍질을 씹고 또 씹었다. 한 3년, 가난을 벗은 다음에야 삶의 목적이 종의 말살이라고 선언했으니 어쩌면 영도 한참 시간이 필요할지 몰랐다.

인간보다 인간적인

키퍼 도일중

일중은 두 개의 집을 가졌다. 하나는 회사에 제출한 주민등록 등본에 표시된 은신처였고 또 하나가 뉴턴빌딩 4층이었다. 두 집 모두 수도꼭지가 하나씩밖에 없었다. 그는 뉴턴빌딩에 입주하자마자 인테리어 업자를 불러 호화로운 천연석 개수대에 달린 수전부터 제거했다. 배관을 타고 흐르는 물소리가 소름 끼쳐 잠을 이루지 못한 탓이었다. 방 다섯 개에 욕실이 세 개인 집에 살면서도 일중은 수도 배관을 피해 가장 작은 방을 썼다. 겨울에는 보일러를 사용하지 않았고, 비가 오는 날엔 노이즈 캔슬링 이어폰으로 장작 타는 ASMR을 들어야 잠을 잤다.

물에 대한 공포심이 어디에서 기인했는지 일중도 몰랐다. 그에게 첫 기억이라 할 수 있는 순간도 다섯 살 어느 폭우 쏟아지던 여름의 공황발작이었다. 일중의 홀엄마 이선은 온몸에 털이 곤두서 나무토막처럼 굳은 아이를 정신과와 상담센터로 실어 날랐다. 일중을 씻길 때도 욕조에 물을 받아 수건을 적셔 조심조심 피부를 닦아냈다. 마실 물은 스펀지에 먼저 흡수시켜 혀 위에 올려주었다. 일중이 깊은 잠에 빠졌을 때야 밀린 빨래와 설거지를 할 수 있는 팍팍한 삶이었다.

이선의 노력에도 불구하고 공포심은 잦아들지 않았다. 고등학교에 입학하고 나서야, 일중은 별다른 희망이 없다면 공포심을 감추는 게 상책이라는 걸 깨달았다. 공포는 약점이 되고, 약점은 치명이 된다는 걸 주먹깨나 쓰는 동급생들에게 배웠다. 일중은 항불안제를 달고 살며 수영을 배웠다. 공용 화장실에선 유난스레 손을 자주 씻었다. 이선이 만류해도 쌀을 씻고 걸레를 빨았다. 참는 건 자학에 가까운 행위였다. 공포를 극복하느라 자잘한 고통을 인내하다 보니 이를 악무는 습관이 생겼다. 이선은 일중을 치과에 데려가 스플린트를 맞춰주었다. 대학에 입학하고 2학년 1학기에 휴학 후 군 입대를 하기까지, 아무도 일중의 물 공포증을 몰랐다. 하지만 서른두 살인 지금까지, 그는 변한 게 없었다. 타인의 시선이 미치지 않는 곳에선 여전히 폭우 쏟아지는 여름 아침 내복바지에 오줌을 싸며 울부짖던 작은 소년이었다.

5층에서 내려온 일중은 한참이나 숨을 가다듬고 욕실 문을 열었다. 그는 이어플러그를 귀에 꽂고 옷을 벗었다. 니트와 면티를 걷어낸 상체엔 크고 작은 흉이 가득했다. 이를 악물어도 공포가 임계점을 넘을 때면 일중은 면도날을 뽑아 피부를 그었다. 그래 야 겨우 숨통이 트였다. 상처를 통해 내부의 압력이 빠지는 것만 같았다. 살성이 좋아 금세 아물었지만 비늘처럼 반짝이는 흉터 는 그가 견뎌낸 날들을 기록했다.

일중은 면도날로 왼팔 삼두근을 따라 길게 칼집을 내었다. 면 도칼을 수채로 던지고 샤워기 수전을 올려 몸을 적셨다. 차가운 물줄기가 상처를 헤집었다. 고통이 공포를 억누르자 샤워가 참 을 만해졌다. 어디선가 이선의 목소리가 들리는 것 같았다. 모르 는 사람이 보면 내가 너 학대한 줄 알겠다.

이선은 일중이 특전사로 복무 중일 때 죽었다. 부음을 전하러 찾아 온 사람은 이선의 오빠이자 일중의 외삼촌인 사내였다. 태 어나 처음 본 외삼촌은 그간 이선이 혈액암으로 투병하다 폐렴 이 악화돼 숨을 거뒀다고 말했다. 이미 장례와 화장을 마쳤다며, 앞으로 상의할 일이 생기면 자신에게 연락을 하라고 명함을 남 겼다. 학교법인 정성학원 조주성 사회공헌팀장이었다. 일중이 휴학한 정성대학교도 정성학원 산하였다. 일중은 당신이 울 엄 마 아들이야? 오빠란 새끼가 왜 이제 기어 나와 허락도 없이 화 장을 하고 재까지 뿌려 버린 거야? 내가 당신 쏴 죽여 버리겠어,

먹살을 잡았다. 그러나 그뿐이었다. 죽은 이선은 돌아오지 않았고, 이따금 환청으로나 일중의 생을 간섭했다. 외삼촌 말 들어. 다 엄마가 부탁한 거니까.

주성은 매달 모자라지도 넘치지도 않는 생활비를 입금했다. 일중이 복학한 뒤엔 학교 근처에 오피스텔을 얻어 도어록 비밀번호를 메시지로 보냈다. 졸업할 즈음엔 중고 셀토스와 스리피스 수트를 선물했다. 대면은 없었다. 가끔 동료라는 사람이 찾아와 주성의 말을 전하며 선물 상자나 키링, 수트 케이스를 옮겼다. 일중의 첫 직장은 중견 정보보안업체 맥스윈스였다. 학점이 2.6으로 바닥 수준이었지만 담당 교수들과 학과장, 그리고 총장까지 추천서를 써주었다. 주성 덕분이란 걸 알았지만 일중은 고맙다는 전화 한 통 하지 않았다. 얼마나 콩가루 집안이면 여동생이 미혼모가 되어 피가 썩도록 고생하는데 들여다보지 않았는지 부아가 났다.

샤워를 마친 일중은 다섯 장의 수건으로 꼼꼼히 물기를 닦았다. 칼집이 들어간 자리도 어느새 출혈이 멎었다. 교임이 보면 참 부러워할 체질이었다. 일중은 젖은 옷을 세탁기에 넣은 다음에야 이어플러그를 뺐다. 이제 두 시간만 더 기다리면 출근 시간이었다. 그는 잠을 쫓느라 얼음을 한 컵 들고 나와 거실을 서성거리며 먹었다. 정말 영이 인영못을 알고 있다면, 일중의 계획에 차질

인간보다 인간적인

이 생겼다. 목표한 금액까지는 아직 41억이나 모자랐다.

　일중은 맥스윈스에서 경력을 쌓아 미티어에 스카우트되었다. 그가 하는 일이라곤 온종일 이종과 변종들의 초상화를 보고 얼굴을 익히는 것뿐이었다. 일주일 만에 그는 3백여 명의 이종을 기억할 수 있게 되었다.

　"황 선배는 이종 갖고 싶은 적 없었어요?"

　일중은 전임자 황에게 인수인계를 받으며 궁금한 것들을 물었다. 그중에서도 이종과 소유주의 고질적 사랑을 누군가 이해시켜 주길 바랐다. 하지만 미티어의 직원이나 키퍼들은 하나같이 이종을 혐오했고, 소유주 또한 경멸했다.

　"이 친구야, 무슨 수로 가지니. 차 회장이 가졌다는 미개봉 이종이 무려 2백 억이라는데."

　황은 감시구역 중에서도 가장 변종 출몰이 잦은 홍대, 신촌, 종로, 강남, 성수, 건대입구 등을 눈으로 훑으며 대답했다.

　"대신 그만큼 재산을 불려준다면서요. 소유주 입장에선 뜬뜬 아닌가요?"

　알려진 바대로면 이종을 소유한 사람은 누구나 제 분에 넘치는 부와 명예를 얻는다고 했다.

　"그런 말 믿지 마. 왜 미티어 산하에 대부업이 제일 잘나가는 줄 알아? 빚 내서 이종 호강시키는 호갱들이 넘쳐나서 그래. 의사, 교수, 판검사, 구글, 애플, 삼성 다니는 사람들도 자기 이종 앞에서는 바보 천치가 되거든."

황은 이종 때문에 신용불량자가 된 금수저를 여럿 봤다.

"선밴 별걸 다 아시네."

"인간들이 논리 회로를 고쳐야 해. 이종 덕에 부와 명예를 누리는 게 아니라고 상정해 보자 이거야. 그럼 무슨 답이 나오겠어? 부와 명예가 팔자에 쫙 깔린 놈을 이종이 귀신같이 찾아내 쪽쪽 빨아먹는단 거잖아. 옛날 사람들은 아무래도 명이 짧아서 집안 망조 들기 전에 상속시켰지만 요즘은 어디 그런가? 징그럽게 오래 살면서 씀씀이는 또 오죽 헤퍼."

황이 CCTV 화면에서 종각을 지나는 마이바흐 한 대를 가리켰다.

"6369 저 차 운전하는 양반도 소유주야. 하버드 나와서 자기 이름 딱 걸고 펀드 매니저로 잘 나갔거든. 아버지도 은행장 출신이라 부유했고. 근데 지금은 남의 차 운전수가 됐어요. 왜? 저 양반 이종이 재생할 때마다 사고를 치는 거라. 그걸 소유주가 못 말리니까 문제지. 돈 사고, 주먹 사고, 차 사고 자기가 다 뒤집어쓰고 지금은 친구 밑에서 운짱하는 거야."

황은 혀를 끌끌 찼다. 그러나 일중은 외려 구미가 당겼다. 사랑이라는 감정이 뭔지 궁금했다. 외롭게 자란 그로선 감히 상상할 수 없는 무엇이었다. 이선은 일중을 정성으로 키우고 성심으로 보살폈다. 그러나 둘의 관계는 매우 건조했다. 이선은 보호자 없이 입원한 어린 환자를 돌보는 간호사와 같았다. 병원행이 잦아지자 입으로는 아들 걱정을 했지만 표정은 무료해 보였다.

약점이 잡혀 호되게 맞고 돌아온 날에도 이선은 사무적으로 대응했다. 지역 교육청에 민원을 넣고, 교사와 교감에게 토씨 하나 다르지 않은 멘트로 항의 전화를 걸었다. 일중을 살뜰히 먹이고 씻기고 재웠지만, 그 모든 과정을 함께한 적이 없었다. 둘은 늘 따로 먹고 따로 씻었으며 다른 침실을 썼다. 그건 외삼촌 주성도 마찬가지였다. 누울 곳과 용돈, 직장을 챙겼지만 머리를 맞대고 같은 음식을 나눠 먹은 적이 없었다. 대학 동기, 군대 선후임, 직장 동료들까지 일중에게 살가운 사람은 없었다. 모두가 작정을 하고 자신을 미워한다는 생각마저 들었다.

일중은 성인이 되어서야 지금껏 사랑이라고 생각했던 감정들이 실은 혼자 느낀 친근감이나 유대감에 불과했단 걸 알아차렸다. 할 수만 있다면 끝없이 용서하고 기꺼이 나락으로 걸어가는 소유주들의 마음을 해부하고 싶었다. 역할 대행 알바처럼 데면데면한 혈육을 겪으며 일중은 맹목적 사랑이란 게 어떤 감정인지 한 번이라도 느껴보고 싶었다. 그걸 실현할 방법은 하나였다.

유성의 미개봉 이종을 구매하는 것.

일중이 평소보다 일찍 출근하자 당직을 서던 성진이 얼른 노트북 전원을 종료했다.

"그거 비번 걸어놨는데 어떻게 켰어?"

옷걸이에 점퍼를 걸며 일중이 물었다.

"미국 주식 좀 볼까 하고 켰는데 비번 걸려서 끈 겁니다. 저 일찍 퇴근해도 됩니까?"

성진이 슴벅한 눈을 비비고 일중의 의자에서 일어섰다.

"아니. 아직 퇴근 시간까지 19분 남았다. 의자 끌고 일로 와봐."

일중은 머릿속으로 해야 할 말과 하지 않아야 할 말을 구획 정리했다. 어제 성진으로부터 전해들은 얘기는 청평호 인근에서 교통사고가 났고, 수경으로 추정되는 변종이 이종을 납치한 게 전부였다. 그건 공식적으로 꺼내도 될 얘기였다. 그가 비공식적인 루트로 알게 된 사실은 납치된 이종이 10대 후반의 이영이라는 소녀이며, 인철에게 사로잡혀 치도곤을 당하고 뉴턴빌딩으로 돌아왔다는 거였다. 침묵해야 할 얘기였다.

"퇴근 좀 시켜주십쇼. 배 고프고 잠도 고픕니다."

성진이 투정하며 회전의자를 끌고 다가앉았다.

인간보다 인간적인

"어제 전화해놓고 왜 끊었어?"

일중은 성진의 전화를 받았지만 곧바로 끊어졌다. 다시 전화를 걸어도 받질 않아 궁금하던 차였다.

"잘못 누른 거 같습니다. 죄송합니다."

성진이 깍듯하게 고개를 숙였다.

"좋아, 그건 그렇다고 치자. 근데 묘한 게 좀 있어. 유스셀 장대표, 팔에 링거 꽂고 담배 피우러 1층 올라왔더라."

마치 촉 하나는 끝내주는 선배처럼, 일중이 성진 앞에서 능청을 부렸다.

"장 대표 원래 자주 그럽니다. 링거 꽂고 저 앞 횟집에서 혼술하는 것도 봤어요. 영양제 아니겠습니까."

"누가 뭐 맞는지 궁금하대? 이 시간에 왜 장 대표가 회사에 있냐는 거잖아. 평소엔 오후 출근하더니. 안마, 모르면 꺼져. 너랑 같이 당직 선, 걔 누구니 걔. 매 순간을 사진으로 낱낱이 기억한다는 걔. 어, 윤이나. 걔한테 물어보면 되겠네. 어디 갔어? 화장실 갔나?"

성진은 군소리 듣기 싫어 조용히 덮고 지나가길 바랐지만, 이나는 묻는 대로 답할 게 분명했다.

"실은 유스셀 리소스 하나가 탈출했어요. 청평호에서 사고 난 소유주 이종이요. 정수경이 납치했는데, 그걸 또 장 대표가 붙잡아온 모양입니다. 어제 전화로 보고 드리려다 같이 심란해서 뭐하나 싶었습니다."

"리소스? 그게 뭔데?"

일중은 정말 아무것도 모르는 사람처럼 되물었다.

"얼추 소문 돌던데 모르셨어요? 소유주가 심신미약인 이종을 유스셀이 재활용한대요. 혈액, 피부, 안구, 뭐뭐뭐…… 다 긁어내서 이식하고 배양한다고. 그 재료가 될 이종이 도망간 거죠."

여기까진 황에게 들어 일중도 짐작한 상황이었다.

"그래서 리소스는 잡았고?"

"아뇨. 좀 전까지 CCTV 다 까보고, 본가며 소유주 평소 동선 다 따봤는데 없더라고요."

"닉네임이 뭐야? 없어졌단 이종."

일중이 시치미를 뚝 떼고 운동화에서 실내화로 갈아 신었다.

"콤파스요. 대충 방향은 정하고 움직였을 겁니다."

"대충이 아니라 확실히 목적지 정한 건 아닐까? 딱 어디어디 몇 번 길."

성진의 눈꺼풀이 피로와 짜증으로 파르르 떨렸다.

"아시면서 뭘 물으세요. 개들 능력 조루잖습니까. 길어야 일이 십 분 안쪽이죠."

이종과 변종의 능력은 분명 놀라운 구석이 있지만 지속성이

인간보다 인간적인

약했다. 얼굴 각인도 5분 40초를 넘기지 못했고, 그 잘난 정수경의 전투 능력도 23분이 한계치였다. 스피더들의 질주 시간은 1분 20초, 독심술 능력은 불과 8초, 고중량을 드는 파워 리프터는 3분 내외였다. 비교적 얌전히 성질 죽이며 살아가는 콤파스나 라이어들만 평균 추정치가 없었다. 심지어 이종에서 변종으로 넘어가면 24시간 안에 능력은 절반으로 너프됐다.

"어림짐작이구나? 너나 장 대표나."

일중은 일단 안심했다. 영이 꼬리라도 잡히면 인영못이고 나발이고 찾아 나서기도 전에 뉴턴빌딩이 불바다가 될지도 몰랐다. 다행히 인철은 영의 능력을 과소평가했으니 그의 관심이 다른 이종에게 옮겨갈 때까지 버티면 되었다.

"그쵸, 어림짐작이죠. 거기에 제 짐작을 하나 더 얹자면, 청평 교통사고도 장 대표가 기획한 거 같아요. 아니면 이상한 일이잖아요. 마침 사고가 나고, 마침 거기 키퍼들이 있었고, 마침 장 대표도 동승했다는 게."

일중은 내심 놀랐다. 2년차 키퍼인 성진은 푸근하게 생긴 외모와 달리 제법 예리한 구석이 있었다. 입사 1년차에 성진은 정수경의 CCTV 영상을 토대로 그녀의 신체 사이즈와 체형의 특징, 걸음걸이 등을 모델링해냈다. 그 덕에 미티어는 수경 외에도 말썽이 잦은 변종과 이종들을 모션으로 구분하고 특별 관리하게 되었다. 수경의 설정값을 수정하느라 일중은 꽤나 곤욕을 치렀다.

"장 대표야 원래 꼴통이니까 그럴 수 있다고 생각합니다. 그보다 수상한 건, 어떻게 정수경이 사고 현장에 대기하고 있었냐는 거죠. 정보가 빠져나간 거예요. 절대 우연일 수가 없죠."

성진이 의자에서 일어섰다. 끌고 온 의자를 제자리에 돌려놓고, 일중의 책상으로 돌아와 꾸벅 묵례를 했다.

"내부자가 정수경과 내통하고 있다는 얘기 같이 들리는데?"

일중은 피식 웃어 보였지만 탈수기로 심장을 짜내는 것만 같았다. 성진과 일중의 시선이 가볍게 충돌하는 순간 상황실 문이 열렸다.

"팀장님, 출근하셨습니까."

양치 컵과 칫솔을 든 이나가 깍듯하게 허리를 숙였다.

"그래, 가 봐. 윤이나, 너도 퇴근해라. 밤새 수고 많았다."

일중의 말에 성진은 이나에게 가벼운 하이파이브를 하고 상황실을 나갔다. 이나가 당직자 의자에 걸어놓은 재킷을 걸치고 보따리처럼 생긴 크로스백을 걸쳤다.

"그럼 내일 뵙겠습니다, 팀장님."

팔짱을 끼고 생각에 잠겼던 일중이 퍼뜩 고개를 들었다.

"윤이나, 잠깐만."

퇴근하려는 이나를 일중이 불러 세웠다.

　　　　　　　　　　인간보다 인간적인

"네?"

"어제 리소스가 어떻게 탈출한 거야? 애를 혼자 두진 않았을 거 아냐."

성진에게 묻는다는 걸 깜빡한 일중이었다.

"리소스가 뭡니까? 혹시 제가 모르는 사건이 있었을까요?"

이나는 어제 사옥 순찰과 출몰지 모니터링으로 바빴다. 성진이 누군가의 전화를 받고 뒤스럭거리며 왔다 갔다 한 일은 알고 있지만, 무슨 일 때문인진 전해 듣지 못했다.

"유스셀 사고 못 들었어?"

"죄송합니다. 전달받은 바 없습니다. 화재경보가 1분가량 울렸는데 오작동이었다는 얘기만 얼핏 들었습니다."

이나가 어쩔 줄 몰라 크로스백 가방끈을 쥐어짰다. 일중은 그녀가 정말 아무것도 모른다는 걸 알아차렸다.

"아니다, 내가 꿈 꿨어. 들어가 봐."

이나는 찜찜한 마음을 지우지 못했지만 집요하게 파고들 용기가 없어 상황실을 떠났다. 그녀의 발소리가 멀어지자, 일중은 어제 CCTV 녹화분 중 유스셀 복도 영상을 재생했다. 헤드셋을 끼고 화면에 집중했다. 자정이 다 된 무렵 성진이 유스셀 랩실로 걸어 들어가는 게 보였다. 신기해서인지 고개를 빼고 기웃거리는 몸짓이었다. 12분 7초가 흐르자 성진이 다시 카메라에 잡혔다. 들어갈 때의 천진한 표정은 사라지고, 성난 사람처럼 얼굴이 붉었다. 그가 무슨 말을 했는지 랩실 자동문이 열리자 벌어졌던 입 모양이 다물렸다. 일중이 영상을 뒤로 돌리고 볼륨을 높였다. 하지만 이번에도 입 모양뿐 목소리는 들리지 않았다.

"소리! 소리 어디 갔어?"

영상에선 분명 혀와 입술이 움직인 걸로 보였지만, 같이 녹음되었어야 할 음성은 깨끗이 증발했다. 자동문이 열리고 닫힐 때 났어야 할 작동음, 성진의 발소리조차 사라졌다. 이 구간만 누군가 고의로 지운 것 같았다. 미티어에서 내부 CCTV 접근 권한을 가진 사람은 차유성, 장인철 그리고 비밀 접속 코드를 가진 일중뿐이었다. 성진이 속한 키퍼들은 접속 경로조차 알 수 없었다.

성진은 담뱃갑을 들고 엘리베이터로 향했고, 그가 사라지자 얼굴만 뭉개진 영이 랩실을 나왔다. 그녀는 벽을 짚고 걷다가 복도 중간쯤에 멈춰서 화재경보기를 눌렀다. 음소거 상태나 다름없던 영상에서 갑작스러운 굉음이 터져 나왔다. 삐삐, 화재가 발생했습니다. 삐삐, 화재가 발생했습니다. 일중은 헤드셋을 벗어버렸다. 음성을 지운 사람은 누구일까, 아니면 오류일까. 어쩌면 약아빠진 인철이 영을 세뇌해 뉴턴빌딩으로 보낸 걸지도 몰랐다.

오만가지 가능성이 열리자 일중의 마음이 뒤숭숭했다. 그는 그나마 모두에게 안전한 선택이 무언지 고민했다. 영이 찾아와 생긴 사달이니 그녀를 제거하는 게 가장 이상적일 터였다. 교임을 설득해 화장장을 예약하고, 수경의 시선을 따돌린 다음 영을 빼내야 했다. 일중은 자신의 노트북을 열어 개인 계정에 접속했다. 뉴턴빌딩에 설치한 여덟 대의 CCTV를 바라봤다. 수경이 하느작하느작 가벼운 걸음으로 출입구를 나서는 게 보였다.

"이모, 어제 걔 얌전히 있어?"

일중은 교임에게 전화를 걸었다. 그러면서도 시선은 수경을 좇았다. 흰 티셔츠에 큼직한 쇼퍼백을 어깨에 건 그녀 앞에 택시가 멈춰 섰다.

"무슨 바람이 불어 나를 이모라고 불러? 무슨 용건인데."

용건이 있어야 나긋해지는 일중이었다.

"정수경이 어제 말도 안 되는 소릴 짖어놔서 계속 뒤숭숭하잖아. 걔는 뭐가 다르다는 둥, 인영못을 찾는다는 둥. 이모도 듣기 불편했지?"

"얘가 알긴 뭘 알아. 전생도 기억 못하더구만."

"이모랑 내 선에서 정리하자."

"뭘 정리해?"

"그 계집애. 정수경 뇌피셜 믿고 보호비 대납하는 거 아깝잖아. 내 위험 부담도 커지고. 이모가 화장장 예약해 주면 약물 처리해서 싣고 갈게. 정수경이 물어보면 가출했다고 입 맞추자는 거지."

말은 쉽게 했지만, 일중도 화장장과 약물이라는 단어를 발음하며 미간을 찌푸렸다.

"그건 안 돼."

"무슨 말이야, 이모. 폭탄을 계속 안고 있겠다고? 그렇게 돈이 썩어나?"

일중이 침을 튀겨가며 교임을 윽박질렀다.

"정말 뭐가 있긴 있거든. 아까 아침 먹다 말고 자기 소유주가 강남중병원에 있다고 말하더라. 암튼 우리 다 잘 있어. 수경이는 미용실 갔고 나도 마사지 받으러 나왔어. 이따 연락해."

일중은 수경이 탄 택시 번호판을 읽었다. 2919. 그가 노트북에서 눈을 뗄 때 상황실 모니터를 바라봤다. 그는 미티어의 CCTV가 뉴턴빌딩 근방 10킬로미터를 비추지 않게 설정해 놨다. 택시가 어느 방향에서 나올지 몰라, 이리저리 눈동자를 굴렸다. 차가 막히지 않는데도 2919는 어디서도 보이지 않았다. 혹시 차를 갈아탄 게 아닐까 낙심하던 순간, 2919가 상문고등학교 앞을 지나쳤다. 택시는 방배에서 서초 1동, 2동을 지나 도곡동으로 접어들었다. 그리고 최종 목적지는 강남중병원이었다. 택시에서 내린 수경은 그 사이 검정색 블라우스로 갈아입었다. 특별한 경우가 아니라면 변종들은 키퍼의 눈을 피해 자주 변복을 했다. 보나마

나 인철이 깔아놓은 키퍼가 우글거릴 텐데 기어코 거길 찾아갔다는 사실에 치가 떨렸다.

"미용실이라며? 또 구라를 치고 있네. 박교임 씨, 똑똑히 들으세요. 지금껏 아무 때나 불러도 얌전히 대주니까 똥갈보처럼 보였는지 몰라도, 나 그렇게 나사 빠진 새끼 아닙니다. 내 모가지는 나밖에 못 지킨다는 거 누구보다 잘 알아. 정수경이 병원에서 난동 부리면 박교임 씨랑 이종 계집년까지 내 손에 소멸될 거예요. 댁들 입에서 내 이름 석 자 나오기 전에 물 만들고 재 만들어 변기에 내려버릴 테니 알아서 처신하라고."

일중은 통화를 끊었다. 정수리가 뜨끔뜨끔하게 화가 치솟았다. 상황실 모니터 중 강남중병원 진입로를 비추는 CCTV가 수경의 체형을 분석하느라 로딩이 느려졌다. 일중은 재빨리 CCTV를 진입로에서 출차로로 바꿨다. 그때 연보라색 스카프에 검정 핸드백을 든 중년 여자가 일중의 시선을 사로잡았다. 희끗한 단발머리를 단정하게 묶은 중년 여자는 서너 살 많아 보이는 남자와 팔짱을 끼고 걸었다. 농담을 주고받는지 여자가 웃자 남자도 웃었다. 일중은 CCTV 화질을 개선했다. 보행 신호를 기다리는 여자가 왼손으로 귀에 머리칼을 꽂고 오른손목에 찬 시계를 들여다봤다. 익숙한 몸짓이었다. 12년 전 사망한 이선이었다. 그녀는 두드러진 광대뼈와 날렵한 입술, 야위었지만 또래보다 장신의 왼손잡이였다.

"아니잖아. 엄마, 죽었잖아. 왜 당신이 거기 있어!"

살아 있었다면 50대 중반의 나이였다. 혈액암 후유증으로 사망했다는 이선은 매우 건강해 보였다. 보행신호로 바뀌자 이선과 남자가 6차선을 건넜다. 일중이 다른 도로에 단 CCTV에 접속했다. 이런저런 손짓을 하며 둘은 스타벅스로 들어갔다.

일중은 도곡동 인근의 키퍼를 살폈다. 강남중병원 안에만 여덟 명이 진입해 있는 게 보였다. 일명 J라인이라 불리는 인철의 졸개들이었다. 일중은 J라인을 피해 이선의 동태를 파악할 키퍼가 필요했다. 지역을 넓히자 은광여고 앞에 성진의 입사 동기가 한 명 있었다. 일중은 키퍼에게 이선이 들어간 스타벅스 주소를 찍어주고 인상착의를 설명한 다음 동영상 근접 촬영을 요청했다.

동영상을 기다리는 동안 일중은 자신의 핸드폰 갤러리를 열었다. 비밀 폴더 안에는 수경과 교임의 초상화가 있었다. 인수인계를 받을 때 황이 넘긴 파일이었다. 아무리 오래 얼굴을 들여다봐도 돌아서면 생김새가 하얗게 지워지니 그 둘을 시각적으로 익히기 위해선 초상화가 필요했다. 이젠 실루엣만 봐도 누가 누구인지 구분해 내지만 초기엔 요긴하게 사용한 그림이었다. 일중은 교임과 수경의 파일 아래 깔려 있는 엄마 이선의 얼굴을 확대했다. 그의 고등학교 졸업식 날 학교 정문에서 찍은 사진이었다.

인간보다 인간적인

라넌큘러스와 장미, 블랙잭이 섞인 꽃다발을 든 일중은 카메라가 아닌 이선을 바라봤다. 엄마가 오실 줄 몰랐어요. 그녀는 회사 일로 한 달에 이틀은 집을 비웠다. 정확히 첫 번째 주 월요일과 두 번째 주 금요일이었다. 또 주말엔 이웃집 노인 부부네에 돈을 주고 맡겨질 만큼 바빴다. 졸업식이 열린 첫 번째 주 월요일도 출장이 잡혀 있다고 했다. 어떻게 안 와. 두 번은 없는 네 졸업식이잖아. 도일중, 카메라 봐.

– 인간으로 식별. 대화 내용 특이사항 없음.

키퍼의 메시지와 함께 동영상이 전송되었다. 이선과 남자는 음료 픽업대 앞을 서성거렸다.

"조이선 고객님, 주문하신 라떼 두 잔 나왔습니다."

종업원이 이선을 호명하자 남자가 쟁반에 든 음료를 받아들었다.

"너 너무 오랜만이야. 명절 아니면 동생 얼굴 못 보고 살겠어."

"오빠, 애가 열 살인데 우리 부부는 벌써 쉰이야. 학교랑 학원 라이딩 다니는 것도 젊은 엄마들이나 할 만한 일이지."

키퍼가 한 테이블 건너 앉은 탓에 이선의 얼굴이 카메라 화각 때문에 넓어 보였다.

"그래도 이번엔 네 애잖아."

남자의 말에 이선이 말없이 고개를 주억거렸다.

"직장에서 키우던 애 소식은 아예 못 들어?"

이선이 입을 열자 일중은 영상을 중지시켰다. 혼란스러웠다. 죽은 엄마가 멀쩡히 살아 있는 것도 믿어지지 않았다. 주성이 아닌 또 다른 오빠가 있다는 것도, 열 살짜리 아이가 있다는 것도, 그녀에게 자신의 존재가 직장에서 키우던 아이란 것도.

"당신……."

일중은 두피를 타고 내린 땀을 느끼고 질겁했다. 손바닥이 축축이 젖었고 양말도 눅눅했다. 습기를 머금고 있는 전신의 모공과 핏줄이 범람하는 것 같았다. 공기압으로 눈알이 뽑혀 나갈 것 같고 귀가 먹먹했다. 일중은 필통에서 커터칼을 꺼내 손등을 마구 그었다.

"당신은 누구야."

커터칼이 가로지른 손등 정맥에서 피가 쏟아졌다. 검정색 드레스 셔츠를 타고 흐른 피가 진회색 팬츠를 적셨다. 심박에 맞춰 출혈량이 울컥울컥 리드미컬하게 늘어났다. 수술하지 않으면 수 시간 내에 과다출혈로 사망할 테지만 일중은 커터칼로 손바닥도 긋기 시작했다. 먼저 그었던 상처는 이미 스멀스멀 엉겨 붙어 아무는 중이었다. 일중의 이마에서 떨어진 땀이 핸드폰 액정을 터치했다. 중지되었던 영상이 재생되었다.

"안 궁금해. 걔 키울 때 나 우울증 걸려서 많이 힘들었잖아. 빅 사이즈 스폰서가 오죽 잘해주겠어?"

일중은 12년 전이 아니라, 이제야 고아가 되었다는 걸 실감했다. 셔츠와 바지를 적신 피가 꾸덕꾸덕 굳어갔다. 동강 났던 정맥이 이어지고 붉은색 근육이 차올랐다. 일중의 손등과 손바닥에 희끗한 흉터가 새로 생겼다. 엄마 이선의 목소리가 귓가에 맴돌았다. 일중아, 난 처음부터 어디에도 없었어. 넌 줄곧 혼자였다고.

수경은 강남중병원 12층 중환자실 앞 벤치에 앉아 있었다. 시든 얼굴로 가족의 면회를 기다리는 사람들이 스무 명 남짓이었다. 앳된 새댁부터 휠체어 탄 노인, 얼굴이 쏙 빼닮은 중년 자매까지 사연도 다양했다. 대기실 벤치엔 선글라스를 손에 들거나 주머니에 꽂은 키퍼들이 눈을 빛내며 그녀를 감시 중이었다.

"여봐, 총각. 그렇게 사람 쳐다보는 것도 성희롱이야. 알아?"

수경의 옆에 앉아 있던 노인이 몸을 돌려 뒷열의 키퍼에게 삿대질을 했다. 매력도가 100퍼센트라는 건 가만 있어도 아군이 생긴단 의미였다.

"아, 깝깝해. 영감님 저 요물한테 단단히 홀리신 거예요."

키퍼가 자신의 선글라스를 노인에게 씌워주려 했지만 지켜보던 방문객들이 동시에 혀를 차고 엉덩이를 들썩거렸다.

수경은 핸드폰을 꺼내 영이 보낸 사진을 봤다. 골동품을 평계로 유럽과 아시아를 유람하며 남긴 기념사진들이었다. 바티칸 중앙의 오벨리스크 앞에서 찍은 사진을 확대하자 가늘고 긴 눈에 뿔테 안경을 쓴 정빈의 얼굴이 제대로 보였다. 고급 수트에 힙스터 스타일로 가꾼 콧수염으로 멋을 부렸고 오른쪽 뺨에 난 진갈색 사마귀를 떼어내지 않아 특징이 있었다. 11시가 되자 중환자실 문이 열렸다. 방문객들이 명찰을 보여주고 환자실로 우르르 들어갔다. 키퍼 한 명이 수경의 쇼퍼백을 꽉 잡고 놓아주지 않았다. 자판기와 화장실, 비상계단을 막고 있던 키퍼들이 수경을 에워쌌다. 중환자실 문이 닫혔다. 수경은 바지 주머니에서 침통을 꺼냈다.

"언제 봐도 니들은 참 머저리란 말야."

쇼퍼백을 든 키퍼의 손등을 검침으로 그었다. 날카롭게 벼린 칼이라 아프진 않지만 신경을 건드려 놨으니 수술하지 않는 한 그 손은 마비였다. 에어건을 조준한 키퍼 둘이 수경을 향해 방아쇠를 당겼다. 그러나 조준한 순간 이미 수경의 몸은 벤치를 폴짝폴짝 뛰어넘어 비상구로 향했다. 시커먼 나이프를 빼든 키퍼들이 수경의 뒤를 쫓았다.

간호사가 보호자 명찰 없이 들어온 휠체어 탄 노인에게 다가섰다.

"보호자 등록 안 하신 분은 면회 불갑니다."

인간보다 인간적인

노인이 모자챙을 들어올려 간호사와 눈을 맞췄다.

"나 이사장이야. 오랜만이라고 얼굴도 몰라보니? 미리 전화라도 넣고 올 걸 그랬나."

능청스럽게 거짓말을 하는 사람은 마사지숍에 갔다던 교임이었다. 그녀는 수경과 다른 택시로 강남중병원에 도착했다. 키퍼들의 선글라스에 낮은 체온이 들키지 않도록 발열조끼를 입고 챙모자를 썼다.

"죄송합니다. 이제야 알아뵀어요. 문병 오셨습니까?"

간호사가 수간호사를 불러와 교임의 말을 전했다.

"나 이정빈 환자 자리로 안내해 줄래? 위중하다고 들었는데."

교임의 부탁에 수간호사는 손바닥을 펼쳐 방향을 가리키고 앞장서 걸었다. 중환자실 침상엔 커튼이 없었다. 아랫도리가 벗겨진 채 배변 패드를 깔고 누운 노인들이 수두룩했다. 터분한 공기 속에 소독약과 분변 냄새가 섞였다. 생명 유지 장치가 없으면 곧 썩어 들어갈 사람들 속에 정빈도 누워 있었다. 영이 말한 그대로였다.

오늘 아침 식탁에 앉아 눈을 꾹 감았다 뜬 영은 강남중병원 12층에 정빈이 있다고 단언했다. 왜 그렇게 부었어. 누가 우리 정빈 씨 바지 좀 입혀줘요. 저 사람 안경 갖다 줘요. 네? 영은 방언 터트리듯 허공을 향해 울부짖었다. 직접 병원에 찾아가 만나야겠다고 우겼지만, 큰일 날 소리였다. 정빈을 입원시킨 사람이 인철이니 병원 내에 감시 카메라와 키퍼들을 잔뜩 깔아놨을 터였다. 수경은 교임에게 오랜만에 외출을 하자고 청했다.

정빈은 사진과 많이 달랐다. 안경은 없었고 안연고를 바른 눈도 반창고로 덮여 있었다. 뺨에 난 사마귀가 아니었다면 알아보기 어려울 만큼 부종이 심했다.

"이 사람 상태가 어때? 얼마나 기다려야 죽지?"

무례한 질문이었지만 교임의 거짓말에 단단히 속은 수간호사가 차트를 가져와 눈으로 훑었다.

"기계랑 약으로 스테이블한 상태지만 뇌의 절반 정도는 기능이 상실됐다고 보시면 돼요. 가족이 요청하시면 치료 중단하실수 있어요."

"중단하면 죽는단 얘기지?"

"맞습니다. 만에 하나 깨어나셔도 일상생활은 불가능하실 거고요. 혹시 이사장님 가족 되실까요?"

영의 말에 따르면 정빈의 어머니는 영국인이었다. 그녀는 이종 소유주인 전남편이 지긋지긋해 황혼 이혼 후 영국 남자를 만나 거기 정착했다.

"가족은 아니야. 가족의 가족 정도일지는 모르겠다."

이종에게 소유주는 핏줄보다 더 가까운 사이였다. 영의 임시

　　　　　　　　　　　　　　인간보다 인간적인

보호자인 교임은 자신과 정빈이 아주 남남은 아니란 생각이 들었다. 그래서 더 기분이 더러웠다.

"차트 보니까, 환자분 어머니께서 일요일에 입국해 절차를 밟기로 하셨습니다."

교임이 손가락을 꼽았다. 금, 토, 일. 앞으로 영이 이종으로 살아갈 날은 사흘 남았다. 그 기간 안에 인영못을 찾지 못하면 가능성은 절반으로 줄어들 터였다.

"내 부탁 하나 들어줄래?"

교임의 부탁에 간호사는 내선으로 어딘가에 전화를 걸었다. 잠시 후 분홍색 셔츠에 흰 바지 유니폼을 입은 보조인이 찾아와 교임의 휠체어를 밀었다. 그들은 승객용 엘리베이터 대신 화물용 엘리베이터로 이동했다.

"아까 밖에서 우당탕 소리 나던데 무슨 사고라고 있었나?"

교임이 정빈의 상태를 확인하는 동안 수경은 키퍼들을 유인하기로 했다. 키퍼들의 신무기 중에 에어건이 있어 마음이 조마조마했다. 교임은 중환자실에서 퉁퉁, 격발음을 들었다. 수경을 향한 공격일 터였다.

"환자 가족들 사이에 마찰이 있었던 것 같습니다. 여자 한 분이 비상계단에서 추락해 많이 다쳤다고 들었습니다."

"다쳐? 얼마나?"

보조인이 불러놓은 모범택시가 정문에서 교임을 기다렸다.

"거기까진 잘 모르겠습니다. 죄송합니다, 이사장님."

택시기사가 교임을 뒷좌석으로 옮기고 휠체어를 접어 트렁크에 실었다. 많이 다쳤다는 사람이 수경이 아니길 바랐지만 여자 한 분이란 말이 가시처럼 박혔다. 교임은 곧 평정심을 찾았다. 수경에게는 미안한 일이지만, 산 변종은 살아야 하지 않은가. 영의 기억을 되살릴 방법을 찾아야 했다. 그녀는 핸드폰으로 주성에게 전화를 걸었다.

"네, 이사장님."

"조 팀장, 내가 티비에서 봤는데 최면으로 전생 체험을 할 수 있더라."

"이사장님도 체험해 보고 싶으신 거죠?"

주성은 부탁을 거절하는 법이 없었다. 정성학원 교직원 중 유일하게 교임의 정체를 알고 이해하며, 그녀를 존경하는 인물이었다. 이탈이 잦았던 전임자 조이선과 비교되는 충직함이었다.

"잘 알아듣네. 권위자 한 명 데려와. 입 무겁고 실력 있어야 해."

"알겠습니다. 금방 연락드리겠습니다."

교임은 영의 트라우마를 건드려 사라진 기억을 돌려놓을 생각에 가슴이 뛰었다.

인간보다 인간적인

키퍼 윤이나

비번인 성진과 이나는 강남중병원에서 만났다. J라인 키퍼 보영이 다발성 골절로 입원한 탓이었다. 성진과 이나는 서로 연락을 주고받아 약속을 정한 게 아니라 병원 주차장에서 우연히 서로의 차를 발견했다. 마카롱과 휘낭시에, TWG 홍차 쇼핑백을 든 이나가 성진을 불렀다.

"선배, 성진 선배!"

가야농장 주스 선물 세트 상자를 들고 엘리베이터로 향하던 성진이 걸음을 멈췄다.

"안에서도 보고 밖에서도 보고, 이거 몰카 아니지?"

성진은 투덜거렸지만 이나가 내심 반가웠다. 두 사람 다 부모의 이종 때문에 겉돌며 자란 정서적 고아였다. 체력 평가를 준비하느라 성진이 다니는 피트니스 센터에 개근하는 근성도 높이 샀다. 러닝머신에서 걷기만 하던 이나는 요즘 들어 제법 잘 뛰기 시작했다.

"비번이 같아서 그렇지 말입니다. 어째 한숨도 안 잔 얼굴이세요?"

승객을 가득 실은 엘리베이터가 층마다 멈추느라 기다리는 시간이 길어졌다.

"요즘 퇴근하고 봉사 다녀. 거기 들렀다 오느라 좀 피곤하네. 야, 너 되게 고급진 선물 챙겨왔다. 재벌 3세라는 소문이 진짜가 봐?"

성진이 얼른 말을 돌렸다.

"제가 받으면 좋겠다 싶은 걸로 골랐어요."

이나는 부정하지 않았다. 조부가 굴지의 건설사를 운영했고, 아버지 대에 내려와 사업이 많이 기울었지만 그래도 상속받은 부동산과 유가증권이 적지 않았다. 이나의 집안 역시 이종 소유 가문이었다. 조부가 물려준 이종 탓에 부모는 이나를 낳자마자 쇼윈도 부부로 살아왔다. 여덟 살까지 그녀를 키운 건 보모와 개인 교사였다.

초등학교 입학을 며칠 앞둔 날, 아버지의 이종이 질투심에 저지른 방화가 아니었다면, 이나도 훗날 소유주 명단에 이름을 올리게 되었을 거였다. 화재는 다섯 명의 인간과 한 명의 이종을 집어삼켰다. 인간들의 사인은 질식사였고, 몸에 경유를 붓고 불이 붙은 이종은 뼈까지 녹아 흔적이 없었다. 3층 테라스에서 우수관을 타고 내려온 이나만이 생존자였다. 그녀는 법정 후견인인 이모 밑에 자랐다. 아버지가 남긴 예탁금 중 절반을 넘기는 대가였다. 도이치은행에 맡긴 예탁금은 만 서른 살 생일에나 받을 수 있었다. 이나는 성인이 되자마자 쫓겨나듯 이모 집을 나왔다. 아마도 서른 살 즈음에야 이모를 다시 만나게 될 거라고 생각했다.

"저 정수경이 어디 사는지 대충 짐작돼요."

이나가 한참만에야 도착한 엘리베이터에 올랐다.

"소망적 사고가 너무 판타지야. 나도 모션 판독 프로그램으로 금방 잡을 줄 알았어. 근데 매번 교묘하게 빠져나가지."

미티어가 유일하게 CCTV를 설치하지 못한 곳은 지하철 역사였다. 불법 촬영 단속이 거세지자 기존에 설치한 CCTV가 모조리 철거되었다. 수경은 어딜 가든 꼭 한 번은 지하철에 들러 환복 후 위치를 교란시켰다.

"주로 고속터미널이랑 사당, 강남역으로 새잖아요. 강 건너 2호선 어딘가에 살 거예요. 당분간 저는 환승역을 중심으로 수색할까 해요."

다른 키퍼들도 거기까진 유추했다. 하지만 이나가 지목한 세 지점은 유독 유동 인구가 많았다. 수경과 붙으면 죽음을 각오해야 하니 지원자가 드물었다. 거길 뒤질 시간에 꺼벙한 변종 사냥으로 수당을 쌓는 편이 훨씬 이득이었다.

"너 정수경 얼굴 안됐지? 대체 어떻게 생겨 먹었냐."

"옛날 사람일 텐데, 되게 현대적인 인상이에요. 수술한 것처럼 눈매가 화려하고 콧대도 높고, 입술이 붉어요. 채도 높은 유화 같달까. 사진이나 영상 보면 수채화에 물 뿌린 거처럼 뭉개져서 잘 모르시죠?"

엘리베이터는 층마다 문을 열고 승객을 태웠다.

"그래서 인간들이 반하는구나. 넌 그런 감정 못 느꼈어?"

아름다운 외모에 마력 같은 매력의 이종 수경은 누구든 홀렸다. 훈련받은 키퍼들조차 선글라스를 벗으면 우뚝 멈춰 서곤 했다.

"맞대면까진 안 해봐서 모르겠습니다. 근데 저 나름 대책은 세웠어요."

"무슨 대책?"

"저는 정수경을 주인 잃은 개라고 생각합니다."

이나는 인간과 이종의 차이가 늑대와 개 정도가 아닐까 추측했다. 유전자의 0.4퍼센트가 다를 뿐 개와 늑대는 동종이었다. 둘의 차이는 상황 판단력뿐이었다. 늑대는 자신의 이익과 본능

인간보다 인간적인

을 따라 움직이고, 개는 오로지 주인의 판단에 기대기 마련이었다. 이나는 주인 잃은 개가 어떻게 상황을 판단할지 시뮬레이션해봤다. 수경을 놓친 선배들의 전투를 수도 없이 재생해 본 결과 마침내 답을 얻었다.

"키퍼가 자기 이름을 부르면 반사적으로 도망치더라고요. 반응 속도가 초인적인데 어떻게 잡겠습니까. 전 정수경을 만나면 죽은 소유주의 이름을 부를 거예요."

주인 잃은 개에게 과연 이름이 필요한지, 이나는 자문했다. 수경은 그저 정춘의라는 사내가 남긴 부산물에 불과했다. 그녀의 질주를 막을 수 있는 건 춘의 한 사람뿐이었다.

"너 문과지?"

"네, 국어교육괍니다."

둘은 엘리베이터에서 내려 보영의 병실로 들어갔다. 깁스한 팔다리를 허공에 매단 보영이 둘을 보자 희색을 띠었다.

"너네 왜 같이 와? 둘이 사귀냐?"

보영의 말에 이나는 같이 웃었지만, 성진의 귓바퀴가 빨개졌다.

"선배 전치 16주라면서요. 장 대표님이 J라인 키퍼들한테 보영 선배 본 좀 받으라고 야단야단을 쳤대요."

이나가 성진이 사온 주스에 빨대를 꽂아 보영의 입에 대주었다.

"웃기지도 않아. 나한테는 얼마나 쪼다면 특수 훈련 받은 요원이 계단에서 추락하냐고, 이참에 다른 일 생각해 보라던데. 나 그만 마셔. 화장실 가기 힘들거든."

보영의 입술이 빨대를 놓았다.

"빈말이지. 장 대표가 보영 씨 좋아하잖아. 그래서 J라인으로 끌고 간 거 다 아는데."

성진의 말에 보영이 진저리를 쳤다.

"어디 가서 그런 말 하지 마. 수당 더 준대서 들어갔지, 누가 장 대표랑 가까이 지내고 싶어? 랩실 조교 말이 장 대표가 이종 두피를 자기 머리에 이식했대. 소름 돋는다."

조교 정현의 말에 따르면 인철은 이종의 살을 직접 맛보기도 했다. 인간 고기보다 맛이 없어. 종이 씹는 느낌이야. 육향도 없고 육즙도 부족해. 익히면 그나마 먹을 만한 정도지. 인철의 말을 들은 조교는 그날부터 늘 사직서를 품고 다녔다. 이종의 살을 먹는다는 발상도 역겨웠지만 인간의 살과 맛을 비교할 경험치가 있다는 게 더 끔찍했다.

"보영 선배, 저 내일 체력 평가 다시 테스트하는데요. 합격하면……."

이나가 보영의 얼굴과 성진의 얼굴을 번갈아 바라봤다.

"무슨 얘긴가 했네. 너 에어컨 줄 대는 거지? 야, 성진아. 이나 합격하면 내 거 줘라. 응?"

인간보다 인간적인

보영은 아직 수습이지만 눈에 총기가 가득한 이나가 대견했다.

"그니까 합격을 해야 말이지. 3급은 넘겨야 나도 푸시해 볼 거 아냐. 괜히 안 준대? 사람 나쁜 놈 취급하지 마."

툴툴거리는 성진의 핸드폰에 엄마라는 발신자 이름이 떴다. 그가 전화를 받으며 병실을 벗어났다.

"재수탱이 도 팀장한테 전화 좀 걸어 봐. 내가 존심 구기고 언질해 줄게."

보영의 말에 이나가 얼른 일중에게 전화를 걸었다. 음성사서 함으로 넘어갈 때까지 전화를 받지 않았다. 그도 그럴 게, 지금 일중은 휴가를 내고 12년간 외삼촌이라 믿었던 사내 주성을 찾 느라 눈이 뒤집혔다.

교임의 계획이 어그러졌다. 꼬박 하루 동안 소식이 없던 수경 이 멀쩡한 모습으로 귀가한 터였다. 때마침 주성도 최면 전문가 를 싣고 뉴턴빌딩에 당도했다. 금고를 여느라 수경의 방에 있던 교임이 까무라치듯 놀라 옷방에 숨었다.

"부고 문자라도 받은 다음에 금고를 까시든가. 할망구 진짜 의 뭉스럽네."

수경이 방문을 걷어차자, 교임은 자신의 엉덩이라도 걷어찬 것 처럼 비명을 질렀다. 술술 나오던 거짓말도 어쩐 일인지 떠오르는 게 없었다. 영이 교임의 방에서 나와 멀뚱히 수경을 바라봤다.

"재 살았네?"

교임은 영에게 이제 수경이 소멸했으니 우리끼리 뭉쳐야 한다고 비장하게 말해두었다. 조금만 기다리면 네 기억을 되돌려줄 용한 분이 오시니, 마음 단단히 먹고 기다리자고 했는데 수경이 먼저 도착한 거였다.

"뒤지길 바랐나봐? 너네 이 씨 본이 좀 희한해서 족보 찾느라 늦었어."

이정빈의 본은 경주나 합천이 아니었다. 지극히 드문 봉화 이 씨로 족보를 찾아 어제 오늘 현지에 다녀왔다. 수경은 영이 생각보다 오래된 이종이란 걸 알아냈다. 정빈이 38대손이고 족보에 기록된 첫 소유주는 18대손이었다. 5백 년이 넘는 동안 20대를 거쳐 한 가문에 묶였으니 어쩌면 최초의 이종 세대일지 몰랐다. 수경은 본관에서 봉화 이 씨 18대손 이사성 영감의 진용을 찾아 복사해 왔다.

"이사장님, 벨을 눌러도 안 나오셔서……."

뒤이어 주성이 도어록을 해제하고 최면가와 함께 집안으로 들어섰다.

"할망구, 문 깨부수기 전에 나와. 집으로 회사 사람 부르고 거기 계속 처박혀 있을래?"

수경이 다시 방문을 걷어찼다. 방 문고리를 잡은 교임도 울화통이 터졌다. 최면가만 올 줄 알았는데 주성까지 동행한 게 어이없었다.

"얘, 우리 중에 너 죽기 바란 사람 아무도 없어. 사실 징크스 때문에 거기 들어간 거야. 전에 나한테 말 안 하고 강릉 놀러 갔을 때도 내가 니 금고 건드리니까 지금처럼 들이닥쳤잖아. 딱 금고 만지면 니가 들어오는 징크스가 있어. 어쩜 이렇게 신기하니. 이번에도 들어맞았어."

교임이 방문을 열고 문틈 사이로 수경을 올려다보았다. 찡그렸던 얼굴에 얇게 잡힌 주름이 스르르 펴졌다. 교임의 거짓말은 없는 기억도 만들어냈다. 수경의 머릿속엔 말없이 강릉에 놀러다녀온 과거가 지금 막 생성되었다. 그제야 교임이 구부정한 허리를 폈다.

"조 팀장, 오늘 미팅은 다음으로 미루자. 내가 따로 연락할게. 얼른 가요."

수경 앞에서 영이 인영못 위치를 발설하기라도 하면 재생의 희망은 연기가 되어 날아갈 터였다. 교임이 주성을 향해 눈을 찡긋거렸다.

"이사장님, 최면 선생님은 다시 모시기 어려운 분이세요. 미국 교민이라 내일 출국하십니다. 괜찮으시겠어요?"

교임이 눈짓을 보낸 보람 없이 주성의 입에서 최면 선생님이라는 단어가 튀어나왔다.

"교임 씨, 참 행동력 좋구나. 최면 걸 생각은 나도 못했는데, 대단해? 어서들 오세요. 내 방에 리클라이너도 있고 판 잘 깔았다."

교임을 바라보는 수경의 눈빛이 다시 싸늘해졌다.

"조 팀장님, 눈치 좀 챙겨. 응?"

교임이 이를 악물고 주성에게 속삭였다. 그녀는 현관문에 달린 이중 잠금 장치를 내리고 수경의 방으로 향했다. 일중의 근무 시간이긴 했지만, 그래도 짬짬이 CCTV를 볼 텐데 주성의 방문이 들켰을까 봐 겁났다.

"야, 이영. 너 뭐 해. 판 깔았으니 니가 무당춤 출 차례잖아. 들어와."

수경이 언성을 높였다. 영이 쭈뼛거리며 수경의 방 응접실로 다가왔다.

"저는 브라이언 김……."

최면사가 자기소개를 하는 중에 주성의 핸드폰 벨이 울렸다.

"끈다는 걸 깜빡했습니다."

주성이 앞주머니에서 핸드폰을 꺼내다 하얗게 질렸다. '리소스_도일중'이라고 저장된 번호였다. 그는 버튼을 눌러 통화를 거절하고 무음으로 바꿨다.

　　　　　　　　　　　　　　　인간보다 인간적인

"죄송합니다. 계속하시죠."

영이 리클라이너에 누웠다. 브라이언이 조명 다이얼을 돌려 조도를 낮추고 입을 열었다.

"저는 캘리포니아 주립대학에서 범죄심리학을 전공하고 지금 은……."

다시 브라이언이 자기소개를 이어가자 이번엔 현관문이 쿵쾅 거렸다.

"문 열어! 조주성, 거기 들어가는 거 CCTV로 봤으니까 딴소리 말고 열어."

일중이었다. 그는 회사에 휴가를 내고 온종일 조주성이 누구인지 파고 다녔다. 그의 직장인 정성학원에 찾아가 재직을 확인했다. 명함에 적힌 그대로 사회공헌팀장이었다. 일중은 조이선에 대해서도 물었다. 교원은 처음 듣는 이름이라며 오래 일한 동료에게 물어보겠다고 답했다. 돋보기를 쓴 단발머리의 남자가 다가와 조이선은 오래전에 그만둔 직원인데, 무슨 일이냐고 되물었다. 일중은 자신이 조이선의 아들이자 조주성의 조카라고 답했다. 단발머리는 두 조 씨는 전임자와 후임자일 뿐 가족이라는 얘기는 못 들었다고 했다. 이선과 주성은 황과 일중 같은 관계였다. 줄곧 일중 혼자 추측해온 시나리오가 타인의 대답으로 증명되었다. 이선과 주성을 최종 면접에서 합격시킨 사람은 교임일 터였다.

"수십 년간 나를 농락해? 박교임, 뱀 같은 할멈, 문 안 열어?"

일중이 고래고래 소리쳤다. 교임이 희뜩 놀란 눈으로 주성을 바라봤다.

"아무리 생각해도 짚이는 게 없습니다, 이사장님."

주성이 쓰고 있던 안경을 벗고 식은땀을 닦았다.

"교임 씨, 도일중 왜 저래? 이 아사리판이 뭔지 나한테 설명부터 할래?"

수경이 교임의 휠체어를 거칠게 끌고 거실로 나왔다. 밖에선 일중이 열쇠공과 통화 중이었다. 기술자를 불러 현관을 개문할 작정이었다.

"대답 좀 해. 쟤가 왜 이 시간에 여기 있어? 뭐 땜에 돌았는데?"

교임은 불길했다. 일중이 CCTV로 주성을 봤다 해서 이 난리를 피울 리 없었다. 일중을 미티어에 이직시킨 사람이 주성이었고, 셋은 한 차례 식사까지 했다. 그러니 교임과 주성이 같이 있는 게 이리도 화가 날 일이 아니었다.

"수경아, 비상구 좀 열어줘. 빨리."

교임의 예상이 맞다면, 일중은 출생과 양육의 비밀을 어렴풋이나마 알아차렸을 거였다. 모든 걸 진두지휘한 사람은 자신이

인간보다 인간적인

니 죄 없는 주성이 뭇매를 맞는 일은 없어야 했다.

"일중이가 어디까지 아는지…… 나도 모르겠어. 일단 피신부터 시키자."

교임의 눈에 눈물이 차올랐다. 오래 묵은 비밀이 드러났다는 걸 수경도 알아차렸다. 상황이 심각하니 콩과 팥을 나누는 일은 나중으로 미뤄야 했다. 그녀는 교임의 방과 자신의 방을 가로지르는 복도 끝 비상구를 열었다. 이사 와 한 번도 열어 본 적 없는 철문이 비명을 지르며 녹가루를 떨어냈다.

"조 팀장, 선생님 모시고 이리로 내려가요."

비상구는 한 사람이 지나가기에도 빠듯했다. 5층에서 1층으로 향하는 나선형 계단은 한 발만 삐끗해도 나락으로 떨어지게 가팔랐다. 주성이 앞장서 계단을 밟았다. 아직 자기소개도 끝맺지 못한 브라이언이 뒤를 따랐다.

"내려가면 1층 ATM으로 연결될 거야. 비밀번호는 7050이에요. 뒤도 돌아보지 말아요."

교임의 목소리가 비상구를 타고 내려가며 음산하게 메아리쳤다. 두 중년 남자를 받친 철제 계단이 삐걱거렸다. 수경이 비상구 문을 닫고 교임의 손을 잡았다.

"도일중 어떡할 거야?"

교임의 손이 거세게 떨렸다.

"넘어갈 수 있어. 넌 영이랑 방에서 기다려."

교임은 수경을 향해 억지스럽게 웃었다. 수경의 눈에 비친 교임은 길 잃고 비 맞은 늙은 푸들처럼 보였다. 성긴 회색 파마머리에 살이 없어 유난히 갸쭉해 보이는 얼굴형. 옷이 휘휘 도는 왜소한 체구의 노파의 눈동자가 슬프게 반짝거렸다.

"기술자 불렀어. 지금이라도 여는 게 좋겠지?"

일중이 문손잡이를 마구 돌렸다.

"내 방 방음 시공하기를 잘했네. 그럼 얘기 나눠."

수경이 무거운 발걸음을 옮겼다. 교임이 쿵쾅대는 현관문을 향해 휠을 밀었다.

"일중 씨, 건물주라고 이래도 돼?"

교임이 소매를 당겨 번들거리는 눈가를 닦아내고 잠금장치를 올렸다. 일중이 현관문을 열고 거칠게 뛰어들었다.

"씨발, 당신 누구야? 내 부모는 어딨어? 말해 봐!"

일중이 한 줌도 안 되는 교임의 어깨를 꽉 잡았다. 그의 손이 달군 팬처럼 뜨끈했다.

"내 아들답게 말 곱게 하자."

교임이 눈을 동그랗게 뜨고 천천히 말했다.

"내 아들? 구라가 선을 넘었네. 내가 괴물의 자식이란 게 말이 돼? 네가 내 에미란 걸 뭘로 증명할 건데?"

인간보다 인간적인

이종은 수태 능력이 없었다. 그래서 소유주는 자신의 이종에게 성욕을 느끼지 않았다.

"그래, 증거 없어. 사실 내가 낳은 건 아니니까. 그래도 일중 썬 내 자식이 맞아. 조금 더 면밀하게 따지자면 박순애의 아들이지. 이 비밀을 언제까지 지켜야 하나 했네."

일중은 분명 역겨운 욕설을 준비하고 있었는데, 머릿속이 하얘지며 하려던 말을 잊었다. 그는 현관문을 등지고 미끄러지듯 바닥에 앉았다. 말로만 듣고 사진으로만 본 순애였다. 과거 그녀의 남편은 인철이었다. 그 얘긴 일중의 아버지가 끔찍이도 기분 나쁜 사이코패스 인철이란 의미였다.

"지금 일중 씨가 무슨 생각하는지 알아. 근데 그거 틀렸어. 자기 서른둘이잖아. 순애랑 장인철은 33년 전에 이혼했어. 둘은 단하룻밤도 같은 침대를 쓴 적이 없고. 일중 씨는 정자은행에서 기증받아 낳은 아이야."

일중의 머릿속에 번연히 영화 같은 장면들이 흘러갔다. 병원 대기실에서 짧은 커트머리에 배가 들썩하게 부른 여자 순애가 교임을 끌어안고 그녀의 등허리를 도닥거렸다. 교임아, 옛날 아즈텍에선 여자가 애 낳을 때 남자는 뭘 했는지 아누? 의자에 묶어놓고 불알에 줄을 엮어 마누라 손에 쥐어줬대. 아프면 잡아당기라는 거지. 이 애 애비는 거저 먹는 세상이다. 순애가 흰소리를 하자 교임이 눈물을 닦으며 웃었다. 그래, 웃으니 얼마나 좋아. 내가 죽더라도 네 의지처는 있어야 해, 그래서 난 기꺼운 마음으로 낳으러 간다.

"내가 당신의 소유주란 거네? 근데 이 혐오감은 뭐야? 아주 짓이겨 죽여버리고 싶은데. 어?"

일중이 이마에 주름을 잡으며 교임을 올려다봤다. 한 번도 그녀에게 끌리거나 마음이 달아오른 적이 없었다. 오히려 자신에게 상냥하고 인심 좋은 교임이 부담스러웠다. 반송장 같은 얼굴을 볼 때마다 내심 역겹기도 했다.

"시기를 놓친 것 같아. 순애가 죽었을 때 바로 만났으면 달랐겠지. 이선 씨 사직서 수리하고 만나러 가야 했는데 자꾸 미루게 되더라. 진짜 오랜 시간 이 몸뚱이로 순애와 살았잖아. 다른 사람을 만나 사랑에 빠진다는 게 너무 어처구니없었던 거지, 나는."

풀죽은 교임이 어깨를 움츠렸다. 일이 이렇게 되었으니 일중이 때리면 맞을 준비가 돼 있었고, 가진 재산을 다 내놓으라면 제3국에서 돈세탁을 해 넘겨줄 각오를 했다.

"박교임, 당신이 죗값을 치러야겠네. 안 그래?"

일중이 바닥을 짚고 몸을 일으켰다. 그는 손바닥을 탁탁 털고, 교임의 휠체어 팔걸이를 잡았다.

"때리면 맞을게. 제발 죽이지만 말아줘. 나 소멸이 제일 무서

인간보다 인간적인

워."

교임이 질끈 눈을 감았다.

"죽이긴 왜 죽여. 우리 박교임이가 내 돈줄인데. 법인이랑 부동산 정리해서 현금화해. 얼마나 걸릴까? 한 3개월이면 돼?"

"너무 빠듯해. 자금을 세탁하려면 현지 법인을 새로 만들어야 하거든. 최소 1년은 걸릴 거야."

일중의 눈에서 불똥이 튀었다. 어리석은 어미 순애와 약아빠진 이종 교임이 일중을 일종의 보험 삼아 만들고 실험실에 가둬 키웠다는 생각에 피가 끓었다. 그가 세상에 뿌리내리지 못한 건 조작된 환경과 음험한 사람들이 꾸민 비밀 때문이었다. 당장 교임을 죽여도 시원치 않을 것 같았다.

"아니, 3개월로 단축해. 거기서 단 1초도 넘겨선 안 돼. 안 그럼 네 떨거지들 모두 죽여버릴 테니까."

일중은 교임의 살해를 3개월 뒤로 미루었다. 그는 운동화도 벗지 않은 채 수경의 방으로 성큼성큼 다가갔다. 교임이 비명을 지르며 뒤를 따랐지만 이미 발길질로 방문이 빠개진 뒤였다.

"듣자하니 죄는 박교임이 지었는데 왜 나한테 지랄일까?"

영과 함께 나란히 리클라이너에 앉아 있던 수경이 발끈하고 일어서 일중의 명치를 걷어찼다. 일중도 호락호락하지 않았다. 수경에 비해 반사 신경은 굼떴지만 완력은 우위였다. 영이 비명을 질러 소란한 사이를 틈 타 일중은 수경의 팔뚝과 어깨를 비틀어 관절을 탈구시켰다. 그러고는 영을 어깨에 짊어졌다. 영이 자지러지며 발을 굴렀지만 일중은 미동조차 하지 않았다.

"돈빨래인지 뭔지, 3개월로 단축할 계획서 만들어서 이 계집애 찾으러 와. 그게 내 알량한 아량이야. 그렇게 키웠으니 잘 알 거고."

일중은 교임의 휠체어를 발로 차 밀어버리고 수경의 방을 나섰다. 어깨 탈구로 팔을 늘어뜨린 수경이 그를 막아서지 못했다.

"교임아, 이게 무슨 일인지 설명해 줘. 나 무섭단 말야."

영이 교임에게 손을 뻗고 발장구를 치며 멀어졌다. 현관문이 닫히고, 두 개의 주사위처럼 각자 던져진 교임과 수경이 낮게 신음했다.

"박교임, 잘했어. 잘 버텼어."

수경의 말에 교임은 눈물을 머금고 비실비실 웃었다.

"그래, 잘 버텼지. 진실은 아무도 몰라야 하고."

교임이 느릿느릿 휠 굴려 수경에게로 다가갔다. 그녀는 발생 후 처음으로 자신의 거짓말이 부끄러웠다. 돌이킬 수 없는 잘못으로 인간도 이종도, 그렇다고 변종도 아닌 무언가를 탄생시킨 자신이 원망스러웠다. 일중은 변종인 교임과 또 다른 변종 사내가 만든 교배종이었다. 변종들은 살기가 팍팍해지면 무리 중

인간보다 인간적인

한 쌍이 랜덤하게 수태 능력을 갖게 된다. 그게 자신일 줄은 교임도 몰랐다. 그녀는 회귀하려는 기억을 멈추느라 주먹을 움켜쥐었다. 관절이 엇물리며 날카로운 통증이 팔을 타고 올라왔다.

"나야 눈감아줄 수 있지. 하지만 도일중도 자기가 속았다는 거 금방 깨달을 거야. 교배종은 모두에게 미움받는 존재니까 열등감이 클 수밖에 없고. 걘 분명 복수할 거야. 당신하고 날 장인철한테 넘길지도 몰라."

"설마 일중이가 그럴 리……."

말은 그렇게 하면서도 교임은 불길한 마음에 몸을 떨었다.

"황 팀장한테 장인철 제거해 달래자. 그 사람이면 충분히 가능해. 죽일 수 있으면 죽이는 게 베스트고 안 되면 반신불수도 괜찮고."

"맙소사, 나 살인만은 안 하고 싶어. 수경아."

"그니까 내가 시킨다고. 교임 씨 손에 피 묻게 안 해."

황이라면 인철 일을 믿고 맡길 수 있었다. 교임에게 말하진 않았지만, 수경은 최후의 상황에 몰리면 황까지 제거할 계획이었다.

"항상 너한테 신세 지고 사네. 고맙다, 수경아."

교임은 수경 앞에서 고개를 조아렸다.

"고마우면 교임 씨가 영이 찾아와. 곧 이정빈이 죽잖아. 콤파스 능력을 써먹으려면 서둘러야 해."

수경이 황을 보내 인철을 제거하려면 키퍼들의 주의를 흩뜨려야 했다. 누군가 칼춤을 춰야 가능한 연출이었다.

"말이 되는 소릴 해라. 이런 몸뚱이로 어떻게 걜 찾니?"

뻗대느라 기력이 다한 수경이 방바닥에 털썩 누웠다.

"내가 미티어에 비상벨을 울릴 거야. 키퍼들을 번화가로 끌어내면 도일중도 상황실로 불려갈 거고, 집이 비겠지. 당신이 비번 누르고 들어가서 영이 꺼내 와."

일중은 3일의 휴가를 냈다. 애당초 그는 진실이 무엇이든 영을 납치할 계획이었다. 영이 인영못을 찾아내면 돈줄이 끊길 테니 선제 조치가 필요했다. 이제는 교임을 들볶아 기름 짜듯 재산을 받아낼 인질로 영의 용도가 바뀌었다. 그는 러그를 깔아놓은 다용도실에 영을 가두었다. 그간 교임에게서 받아낸 현금과 미티어에서 빼돌린 정보, 자료들을 모아놓은 금고 같은 공간이었다.

"네가 그래 준다는데 나도 어떻게든 해 볼게."

수경이 교임을 측은하게 바라봤다. 그녀는 귀를 방바닥에 붙였다. 다용도실 방향에서 영의 울음소리가 들렸다. 아저씨, 아저씨, 문 좀 열어주세요. 누가 날 찾고 있어요. 부르는 게 느껴져요. 지금 가 봐야 해요. 제발요. 5백 살 넘은 이종이 고작 32살 인간 앞에서 무릎을 꿇었다.

미티어의 체력 평가는 육군 부사관과 기준이 같았다. 일중이 요구한 3급 수준에 맞추려면 1.5킬로미터를 8분 이내에 완주해야 하고 윗몸 일으키기는 63회 이상, 팔 굽혀 펴기는 31회를 넘겨야 했다. 이나는 이미 두 번이나 5급을 받은 터라 바짝 긴장했다. 러닝머신과 중량 스쿼트로 단련한 이나의 허벅지는 가늘어도 바늘처럼 단단했다. 다른 인턴들은 하나같이 귀에 헤드셋이나 이어폰을 끼고 음악을 들으며 평가를 받았지만, 이나는 실전을 치르듯 주변의 소음과 진동을 온몸으로 받아내며 거뜬히 3급 평가 기준을 넘어섰다. 트랙을 도는 이나를 멀찍이서 바라보던 성진이 손가락을 모아 호각처럼 불고 박수쳤다.

"잘했어. 하면 잘하는 애가 지금까지 왜 안 했냐?"

성진이 숨을 헐떡이는 이나에게 아이스커피를 건넸다.

"저 지금 오버클럭이에요. 뻑 나기 직전이라 말이 안 나와요."

체육관은 옥상에 있었다. 복사열이 그대로 꽂히는 트랙은 초여름 날씨에도 땀이 떨어지면 곧바로 증발할 지경이었다. 이나가 커피를 들이켜며 벤치에 퍼더앉았다.

"큰일이네. 진짜 말도 못할 정도야?"

이나가 땀으로 미끈거리는 목을 끄덕였다.

"정수경으로 추정되는 변종이 명동에 나타나 키퍼 무기를 탈취했대. 근데 너 뻑 나서 어쩌냐?"

성진이 팔짱을 끼고 눈을 흘깃거리며 이나의 반응을 살폈다.

"어떤 무기요?"

"장우산으로 개조된 소드 스틱."

"큰일이네. 그런데 왜 명동일까요? 패턴이 바뀌었잖아요."

이나는 러닝셔츠를 벗었다. 상체엔 스포츠 브라뿐이었지만 성진의 시선을 의식하지 않았다. 왜 수경이 강북으로 넘어왔는지 의아할 뿐이었다. 변종들은 늘 퇴로를 의식해 환승역이나 집 주변에서 활동하기 마련이었다. 그래서 이나는 수경의 은거지가 강남일 거라 예측했는데, 뜬금없이 명동에서 비상이 떨어진 거였다.

"나야 모르지. 근데 옷은 왜 벗어?"

"갈아입고 출동해야죠."

"삑 났다며?"

"방금 리부트했어요. 선배는 상황실에서 백업해 주세요. 저 충무로로 이동할게요."

4호선 명동에서 강남 방향으로 이동한다면 3호선 충무로역을 거칠 가능성이 높았다. 이나는 벗은 러닝셔츠로 땀을 닦았다. 라커룸에 들어가 환복을 하는 동안 왜 수경이 패턴을 바꿨는지 추측했다. 요즘 들어 수경의 활동 반경이 넓어졌다. 얌전히 돌아다니면 키퍼 눈에 띄지 않을 텐데 그녀는 보란 듯이 공격을 퍼붓고

인간보다 인간적인

무기를 탈취했다. 그야말로 보란 듯이. 그게 목적이라면 충분히 성공했다는 게 이나의 결론이었다.

"내가 팀장이라면 흔쾌히 에어건 줬겠지만, 아직은 도 팀장님 승인을 받아야 해. 그냥 역사 순찰만 돌고 들어와. 인턴 때 까불다 사고 치면 계약 해지인 거 알잖아."

성진은 상황실 무기고를 열어주지 않았다. 이나는 '아직은'이라는 말에 곧 팀장이 바뀔 거라는 암시를 읽어냈다. 일중이 휴가를 쓴 게 인사발령과 연관된 건 아닌지 의심스러웠지만, 인턴이 끼어들 일은 아니었다.

"전화 승인도 안 해 주실까요?"

수경이 명동을 벗어났을까 봐 이나는 조바심이 났다.

"도 팀장, 얼빠진 것처럼 굴긴 해도 물렁한 사람은 아냐. 체력측정 특급 나오는 에이스를 왜 상황실 내근직에 처박아 뒀는지 잘 생각해 봐."

일중은 키퍼 전체가 덤벼도 무너뜨리기 힘든 견고한 둑이었다. 키퍼들 대다수는 변종을 괴물 취급하지만, 연민을 느끼는 일부도 분명 존재했다. 그 일부의 물러터진 인간들이 흙탕물을 일으키지 못하게 세워놓은 둑이 일중이었다.

"다녀오겠습니다."

이나는 빈손으로 오토바이에 올랐다. 헤드셋을 귀에 걸고 통신을 연결했다. 출동을 뜻하는 음어인 병뚜껑 열겠습니다, 를 말하자 성진이 조심히 따라, 라고 답했다. 실비가 쏟아지는 탓에 대낮인데도 어둑했다. 12분 만에 충무로에 다다른 그녀는 미티어가 남산 방면 2번 출구에 설치한 CCTV를 향해 턱짓을 해 보였다. 성진이 명동에서 수경을 상대한 키퍼에게 상황을 물었다.

"한전 부근에서 놓쳤습니다. 현재 가용 인원 여섯 명. 부상자 두 명. 사망자 없습니다."

"부상자 열외하고 전원 충무로역으로 이동한다. 유동 인구 적은 두 곳만 비우고 출구별로 한 명씩 대기한다."

성진은 이런 상황이 닥쳤을 때 일중이라면 어떤 명령을 내릴지 궁금했다. 어쩌면 말단의 말단인 이나가 뭔가 해내리란 기대가 없을지도 몰랐다. 아마도 지금껏 그래왔듯 CCTV를 엉뚱한 곳에 비추고 덴마크 록밴드 음악이나 듣고 있을지도. 성진은 일중처럼 굴기 싫었다. 뭐든 명확한 게 좋았다.

"선배, 비가 와서 장우산 든 사람이 많습니다. 혹시 우산 색상 알 수 있습니까?"

이나는 사람도 개처럼 비에 젖으면 체취가 고약해진다는 걸 깨달았다. 그녀 주위로 비릿하거나 고릿한 냄새를 풍기는 사람들이 장우산을 지팡이 삼으며 스쳐 지나갔다.

"상표는 에덴, 평범한 검정색 우산이다. 기성 제품을 카피해 매우 흔한 모양새다."

예상은 했지만 성진의 대답은 역시 실망스러웠다. 우산 없이 어슬렁거리는 사람은 이나 혼자였다. 그녀는 편의점과 작은 카페, 떡과 상투과자를 스티로폼에 받쳐 파는 매대를 지나 공중화장실 앞에 멈춰 섰다. 유독 머릿결이 곱고 몸이 가는 여자가 이나의 눈길을 사로잡았다. 통이 넓은 청바지에 뉴발란스 530을 신은 여자는 공중화장실 앞에 달아놓은 전신 거울을 바라봤다. 모델처럼 허리에 손을 걸쳤다 머리카락을 한 번 털고 몇 걸음 걷다가 다시 돌아와선 거울에 비친 이나와 눈을 맞췄다. 화려한 눈매, 높은 콧대, 붉은 입술. 수경이었다. 그걸 알아차린 순간, 이나는 자신이 중대한 실수를 했다는 걸 깨달았다. 그녀는 정말 빈손이었다. 무기가 없더라도 선글라스는 필수인데 라커룸에 덩그러니 놓고 나온 터였다.

"독을 품은 생물은 무릇 아름답다. 변종은 아름다운 용모로 인간의 시선을 끌어 호르몬 교란을 유도한다. 그들의 공격은 일견 마약과 같다. 일시적으로 도파민과 페닐에틸아민, 옥시토신, 엔도르핀을 발생시켜 사랑의 감정으로 위장한 뒤 인간을 무력화한다. 이 모든 게 호르몬의 장난이다. 변종의 공격이다. 키퍼의 가장 강력한 무기는 혐오다."

이나는 2주 기초 훈련 과정에서 인철이 한 말들을 받아 적고

토씨까지 외웠다. 키퍼들이 선글라스를 쓰는 이유 중 하나는 시선 회피 용도였다. 그런데 선글라스가 없는 이나에게 가장 쓸 만한 무기는 혐오뿐이었다. 성진에게 알려야 했지만 입을 다물었다. 대기 중인 키퍼들이 달려들면 한바탕 요란한 싸움이 벌어지고 사상자가 발생할 뿐, 결국 수경을 놓칠 게 분명했다. 조용히 따라붙어 은신처를 확인하고 다 함께 토끼몰이를 하는 게 이나의 계획이었다. 그러나 이 그럴듯해 보이는 계획조차 수경에게 현혹되어 이성을 잃은 증거라는 걸 이나는 몰랐다.

"윤이나, 방금 뭐라고 말했나?"

"기도문 같은 겁니다. 거동 수상자 없습니다. 좀 더 순찰하고 본부로 이동하겠습니다."

어느새 수경은 공중화장실로 들어가 옷을 갈아입고 나왔다. 반바지에 바람막이 차림의 그녀가 장우산을 겨드랑이 사이에 끼고 3호선 개찰구로 내려갔다. 방수천이 벌어진 사이로 날이 시커먼 검이 차갑게 빛났다. 이나는 통신을 종료하고 그녀를 따라 개찰구를 통과했다. 미지근한 바람과 함께 방금 열차에서 내린 승객들이 계단을 올라왔다. 수경이 벽에 몸을 붙였다. 그녀를 쳐다보느라 계단 중간에 병목 현상이 생겼다. 이나는 마음속으로 키퍼의 가장 강력한 무기는 혐오라는 걸 상기하며 수경을 향해 다가갔다.

인간보다 인간적인

"좀 비켜 주시죠. 내려가는 사람도 생각해야지 왜들 이래? 구경났습니까? 아저씨 좀 나와 봐요."

이나가 눈에 힘을 주고 승객들을 떠밀며 수경 곁을 지나갔다. 자연히 길이 트이고 이번엔 수경이 그녀의 뒤를 쫓았다. 열차 마지막 량이 플랫폼을 빠져나가는 게 보였다.

"옷이 젖었네요."

수경의 말소리에 이나의 귓바퀴 솜털이 곤두섰다. 샘물처럼 청량한 음성이었다. 그녀의 아버지가 소유했던 이종도 그랬다. 이종이 머물던 독채에선 가끔 아버지의 피아노 연주에 맞춘 노랫소리가 들렸다. 라 돈나 에 모빌레 퀄 피우마 알 벤토 무타 다 센토 에 디 펜시에로……. 어린 이나는 가사의 의미를 몰랐다. 성인이 되고 나서야 이종이 아버지를 도발했던 게 아닐까 짐작했다. 여자의 마음은 깃털과 같아서 언제나 바뀌지. 눈물 흘릴 때나 미소 지을 때도 항상 사랑스러운 얼굴, 믿을 수 없어. 소유주가 다른 이를 사랑하면 떠나버리겠다는 고혹적인 협박이었다. 그즈음 이나의 아버지는 말레이시아 고속도로 건설 입찰을 앞두고 있었다. 몹시 바빴고, 긴 출장을 앞뒀다. 보내기 싫다는 이종을 달래고 떠나던 아버지의 뒷모습을 이나는 기억했다. 그리고 이나는 아버지가 떠난 늦은 밤 독채로 숨어드는 검은 그림자를 봤다. 그게 누구인지는 아직도 알 수 없지만, 출장에서 돌아온 아버지를 자극하기엔 모자람이 없었다.

"우산을 잃어버려서요."

이나의 계획은 깃털처럼 가벼워져 이리저리 흩날렸다. 무기가 없었고 선글라스도 잊었다. 그 탓에 추적을 택했으니 수경의 소유주 정춘희를 외치고 공격을 퍼부을 수 없었다. 그런데 은밀히 따라붙기도 전에 수경이 이나에게 먼저 말을 걸었다.

"실은 나도 그랬어요. 빈손으로 나왔다 이걸 주웠거든요."

계단에서 가까운 탑승구 앞에 이나가 걸음을 멈추자 수경이 뒤에 바짝 붙어 섰다. 변종 특유의 낮은 체온이 이나의 목덜미에 솟아난 땀을 식혔다.

"어디까지 가세요?"

이나가 용기를 내어 물었다. 수경이 손에 쥔 소드 스틱 끝으로 둥근 원을 그리며 한참 생각했다.

"그쪽은 어디까지 가는데요? 한가해서 그런데 멀지 않으면 우산 씌워 줄게요."

평소의 이나라면 이즈음 정체가 발각됐다는 걸 알아차렸을 터였다. 하지만 그녀는 이미 수경에게 현혹되었다. 아내와 자식에게 매정했던 아버지를 떠올리며 혐오의 감정을 쥐어짜도 6월의 장미 같은 수경에게서 눈을 떼지 못했다.

"저한테 왜 친절을 베푸시죠?"

인간보다 인간적인

계단을 내려온 승객들이 이나 옆으로 새로운 줄을 만들었다. 방금 열차가 이전 역을 통과했다는 안내에 사람들이 간격을 좁혔다. 수경이 이나 쪽으로 밀리며 팔뚝을 가볍게 잡았다. 인철은 이나의 눈에서 범새끼 같은 증오를 봤다고 했다. 하지만 수경의 차디찬 손이 그녀의 팔뚝을 감싸오자 마주 잡아 녹여주고 싶다는 생각만 들었다.

"신기해서요. 변종 얼굴을 기억하는 키퍼는 처음이거든요."

수경은 종합운동장에서 키퍼들과 대적할 때 갓길을 서성거리던 아담한 키퍼의 실루엣을 기억했다. 조금 전 역사에서 수경은 비슷한 실루엣의 이나를 유심히 봤다. 키퍼라면 선글라스를 쓰고 손에 무기가 될 만한 뭔가를 들었을 터였다. 선글라스를 쓰지 않은 빈손이긴 했지만 그렇다고 평범한 시민으로도 보이지 않았다. 분명 거울로 자신과 눈을 맞추고도 경외심을 드러내지 않았다. 인파로 미어지는 계단에서 거칠게 소리 지르며 먼저 탑승구로 내려왔다. 수경이 말을 붙였을 땐 긴장한 기색이 역력했다. 보통 사람이라면 의당 수경에게 다가와 먼저 말을 걸고 조금이라도 닿기를 바라며 손을 뻗었을 터였다. 수경은 이 아담한 실루엣의 여자가 자신을 혐오하는 동시에 매혹되었다는 걸 깨달았다.

"저 알아요?"

열차가 탑승구 앞에 도착했다. 발이 젖은 승객들이 열차를 빠져나왔다.

"미티어 소속 키퍼겠죠. 지난번에 작전 투입 안 한 걸 보면 아직 인턴 신분이겠고."

이나가 멀거니 서 있는 바람에 뒤에 줄을 선 사람들이 짜증을 내며 열차에 올랐다.

"정수경 씨."

이나가 바싹 말라 갈라지는 목소리로 적의 이름을 불렀다.

"이름까지 정확히 아네?"

"왜 이런 소란을 피운 겁니까. 굳이 키퍼들을 자극해서 당신이 얻는 게 뭐예요? 서로 위험해질 뿐이잖아요."

이나의 질문은 순수한 호기심에서 발로했다. 생명을 걸고 적 앞에 모습을 드러내는 데엔 확실한 명분이 필요했다.

"이래야 빡대가리 도일중이 회사로 불려 나갈 테니까. 헌데 선글라스 없이 나를 찾은 걸 보면 당신도 육감이든 기억력이든 뭔가 남다르단 얘기니…… 본 김에 싹을 끊어놔야겠지?"

수경은 열차가 승객을 싣고 문이 닫히자 이나 뒤에서 소드 스틱을 지지대 삼아 목을 조였다. 그러곤 빠르게 뒷걸음질 쳐 계단에선 보이지 않는 자동판매기 옆으로 이동했다. 이나는 숨통이 막혀 비명도 지르지 못했다. 그녀가 운동화 뒷굽으로 바닥을 밀어내며 저항했다. 이나는 뿌옇던 눈앞이 어두워지는 걸 느꼈다.

인간보다 인간적인

소음이 잦아들고 몸에 힘이 빠져나갔다. 죽음의 전조라고 생각하자 마음이 평온했다. 하지만 전말은 이나의 추측과 달랐다. 누군가 수경의 손목을 비틀어 소드 스틱을 뺏어낸 거였다. 수경의 공격에서 벗어난 이나는 잠시 의식을 잃고 바닥으로 나동그라졌다. 숨을 헐떡이며 눈을 뜬 이나는 덩치 큰 사내가 소드 스틱으로 수경을 겨누는 걸 보았다. 그의 곁에 선 비쩍 마른 여자가 이나의 가슴팍을 구둣발로 눌렀다.

"인염 내놔."

덩치가 스틱을 벗겨내 수경의 가슴에 겨눴다.

"무슨 얘길 하는 건지 모르겠네. 저기요, 역무원 부를까요?"

수경이 손등으로 덩치의 검을 밀어내려 했다.

"단톡방에 소유주만 있는 줄 알아? 우리 같은 변종들도 많아."

덩치는 수경이 영을 꼬여내느라 소유주 단체 채팅방에 던진 떡밥을 물었다. 인염을 가진 변종이 있다는 소문은 삽시간에 퍼져나갔고, 소거법으로 신원이 추려진 터였다. 그들 중엔 소유주가 검은돈에 손을 대다 살해되어 하루아침에 알거지 변종으로 전락한 이들도 섞여 있었다. 덩치와 마른 여자가 그랬다.

"쟤…… 등에 칼이 꽂혔다고. 나도 물 보기 싫어. 인염 내놓으면 조용히 갈게."

덩치의 말에 마른 여자가 입고 있던 가죽 점퍼를 벗었다. 왼쪽 등허리에 등산 나이프 손잡이가 꽂혀 있었다. 승객들이 계단을 타고 탑승구로 내려왔다. 덩치가 검을 밀어 수경을 벽에 바짝 붙였다. 마른 여자는 이나의 입을 테이프로 막고 마스크까지 씌워 일으켰다. 여자가 이나의 옆구리에 송곳을 들이댔다.

"나 지금 좀 바쁜데, 더 지랄할 거야? 하긴 어차피 판 키우려고 나온 거니까 시끄러운 것도 나쁘진 않네."

수경이 나른한 얼굴로 덩치에게 물었다.

"잇몸으로 좆 빠는 소리 하고 있네. 인염 내놔, 이 쌍년아."

덩치의 칼끝이 수경의 오른쪽 가슴을 파고들며 흰색 바람막이에 피가 맺혔다.

"빨아 보지도 않은 새끼가 주워 들은 건 있어가지고."

수경은 몸을 비틀어 칼끝을 빠져나왔다. 그러고는 미리 합을 맞춰놓은 액션 배우처럼 덩치의 골반과 어깨를 손으로 짚고 목에 올라타 다리를 조였다. 허리에 힘을 풀고 상체를 덩치의 등허리에 붙였다. 마른 여자가 송곳을 들고 수경에게 달려들었지만 요란한 웃음소리와 함께 상체를 벌떡 일으켜 덩치의 등에 꽂히도록 만들었다.

"키퍼 뭐 해? 소드 스틱 너네 물건인데 회수해야지?"

수경은 덩치가 떨어뜨린 소드 스틱을 가리키며 이나에게 말했다. 한차례 죽음의 고비를 넘긴 이나는 정신이 없었다. 그녀는 마

인간보다 인간적인

스크와 테이프를 벗고 소드 스틱을 손에 쥐었다. 검을 누구에게 꽂아야 할지 몰랐다. 셋 모두 변종이니 가장 가까운 사람부터 해치는 게 효율적이었지만, 마른 여자의 몸에선 진한 향기가 풍겼다. 그녀가 죽이지 않아도 곧 물이 되어버릴 터였다.

"이아아악!"

덩치가 수경을 떼어내려고 벽으로 돌진했다. 수경이 덩치의 목을 폴대 삼아 다리에 걸고 자판기 위로 건너갔다. 머리를 받은 덩치에게서 쩌억, 수박 깨지는 소리가 났다. 계단을 내려와 자판기 앞 탑승구로 다가온 여자 승객이 비명을 질렀다. 마른 여자가 덩치의 이름을 부르며 통곡했다. 재복아, 재복아, 재복아! 덩치가 쓰러진 자리엔 3XL 사이즈의 젖은 옷 한 벌과 아디다스 운동화 한 켤레만 남았다. 마른 여자도 털썩 무릎을 꿇고 흐느꼈다.

이나는 비로소 자신이 해야 할 일을 깨달았다. 마른 여자를 고통에서 벗어나게 해주는 거였다. 그녀는 검 끝을 여자의 등에 대고 체중을 실었다. 검이 여자를 관통하자 한 바가지의 물이 되었다.

"민원 접수돼서 나왔습니다. 무슨 일이세요?"

역무원이 계단을 내려왔다. 그의 눈엔 젖은 옷과 신발, 그리고 코스프레용 긴 칼을 든 자그마한 이나가 그리 위험해 보이지 않왔다.

"아저씨, 제가요…… 방금 제가요."

이나는 방금 자신이 인간 모양의 생물을 살해했다는 걸 차마 고백하지 못했다. 그리고 문득, 그 옛날 아버지의 이종 독채로 숨어든 검은 그림자가 할머니였다는 사실을 기억해냈다. 유별난 기억력을 가졌으니 잊은 적 없지만, 떠올리지 않으려 애써왔다. 왜 하필 이때 묻어둔 진실이 맹렬하게 고개를 드는지 알 수 없었다. 그날의 화재는 어린 이나로부터 발화했다. 소멸한 아버지의 이종에게 용서를 빌 수는 없었다. 이나는 비밀을 혀 아래 감추느라 유난히 과묵한 아이로 성장했다. 죄의식은 법정 후견인인 이모 가족의 눈칫밥과 횡령을 잠자코 참아내게 만들었다. 고용량의 항우울제를 복용하면서도 이따금 죽음을 떠올렸다. 이나가 미티어에 입사한 건 죄의식 이면에 싹튼 반항심이었다. 비록 비극에 일조했지만 이만큼 멍들고 상처받았으면 충분히 상쇄됐다고 생각했다. 과거에 발 묶이지 않으려면 그 시절을 깨끗이 지워야 했다.

"정춘의! 정춘의 씨, 어디 있어요?"

이나는 수경의 이름 대신 정춘의를 목청껏 호명했다. 변종을 소멸시킨 지금, 이나의 혀 밑에 감추어 두었던 비밀이 폭발해 전신을 뒤흔들었다. 무엇으로도 죄책감은 상쇄되지 않았다. 살아

인간보다 인간적인

있는 한 짊어져야 할 무거운 등짐이었다.

"난 어떻게 해야 용서받는 겁니까."

이나가 섧게 울었다. 수경은 자판기에서 내려와 하차 승객들 사이에 섞였다. 소음을 뚫고 들려오는 정춘의, 라 부르는 이나의 목소리에 수경의 가슴이 미어졌다.

인간 장인철

교임은 일중의 집 현관문이 열리고, 이윽고 닫히는 소리를 들었다. 발소리, 엘리베이터 소리 그 뒤에 긴 적막이 흘렀다. 수경이 제대로 일을 벌여와 일중의 휴가가 취소되었다고 확신했다. 교임은 허리에 복대를 차고 알루미늄 목발을 짚었다. 휠체어가 편했지만 일중이 교임을 경계해 문턱을 높여놓은 탓에 어쩔 수 없었다. 그녀가 현관을 나와 엘리베이터에 올랐을 때 사설탐정 남선에게서 전화가 왔다.

"내내 잠잠하다가 왜 하필 지금이야?"

교임은 4층에서 계단에 몸을 기대고 전화를 받았다.

"회장님, 택시기사 찾았습니다."

선은 소가 뒷발질하다 쥐 잡듯 30여 년 전 수경과 춘의를 실

인간보다 인간적인

어 나른 택시기사를 찾았다. 홍천 사는 누이가 집에서 노느니 옥
수수나 좀 따가라는 말에 배를 긁으며 내려온 차였다. 선은 시내
이디야에 들러 커피를 주문하고 도롯가로 나와 담배 한 개비를
물었다. 그때 손님을 싣고 지나가던 택시 한 대가 운전석 창문을
내리고 '염홍천, 이따 우리 집으로 건너 와. 마나님이 메밀전 부
친대.'라고 줄지어 선 택시 한 대를 가리키며 외쳤다. 홍천에 사
는 홍천, 그 중에서도 택시기사가 또 있을까 싶어 선은 물었던
담배를 도로 집어넣었다. 그러고는 홍천이라 불린 택시 보조석
문을 열었다. 아저씨 성함이 홍천, 맞습니까?

"접때 연기 간다고 하더니 거기서 찾았어요?"

"아뇨, 거기도 꽝치고 강원도로 올라왔죠. 홍천입니다. 두 사
람 기억한대요. 여자가 별나게 예뻤고, 남자는 폐병쟁이였다고
들었어요."

"내려준 장소는요?"

"남면 어디라고 하던데 마을 이름은 기억 안 난답니다. 부동산
에 수소문해 보니 유복정리라는 마을이 벌판이랑 산악 지형에 딱
들어맞아요. 어떻게…… 회장님께서 한번 내려와 보시겠어요?"

교임은 핸드폰을 멀리 떼고 환호성을 질렀다. 축 처졌던 어깨
와 묵지근한 머리가 가벼워졌다. 영을 홍천에 데려가면 뭔가 떠
오르는 게 있을 터였다.

"오늘 중에 갈게요. 마을 어르신들 식사 맛있는 거 대접하면서 잘 주물러 놓으세요."

가슴이 벅차올라 교임의 목소리가 굽이쳤다. 신경 손상을 입어 무딘 손아귀 사이에서 핸드폰이 미끄러졌다.

"냅둬. 영이한테 주워 달래지, 뭐."

이제 영과 손을 잡고 홍천으로 떠나는 일만 남았다. 그녀는 기분 좋게 일중의 도어록 비밀번호를 눌렀다. 출입구와 4층, 5층 현관문, 계좌 비밀번호까지 일중의 생일인 7월 5일에 맞춰 7050이었다. 문이 열리고 가구 없이 휑한 거실이 드러났다.

"세상에 그 흔한 텔레비전 한 대 안 놓고 살았네."

구조가 같아 다용도실 찾기는 쉬웠다. 교임의 집에선 가사도우미 휴게실로 사용하는 부엌 옆 작은 방이었다.

"영아, 너 안에 있니? 대답 좀 해 봐."

뒤뚱뒤뚱 목발을 움직여 다용도실 앞에 섰다. 문고리를 뜯어낸 자리에 도어록이 달려 있었다. 열린 문으로 교임이 들어갔다.

"애가 없네?"

도톰한 러그가 깔린 14제곱미터의 공간이었다. 식료품 수납 용도의 선반에 고무줄로 5만 원 권 묶음이 블록처럼 쌓여 있었다. 온습도계와 방향제, 원통형 노란색 유산균 상자도 보였다. 상자 안에 고무줄, 볼펜, 검정색 USB와 클립 따위가 들어 있었다.

인간보다 인간적인

교임은 손을 뻗어 물건들을 훑어 나가다 돈 블록 사이에 낀 까만 폴리카보네이트 서류 가방을 발견했다. 그녀는 서류 가방을 끄집어냈다. 내용물이 적은지 보기보다 가뿐한 무게였다.

"이 능구렁이가 뭘 숨겨놓은 거야?"

교임이 목발을 문고리에 기대놓고 벽에 등을 지지했다. 가방은 다이얼 잠금장치로 4자리 숫자를 맞춰야 열리는 구조였다. 그녀가 다이얼로 7050을 맞추는 순간 목발이 쓰러지며 방문이 닫혔다. 도어록 잠기는 소리에 교임이 가방을 집어 던졌다. 뒤늦게 문고리를 비틀어 봤지만 열리지 않았다. 누가 열어주지 않는 이상 자력으로 탈출하긴 불가능한 곳이었다.

그 시각 일중은 미티어에서 고작 2킬로미터도 떨어지지 않은 먹자골목 귀퉁이에 주차를 했다. 식당과 주점이 즐비한 좁은 골목은 모텔과 여관, 노래방 골목으로 이어졌다. 아직 해가 중천이었지만 낮술에 걸음이 비틀어진 술꾼들이 그릇 깨지는 소리를 내며 웃었다.

"여기서 부른다며? 왜 안 찾아?"

일중은 회사와 성진으로부터 걸려 오는 전화를 애써 무시했다. 수신 메시지가 서른 통이 넘었다.

"안 보여요."

영은 어젯밤부터 누군가 자신을 부른다며 보내달라고 안달했다. 그래서 도착한 곳이 이 골목이었다. 영의 시선이 모텔 골목 여기저기를 배회했다.

"뭐가 보여야 하는데?"

"유도 사인이요. 화살표처럼 보여야 하는데 여기서 끊겼어요."

일중은 영을 가둬놓고 밤잠을 설쳤다. 귀를 막아도 영의 울음소리가 공기를 진동하고 넘어와 일중을 들깨웠다. 비록 변종들 등쳐먹고 사는 악한이었지만 어린 여자애를 울린 마음이 편치 않았다. 교임이 한시 바삐 브레이킹 배드 속 사울 같은 속물이지만 유능한 변호사를 끼고 나타나 주기만 바랄 뿐이었다. 이런저런 생각으로 속이 시끄러웠다. 그러다 동이 틀 무렵엔 어젯밤 교임이 출산의 비밀이라며 털어놓은 얘기가 거짓말이라는 확신이 생겼다. 순애 같은 이종 자유주의자가 후사를 생각하며 자손을 낳았을 리 없었다. 일중은 뭔가 더 큰 걸 숨기기 위해 즉흥적으로 지어낸 거짓말에 까무룩 속아 넘어갔다는 결론을 얻었다. 정말 순애가 출산을 했다면 인철이 모를 리 없었다. 일중은 날이 밝는 대로 인철을 찾아가 진실을 듣기로 마음먹었다. 마침 아침부터 수경이 서울을 들쑤시고 다녔다. 미티어에서 보낸 대기, 집합, 비상 메시지가 순서대로 꽂혔다. 키퍼들이 번화가로 몰려나 갔을 테니 미티어는 한산할 터였다. 하지만 영이 울음을 그치지 않았다. 무시하기엔 너무 애처로웠다. 일중은 영의 소원을 들어

주고, 미티어로 이동할 동선을 짰다.

"작작해라. 회사가 코앞이야. 너 이지랄 떨다 장인철한테 걸리면 개작살 나. 그땐 나도 못 구해줘. 아마 너 구하다간 나도 무사하지 못해. 그 인간이라면 배신자를 다져서 깡통에 넣고 삶아 버리고도 남아."

일중은 그가 상상할 수 있는 최악의 죽음을 떠올렸지만, 현실의 인철은 그보다 잔인할지 몰랐다. 초조하게 주변을 살피던 일중의 눈에 연갈색 머리의 20대 남자가 걸려들었다. 남자는 머리가 반백인 초로의 여자와 함께 일중의 차를 바라보고 있었다. 둘이 선 자리는 정확히 호로록실비집과 현대여관 사이였다. 탐식과 폭음으로 타락한 자들이 더 추악해질지 말지를 결정하는 골목의 이음새에 모자처럼 보이는 사람들이 왜 서 있을지 일중은 짐작하기 어려웠다.

문득 여자가 일중을 손가락으로 가리키며 남자와 함께 다가왔다. 앞니가 듬성하게 빠진 초라한 여자의 얼굴 위로 볕이 쏟아졌다. 일중은 여자의 얼굴이 낯익었다. 어디서 봤더라. 점심 먹으러 다니던 식당 찬모, 바구니에 상추와 고구마줄기를 놓고 팔던 노인, 교임의 집에 드나들던 가사도우미 등을 떠올렸다.

"부활 선생님 왜 전화 안 받는대요? 나 인성진 엄마예요. 얘는 우리 명수."

여자가 차창을 두드리며 정체를 드러냈다. 그녀는 미티어의 고객이자 성진의 어머니인 구경남이었다. 몇 번 회사로 찾아와 간부들에게 비타오백을 돌리고 간 적이 있었다. 경남은 아들 성진을 잘 봐달라는 말 대신 '부활 선생님들, 우리 명수 꼭 좀 기억해 주세요.'라며 굽실거렸다. 그런 경남이 아들 이름을 입에 올리는 건 아주 드문 경우였다.

"아니, 성진이도 아니고 왜 저한테 전화를······?"

경남은 아버지로부터 연탄공장과 명수를 물려받은 외동딸이었다. 연탄이 기름과 가스보일러로 대체되며 사양길에 접어든 탓에 그녀는 선대만큼 부를 누리지 못했다. 그러나 이종을 향한 마음만은 어느 소유주 못지않았다. 돈이 없으면 성진을 쥐어짰고, 성진마저 외면하면 옛 지인들을 찾아다니며 구걸하다시피 푼돈을 뜯어냈다. 미티어에 갚아야 할 수수료가 2억을 넘어선 지 오래였다. 집은 인천이었지만 팔고 나와 여기저기 떠돈 지 7년이 넘었다.

"볼 일이 있으니까 그렇죠. 창문 좀 더 내려 봐요. 얼른?"

절반쯤 내린 창문 너머로 경남의 주름진 얼굴이 탈바가지처럼 걸렸다. 일중은 당최 무슨 일로 경남이 자신을 찾은 건지 몰라 주뼛거리다 남은 차창을 완전히 내려버렸다. 그러자 경남이 손에 쥐고 있던 커터칼로 일중의 목덜미를 깊게 찔렀다. 순식간에

　　　　　　　　　　　인간보다 인간적인

벌어진 일이었다. 미처 손으로 막기도 전에 경동맥에서 뻗어 나온 혈액이 핸들과 차창으로 뿜어졌다.

"영아, 빨리 나와. 어서 내려."

명수가 보조석 옆에서 차창을 두드렸다.

"네가 불렀구나. 너 누구야? 날 알아? 어떻게 한 거야?"

영이 불안에 떨며 명수에게 물었다.

"명수야, 걔 왜 끄집어내. 거기 냅둬."

경남이 라텍스 장갑을 거꾸로 벗어 커터칼을 감쌌다.

"물었잖아. 너 누구냐니까?"

영의 눈에 비친 경남은 한두 번 해본 솜씨가 아니었다.

"우리 왜정 때까지 봉화마을에 살았어. 나도 콤파스잖아. 우리끼린 서로 부를 수 있는 것도 잊었어? 그동안 대체 무슨 일을 당한 거야?"

명수는 영만큼 나침반 능력이 뛰어나지 않았다. 대신 정보 흡수 능력이 탁월했다. 그는 지난 십여 년간 주기적으로 영이 지르는 비명과 슬픔, 공포감을 온몸으로 받아냈다. 그리고 엊그제 영이 랩실로 납치된 날엔 한 차례 심정지를 겪기도 했다. 영은 의식하지 못했지만 자신과 같은 능력의 콤파스들에게 간절히 도움을 청하고 있었다.

"예, 부활 선생님. 일 마쳤습니다. 확인할 것도 없어요. 진짜 돼

졌으니까. 손가락 두 마디만큼 칼이 후볐는데 살면 기적이게요?"

경남이 전봇대 아래에서 꽁초를 주워 피우며 누군가와 통화 중이었다. 일중은 핸들에 머리를 박고 여전히 피를 뿜어냈다. 하지만 경남의 바람대로 순순히 죽진 않았다. 스스로도 참 별나다고 생각하는 살성 덕에 빠르게 회복하는 중이었다. 끊어진 경동맥이 꿈틀거리며 떨어진 세포들을 주워 모아 혈관을 이었다. 손상된 근육 조직과 피부에 새살이 차올랐다. 힘차게 쏟아지던 혈액이 멎고 얼굴이 후끈하게 달아올랐다. 일중은 다음 판단을 내려야 했다. 이대로 액셀을 밟고 도망칠 것인가, 아니면 경남을 들이받아 죽여야 마땅한가. 그러나 일중은 다른 선택지를 떠올렸다. 소유주의 가장 큰 약점을 건드리기로. 일중은 차에 시동을 걸고 액셀을 밟았다. 그러고는 핸들을 꺾으며 길게 후진했다 명수를 향해 달렸다.

"너 이 개잡놈의 새끼, 지금 뭐 하는 거야!"

경남이 쥐고 있던 핸드폰을 집어던지고 일중의 차로 뛰어들었다. 현대여관 담벼락과 일중의 차 범퍼 사이에 명수가 꼼짝없이 끼어버렸다.

"골반뼈 으스러지고, 대퇴골 아작 났겠네."

일중은 차창을 올린 다음 문을 잠갔다. 영이 동그랗게 눈을 뜨고 손을 떨었다.

인간보다 인간적인

"이러지 마요. 쟤 지금 고통스러워하잖아요."

영이 일중의 손목을 붙잡고 매달렸다.

"당한 만큼 갚아야지. 아직 멀었어."

일중이 지그시 액셀을 밟자 명수가 비명을 질렀다. 경남이 보 닛에 기어올라 앞 유리에 발길질을 했다.

"쌍놈의 새끼가, 죽을 뻔했다 살아났으면 고마운 줄 알고 튀 어야지. 뭐하는 짓이야? 명수는 죄 없어. 내가 부탁한 대로 한 거 라고."

기세는 대단했지만 경남의 기력은 자동차 유리를 깨부수기엔 부족했다.

"누가 시켰어? 누가 내 목 따라고 시킨 건지 불어. 말 안 하면 니 새끼 죽는다. 차에 불 질러서 개가죽처럼 오그라들게 만들 거야."

돈이 궁한 경남이 누군가의 사주를 받고 저지른 짓이라는 게 일중의 짐작이었다. 그리고 사실이기도 했다. 아들인 성진일까. 그가 랩실 CCTV 영상을 조작했을 가능성이 남아 있었다. 하지 만 결정적인 동기가 부족했다. 돈이 필요하면 협박을 했을 거고, 자리가 탐났으면 진즉에 내색을 했을 터였다. 그렇다면 교임일 까. 일중이 죽어야 이득을 보는 사람이 그녀였다. 그러나 방금 전 경남은 상대를 선생님이라고 불렀다. 미티어의 팀장급 이상에게 만 붙이는 호칭이었다. 유스셀메디컬의 인철이나 조교 정현은 소유주들과 대면한 적이 없다. 이종이 자원인 그들에게 있어 소유주는 걸림돌이나 다름없었다. 그럼 대체 누가.

"말 못 해. 경남이가 위험해져."

명수는 결연한 표정을 지었다.

"지금부터 둘 다 위험해지게 될 거야."

일중이 기어를 바꿔 후진했다. 보닛에 올라섰던 경남이 나자빠졌다. 벽과 범퍼 사이에 끼어 있던 명수의 하체도 드러났다. 부러진 대퇴골이 청바지를 뚫고 나왔다. 일중이 다시 명수를 향해 차를 몰았다. 그러자 명수가 성치 않은 몸으로 바닥에 쓰러진 경남을 감싸 안았다. 범퍼가 명수의 등허리를 뭉개자 앞바퀴가 들썩 했다.

"하지 마."

영이 넋 나간 표정으로 말했다.

"왜, 동족이라 불쌍하냐?"

일중이 다시 후진을 했다.

"그런 게 아네요. 쟨 이미 죽었잖아. 숨이 끊어지는 순간 저 애 마음을 읽었다고요. 누가 시켰는지 알게 됐어요."

영이 알게 된 건 범행을 사주한 사람의 정체뿐만이 아니었다. 경남을 끌어안고 반백의 머리를 조심조심 쓰다듬는 명수의 얼굴에서 영은 비로소 지난 생의 죽음을 기억해냈다. 수천 마리의

인간보다 인간적인

나비가 동시에 날갯짓하듯 머리가 울리고 귀가 먹먹했다.

"그게 누구야?"

많은 피를 흘린 일중도 현기증을 느꼈다.

"지난 10년 동안 미티어에 쌓인 내 자료를 가져다 줘요. 그래야 말할 거예요."

"조건을 내건다? 또 믿을 뻔했네. 뻥카 치지 마!"

"안 믿으면 지금 어쩔 건데요?"

영의 말에 일중은 주위를 둘러봤다. 현대여관 주인 내외가 오래 입어 무릎이 나온 일상복 차림으로 핸드폰을 들고 나왔다. 주인 남자가 일중을 향해 삿대질을 하며 다가왔다.

"경찰서 갈 거예요? 아님 회사에 사건 처리 맡길 거예요?"

일중 혼자 감당하기 너무 큰 범죄였다. 법무팀에 알려야 사법 절차가 개시되기 전에 무마시킬 수 있었다. 명수의 시신 아래에서 경남의 손이 꼼지락거렸다. 일중이 핸들을 꺾었다. 두 동강 났던 경동맥은 완전히 아물었고, 그의 목엔 무수한 흉과 별반 다르지 않은 칼자국이 남았다.

인철은 팔뚝에 노란색 링거를 매달고 미티어 옥상에 서 있었다. 이종에게서 채취한 혈청이었다. 인철의 몸은 차령이 초과해 검은 매연만 내뿜는 고물차였다. 혈압, 혈당, 지질은 40대부터 엉망이었고, 그로 인해 두 번의 뇌경색과 세 번의 심근경색을 겪어냈다. 언제 죽어도 이상하지 않은 몸뚱이였지만 이종의 혈청을 수혈받으며 모든 수치가 정상 범위로 돌아왔다. 매주 세 번씩 받던 투석도 필요 없었다. 근 20년 잠잠했던 성기가 아침마다 발기했다. 인철은 끊었던 담배와 술을 다시 시작했다. 인생의 절정기가 이제 막 도래한 참이었다.

세 개비의 담배를 연달아 피우며, 인철은 미티어 주차장으로 들어오는 눈에 익은 폭스바겐을 내려다봤다. 운전자는 일중이고 보조석은 비어 있었다. 또 다른 차 한 대는 황의 지프였다. 둘 중 누굴 만나줘야 하나, 인철은 고민했다. 그때 경남에게서 전화가 왔다.

"부활 선생님, 일이 쪼금 틀어졌는데 시간적 여유를 주시면 얼마든지 만회할 수 있습니다."

인철의 누런 앞니가 담배 필터를 지그시 깨물었다. 그는 경남과 자신이 어딘가 닮았다는 걸 알기 때문에 편하고도 껄끄러웠다.

"아냐, 일 깨끗하게 잘했어. 명수 부활은 앞으로 쭉 무료야. 전산에 입력해 놓을 테니 자꾸 전화질 하지 마."

동족 혐오였다.

"그게 무슨 말씀이셔요. 제대로 돼져야 무료라고 하셨잖아요. 혹시 너무 열 뻗쳐서 그러시는 거 아니죠?"

인간보다 인간적인

경남은 죽은 명수를 끌고 골목 안, 무너진 담벼락 밑에 숨었다.

"됐다니까 뭐 이렇게 말이 많아? 끊어!"

인철은 전화를 끊고 네 번째 담배에 불을 붙였다. 경남은 이미 여러 소유주들을 뇌사로 빠뜨려 미티어에 진 빚을 갚아나갔다. 그녀라면 일중을 너끈히 죽일 법도 했다. 그런데 살아났다. 인철의 오랜 의심이 확신으로 굳어졌다. 그는 상황실로 전화를 걸었다. 성진이 전화를 받았다.

"도일중이 올라갈 거야. 뭘 하든 딴지 걸지 말고 내버려둬. 야, 근데 너 도일중하고 짝짜꿍은 아니지?"

인철은 이번엔 어미 대신 아들을 선택했다.

"그 인간 경멸합니다."

성진이 답했다.

"쎄끼, 그래 보였어."

의심이 확신이 되며, 인철은 마음의 여유를 되찾았다. 그는 지난 25년 동안 교임을 쫓고 있었다. 결혼 생활을 빼앗고, 부모의 의료재단을 무너뜨리고, 어느 순간 순애마저 살해한 뒤 그녀의 탈을 뒤집어쓰고 살아가는 악마가 교임이라고 생각했다. 인철을 변종 사냥의 선봉에 서게 한 것도 교임을 향한 적개심이었다. 일중이 CCTV를 편집한다는 걸 알아차린 뒤 회사에 기록된 주소지로 찾아갔지만 특이점을 발견하지 못했다. 또 다른 은신처가 있다는 뜻이었다. 이제 일중의 정체와 위치가 명확해졌으니 천천히 접근해도 괜찮을 성싶었다. 인철은 다섯 대째 담배를 물고 휘파람 소리를 내며 연기를 뿜었다.

일중이 상황실 문을 열자 기다리고 있던 성진이 자리에서 일어나 인사를 했다.

"넌 왜 여기 있어?"

"팀장님 업무 대리가 저로 배정됐습니다."

일중은 모두가 의심스러웠다. 살아남은 경남이 성진에게 전화를 했으련만 표정이 너무 태연했다.

"너 폰 꺼놨냐?"

일중이 성진을 밀어내고 노트북을 부팅했다.

"전화하셨습니까? 마이 주머니에 넣어뒀는데······."

성진이 의자에 걸쳐놓은 점퍼 재킷 주머니로 손을 넣었다.

"나중에 확인해. 나 잠깐 들른 거니까 나가 있어."

"네."

성진이 군말 없이 상황실을 벗어났다. 일중은 기밀 전산망에 접속해 소유주 이정빈의 이름을 타이핑했다. 그는 정빈에게 등록된 이종 사망 확인서 폴더를 열었다. 9년 8개월간 무려 48건이 누적되어 있었다. 출력이 되는 동안 일중은 피에 젖은 티셔츠를 벗었다. 그는 서랍에서 군용 러닝을 꺼내 입고 물티슈로 목과

　　　　　　　　　　　　　인간보다 인간적인

손에 말라붙은 피를 닦아냈다. 차가운 물기가 피부에 닿자 소름이 돋았다. 똥줄이 타들어가는 순간에도 물에 대한 반감이 온전하다는 게 신기한 노릇이었다.

일중은 성진의 점퍼 재킷에서 핸드폰을 꺼냈다. 최근 통화 내역은 모두 일중에게 건 전화였고 띄엄띄엄 윤이나와 통화한 기록이 있었다. 그저께 경남에게서 걸려 온 전화가 있었지만 고작 1분 19초였다. 메신저로 대화했을 가능성도 배제할 수 없었다. 일중은 성진의 메신저를 열었지만 열린 채팅은 일중 자신 한 명뿐이었다. 외롭거나 지웠거나 둘 중 하나일 터였다. 일중은 핸드폰을 주머니에 돌려놓고 프린터로 향했다. 제법 묵직한 출력물이 쌓여 있었다. 첫 장도 읽지 않고 상황실을 나섰다.

"어디로 가십니까?"

문 앞에 서 있던 성진이 물었다.

"그건 왜?"

성진의 시선이 출력물로 향했다.

"위험한 행동 안 했으면 좋겠거든요."

성진의 목줄을 쥔 사람은 인철이 아니었다.

"이따 들러서 장 대표 만나고 사표 쓸 거야. 아직은 나 니 팀장이다. 선 넘지 마."

장 대표를 만나려면 영을 안전한 곳에 옮겨야 했다. 만약 성진이 배후라면 장 대표보다 먼저 만나 모가지를 비틀기로 했다.

"알겠습니다."

성진이 한 걸음 뒤로 물러섰다.

정수경이 분당에 출몰해 키퍼들이 몰려나간 탓에 건물은 한산했다. 일중은 비상계단을 통해 지하주차장으로 내려갔다. 그는 입구에 바짝 붙여 시동을 켜놓은 차 트렁크를 열고 인쇄물을 내려놨다. 그러고는 운전석으로 돌아갔다.

"이제 말해. 구경남 보낸 놈이 누구야?"

일중이 트렁크에 웅크린 영에게 고함을 쳤다. 그는 무심결에 회사에 등록한 주소지로 차를 몰았다. 평일엔 주로 주소지에서 생활하고 일주일에 한 번만 뉴턴빌딩으로 이동했다. 일중의 차가 건물을 벗어나 올림픽대로로 빠져나갔다. 트렁크에 몸을 말고 모로 누운 영이 입에 랜턴을 물었다. 그녀는 가장 최근의 사망 확인서부터 읽어나갔다. 이미 알고 있는 정빈의 소유주 등록번호와 주소지, 연락처, 이 씨 가문의 선친들 이름이 나열되어 있었다. 그 아래 보디백에 담긴 고깃덩어리가 보였다. 사망 원인은 외인사였다.

명수의 죽음 앞에서 영이 지난 생의 마감을 기억해낸 건 우연이 아니었다. 피와 살점이 튀는 고통을 영도 경험했다. 지하실에서 다양한 방식으로 그녀에게 고통을 주고 나른한 표정으로 와

　　　　　　　　인간보다 인간적인

인을 마시며 감상하는 게 정빈의 낙이었다. 몸을 밧줄로 꽁꽁 묶 거나 쇠못이 박힌 패들로 매질을 하는 것. 정빈은 피 흘리고 신음하는 영의 곁에 누워 그녀의 머리를 조심조심 쓰다듬었다. 예뻐. 너무 예뻐. 이번 생도 고마웠어. 그때 영의 눈엔 중세 시대 말먹이를 자르던 작두가 보였다. 저게 여기 왜 있어.

"너 내가 할머니한테 칼 맞았다고 만만해 보이냐?"

일중이 버럭 짜증을 터트렸다.

"외인사가 흔해요?"

영의 목소리가 작아 두 번이나 말한 뒤에야 일중이 알아들었다.

"외인사가 어딨어? 다 자살이지. 니들 습성 몰라?"

다음 장도 그다음 장도 사인은 외인사였다. 정빈은 영을 살해하고 굳이 작두질까지 해 미티어에 보냈다. 시신 처리를 담당하는 부서에선 정빈을 변태 새끼라고 불렀다.

"아닌 경우가 있긴 해요?"

일중은 대답하지 못했다. 시신 처리 부서는 다른 팀과 접촉이 금지되어 있었다. 소통을 막은 건지 의견이 분분했지만, 일중은 내심 뭔가 끔찍한 일이 종종 벌어지는 모양이구나 짐작했다.

"다 기억났어요. 정빈 씨가 내게 한 일들."

일중이 벌어진 입을 천천히 다물었다. 영은 외상 후 스트레스 증후군으로 기억을 잃은 터였다.

"뭔데? 복수하고 싶어? 내가 도와줄 건 없고 그 새끼 신상 까서 퍼트려줄 수는 있어."

인간들 중에서도 제 자식을 패 죽이고 강간하는 짐승들이 있긴 했다. 정빈도 그런 부류일 터였다.

"아뇨, 그러지 마요. 다른 사람은 몰라도 난…… 그러면 안 돼요. 이미 그 사람한테 너무 많은 걸 빼앗았어요."

영은 갓 난 정빈의 사진을 보며 속삭였다. 네가 크면 내 소유주가 되겠구나. 이마가 넓으니 아량도 넓겠지. 네게 짐이 되어 미안하구나. 정빈의 아버지는 육사 출신 장교였다. 영은 그를 따라 이곳저곳 관사를 옮겨 다니며 이따금 부대 행사에 초대받은 처와 정빈을 몰래 지켜봤다. 행사에선 세 가족이 나란히 서서 사진도 찍고 박수도 쳤지만 사람들 눈길을 벗어나면 서먹한 사이로 멀어졌다. 정빈의 아버지는 영에게 아들을 바라보는 애틋한 눈빛을 감추느라 괜한 헛기침을 하고 돌아서곤 했다.

"내가 없었으면 정빈 씨는 자기 아버지처럼 자상한 사람으로 자랐을 거예요."

일중은 벽돌로 머리를 한 대 얻어맞은 기분이었다. 그는 유성의 미개봉 이종을 구매하려고 아등바등 돈을 모아왔다. 소유주가 되면 지극한 사랑의 감정을 경험하게 될 테고, 그래야 비로소 보통 사람들의 대열에 끼어들 수 있을 것 같았다. 하지만 간과한

인간보다 인간적인

게 있었다. 이종도 소유주를 맹목적으로 사랑한다는 사실이었다. 자신을 살해한 소유주를 용서하고 사랑하는 것도 모자라 안쓰러워하는 영을 보며, 일중은 태산 아래 깔린 중압감을 느꼈다. 소유주는 태어난 순간부터 죽음을 맞이할 때까지 이종의 생존목적이 된다. 소유주와 이종의 관계는 사랑해서 서로를 파괴하는 끔찍한 형벌이나 다름없었다. 일중은 감당할 자신이 없었다.

"그래서 누가 날 죽이라고 했는데?"

일중은 악착같이 돈을 모아 이종을 살 마음을 접었다. 목적이 사라지자 비로소 자신의 목숨이 위태로워졌다는 걸 실감했다. 그의 차가 시내로 접어들어 중학교 앞 육교 아래로 향했다.

"누구냐고 묻잖아!"

그가 대답을 독촉하느라 고개를 조금 틀었을 때 육교에서 타이어가 떨어져 앞유리에 내리꽂혔다. 타이어가 유리를 박살내고 일중의 오른쪽 어깨를 뭉갰다. 황급히 브레이크를 밟았지만 차는 앞차를 들이받으며 중앙차선을 넘었다. 육교 위에서 경남이 박수를 쳐 가며 깔깔깔 배를 잡고 웃었다. 그녀는 아직 노파라고 부르기엔 이른 나이였지만, 노파심만큼은 지긋했다. 인철에게 일중의 귀라도 잘라 가져다주고 경남이 보는 앞에서 증서를 써주길 바랐다.

"이번에 또 살아나면 저놈은 인간이 아니야."

경남은 일중의 살해를 계획하며 낡았지만 확실한 방법으로 미행했다. 택시를 갈아타며 이동한 거였다. 그녀는 죽은 명수를 미티어에 실어 보내고, 임무를 완수하러 육교에 자리 잡은 터였다. 마침 육교 옆엔 타이어 가게가 있었다. 만약 거기 화원이 있었다면 고무나무 화분을 골랐을 거고, 편의점이 있었다면 여섯 개들이 생수를 결제했을 터였다.

일중은 반파된 차 안에서 어깨와 한 팔이 부러진 채 의식을 잃었다. 누군가 운전석 창문으로 손을 뻗어 일중의 가슴 주머니를 더듬었다. 심박동을 잠시 가늠하던 손이 침통을 잡고 빠져 나갔다. 사고의 충격으로 우그러진 트렁크도 맥없이 열렸다. 영은 뇌진탕으로 구역질을 했다. 사물이 두 겹, 세 겹으로 겹쳐 보이고 경적과 부산한 사람들의 발소리가 위협적이었다. 고무 탄내와 요란한 오토바이 엔진음이 영에게 다가왔다.

"또 비슷한 상황이네. 저번처럼 겁먹지 말고 타."

이나의 오토바이를 훔쳐 탄 수경이었다.

"여기 있는 건 어떻게 알았어?"

수경이 영이 타기 쉽게 오토바이를 기울였다.

"미티어에서부터 미행했어. 도일중은 내 손바닥 안에 살지. 항상."

영이 맑은 물을 토해내느라 머뭇거리는 사이 경남이 다가왔다.

인간보다 인간적인

"어마나, 부활 선생님 중에 이런 미인이 계셨네. 보시다시피다 끝났어요. 보통 목숨이 질긴 놈이 아니라 요 케이블타이로 모가지를 감아놓겠습니다. 그럼 우리 명수 잘 좀 부탁드립니다, 부활 선생님."

경남은 수경을 미티어 소속 키퍼로 착각했다. 그녀가 탄 1천CC 오토바이엔 꼬리가 긴 유성 모양의 미티어 로고가 새겨져 있었다.

"잠깐, 이리로 좀 와 보시겠어요?"

수경이 경남을 불러 세우고 침통을 열어 참침을 꺼냈다.

"왜, 무슨 일로 부르실까요?"

경남이 뿌듯한 표정으로 수경에게 다가왔다.

"아들 같은 사람한테 몹쓸 짓하고 웃음이 나오냐?"

수경이 경남의 정수리에 참침을 깊숙이 꽂았다. 이마뼈와 마루뼈가 맞붙은 사이를 침이 파고들었다. 지주막하 출혈을 일으킨 거였다. 경남은 벼락 맞은 사람처럼 뻣뻣하게 서 있다 바닥으로 고꾸라졌다. 영이 수경의 허리춤을 와락 끌어안았다. 오토바이가 사고 현장을 벗어나기 시작했다.

"오너스 클럽 단톡에 정체불명의 소유주가 뉴턴빌딩 주소를 공개했어. 거기 인염을 가진 변종이 산다고 까발렸지. 그래서 아픈 이종 소유주들과 변종들이 몰려들었고, 빌딩엔 접근할 수조차 없어."

수경은 조금 전 직접 목도한 광경을 영에게 털어놓았다.

"그것도 장인철 짓일 거야."

명수가 죽음에 다다른 순간 범인이 인철임을 마음으로 증언
했다.

"쟤 저 꼴 만든 것도 장인철이란 얘기네. 얼마나 안일하게 처
신한 거야, 도일중."

그리 놀랄 일도 아니었다. 일중의 이중생활은 늘 외줄타기였
으니까.

"아무래도 아저씨가 아니라 나 때문 같아. 예전에 정빈 씨한
테 들었어. 미티어 직원들 자동차엔 모두 위치추적기가 붙어 있
다고."

일중은 회사 차로 주소지에 이동한 다음 멀찍이 떨어진 유료
주차장에서 자신의 폭스바겐으로 갈아탔다. 불과 얼마 전까지만
해도 그의 이중생활은 탄로 나지 않았다. 영이 랩실을 도망쳐 나
와 어느 픽업 트럭에 몸을 숨길 때까진 그랬다.

인철은 영이 탈출한 시간 이후로 퇴근한 차량 전부의 동선을
파악했다. 그중 시간상 가장 유력해 보이는 픽업 트럭의 이동을
따라가며 CCTV 영상을 분석했다. 예림당아트홀 근처에서 거뭇
한 실루엣 하나가 짐칸에서 빠져나오는 게 보였다. 인철은 자신

의 사무실에 앉아 양평해장국에 소주를 마시며 실루엣이 움직이는 방향을 쫓았다. 영이 다다른 뉴턴빌딩에서 일중이 걸어 나왔다. 이튿날, 그 이튿날. 일중은 그곳에서 출근을 하고 그곳으로 퇴근했다. 그리고 CCTV에 얼굴이 뭉개져 보이는 여자도 들락거렸다. 그게 수경이라면, 교임도 빌딩 어딘가에 은신하고 있을 터였다.

"구경남 씨? 나요, 장인철. 누구냐니? 하, 아무도 내 소갤 안 해 줬겠군. 미티어의 실질적 오야붕이라고 해두지. 당신만큼이나 악명 높은 미친놈이야. 궁금하면 아들 인성진이한테 물어보든가. 말 길어지는 거 싫으니까 본론만 얘기하고 끊을게. 경남 씨, 집 나간 개 한 마리 살처분해 주소. 빠르면 좋고."

인철은 이종 광신도나 다름없는 경남을 점찍었다. 그녀가 일중을 죽이든 말든 관심 없었다. 치명상을 입은 일중이 어떻게 대처하는지 궁금했다. 그에게 일중은 이종만큼이나 흥미로운 생물이었다.

"무슨 얘길 하려고 말이 이렇게 늘어져? 돈 얘기야? 까놓고 말하는 게 나는 편해. 당신이나 나나 속이 빤한 사람들이잖아. 어, 어. 아냐, 난 잔돈푼으로 일 안 시켜. 명수 재생 수수료 평생 면제 걸게."

수수료 면제를 약속했지만, 그건 어수룩한 경남을 꼬여낼 구실에 불과했다. 그녀가 미티어에 진 빚부터 갚아야 수수료를 면제해 주겠다고 낯을 바꿀 셈이었다. 물론 그 사이 명수가 죽으면 리소스로 사용하고, 경남은 또 어느 절박한 소유주의 손에 목숨을 넘기면 그만이었다. 그런데 뉴턴빌딩이 변종 정수경의 은신처란 사실을 퍼트린 건 인철이 아니었다. 그는 계산적이고 꼼꼼하지 않았다. 그저 한 놈만 물고 늘어지는 성질 더러운 사냥견에 불과했다. 메신저 앱에 오너스 클럽이라는 소유주 단체 채팅방이 있다는 사실조차 몰랐다.

선글라스 쓴 키퍼들이 뉴턴빌딩을 에워쌌다. 그들은 체온이 낮은 변종들만 골라 에어건을 발사했다. 골절된 발목에 부목을 댄 중년 여자 변종이 진한 향기를 뿜으며 물이 되었다. 상처가 덧나 팔꿈치에 고름이 줄줄 흐르는 사내아이 변종도 낡아빠진 크록스를 남기고 물이 되었다. 몇몇 변종은 전투용 보호장구를 착용했지만 솜씨 좋은 키퍼들이 눈이나 뺨을 관통시키고 환호했다.

"이것 봐요, 너무들 하는 거 아닙니까? 그럼 이종이 아플 때 우리 소유주들은 손 놓고 죽기만 기다려야 합니까? 전설의 명약이 실존한다는데, 미티어는 왜 이 사실을 은폐한 거요? 얼마나 돈에 미친 건지 좀 들어나 봅시다."

뉴턴빌딩 앞에 주차한 소유주 한 명이 경적을 길게 누르며 항의했다. 그의 이종은 석 달 전 목에 생선가시가 걸려 식도에 염

증이 퍼졌다. 처음엔 자력으로 회복하길 기다렸지만 이젠 안락
사를 해주는 게 주인 된 도리라고 생각했다. 그러다 인염 소식을
듣고 부리나케 달려온 터였다.

"루머일 뿐입니다. 현재로선 이종을 치료할 약물이 개발되지
않았습니다. 임상 실험 결과를 기다려주십시오. 그게 미티어의
오피셜입니다."

성진은 고개를 들어 5층을 바라봤다. 몰려든 인파 중 절반인
변종이 물풍선처럼 툭툭 터졌다. 차에 앉아 항의하는 소유주들
의 차엔 렉카가 견인 고리를 채웠다. 시끌시끌한 바깥 상황에
3층 편집숍 황보가 건물 밖으로 나왔다.

"아저씨들 쇼핑하러 온 거 아니죠? 외부 차량 다 빼세요."

황보가 키퍼들이 끌고 온 SUV와 오토바이를 할퀴듯 바라봤
다. 그러나 성진은 순순히 비켜줄 생각이 없었다. 그는 이 사태를
말끔히 해결해야 일중을 끌어내리고 팀장으로 승진할 수 있었
다. 성진의 목줄을 쥔 사람은 인철처럼 변덕스럽고 감정적이지
않았다. 그는 3년차 키퍼에서 단번에 임원으로 점프해 실권을
쥐고 싶었다. 그가 속한 층위의 힘없는 인간이 레벨 업할 방법은
그리 많지 않았다.

"귀가 먹었나? 경찰 부르고 구청에 민원 넣을 거예요."

황보가 손에 든 핸드폰 액정에 패턴을 그렸다. 성진이 눈짓을

보내자 키퍼 한 명이 천 테이프를 들고 와 황보의 입을 틀어막았다. 또 다른 키퍼가 그녀의 손목에 수갑을 채우고 어깨에 짊어진 다음 SUV로 옮겼다.

"인성진, 뒷일은 어쩌려고 민간인을 건드리냐? 경위서 써야 하고 비용 처리 안 되는 것도 많을 텐데 앞뒤 구분 없이 들이받네."

선배 키퍼가 다가와 쓴 입맛을 다셨다.

"너무 인간적이시네요."

성진이 모자를 벗어 머리를 쓸어 올리고 다시 썼다. 그러고는 뉴턴빌딩 출입구로 걸어갔다.

"야, 인성진. 금방 정밀수색팀 올 거야. 내부는 걔들한테 맡기고 그만하고 가자. 네 말대로 여기 산다는 건 루머라니까. 실적 채웠으니 우린 신발이랑 옷이나 주워 가면 돼."

성진이 선배를 향해 고개를 돌렸다.

"저는 지금부터 시작입니다. 제 수당은 선배가 챙기세요."

성진의 말투와 표정이 결연했다.

인간보다 인간적인

키퍼 인성진

성진의 군홧발이 거침없이 계단을 타고 올랐다. 4층에 다다른 그는 문 앞에 떨어진 아이폰을 발견하곤 발로 툭 차 계단으로 굴려버렸다. 그러고는 한 치의 의심 없이 일중의 노트북 비밀번호인 7050을 눌렀다.

"진입 성공했습니다."

성진은 이어폰을 켜고 누군가에게 상황을 보고했다.

"문 앞에서 휴대폰 발견했고, 현관에 여성용 운동화 한 켤레 있습니다."

그의 눈에 자그마한 발렌시아가 운동화가 보였다. 일중이 신기엔 너무 작고 화려했다. 안에 누군가 숨어 있을지도 모른다고 생각했다. 그는 군화를 벗지 않은 채 에어건을 단단히 움켜쥐고 거실로 들어갔다. 흔해 빠진 선인장 화분 하나 없이 휑뎅그렁한 공간이 펼쳐졌다. 통창을 가린 암막 커튼 탓에 성진은 랜턴을 켜고 안방문을 열었다. 거실과 다를 바 없는 네모반듯한 빈 공간에 모니터만 여덟 대가 설치되어 있었다. 모두 뉴턴빌딩 곳곳에 설치된 CCTV 영상을 송출하고 있었다. 키퍼들은 물이 되어버린 변종들의 유류품을 줍느라 바빴다.

욕실을 열자 말라붙은 핏자국이 타일 곳곳에 떨어져 있었다. 수챗구멍으로 밀려난 면도날 네 개는 붉게 녹이 슬었다. 개수대가 있어야 할 부엌 싱크대는 상판으로 깔끔히 덮여 있었고, 냉장고나 세탁기, 건조기도 보이지 않았다. 옷을 세탁하는 대신 싸구려를 여러 장 사 입고 버려온 일중이었다. 미티어의 눈을 피해 이중생활을 하던 일중은 자신을 엄격히 통제했다. 그는 일주일에 한 번 뉴턴빌딩으로 돌아와 밀린 숙제하듯 CCTV 영상을 몰아보며 건조하게 살아왔다. 성진은 부엌에 달린 다용도실 앞에 섰다. 도어록까지 달아놓았으니, 감추고 싶은 것들이 저 안에 다 들어 있을지 몰랐다.

"일중 씨?"

성진의 손이 도어록으로 향하던 순간 반대편에서 문에 귀를 붙이고 있던 교임이 반응했다.

"다용도실 안에 사람이 있습니다."

인간보다 인간적인

"70대 여성 노인으로 확인되면 대화는 금지다. 노이즈 캔슬링으로 목소리 차단하고, 탈출시켜. 도일중 현재 위치 오픈하고 만나게끔 유도해."

간단한 지시를 남기고 통화가 종료되었다. 성진이 이어폰을 터치해 노이즈 캔슬링을 활성화하고 베르디의 레퀴엠을 재생시켰다. 장엄하다 못해 폭력적인 선율이 성진을 흥분시켰다.

"나 여기 있어서 자기 너무 황당하겠다. 문 열어주면 차근차근 설명할게. 이 방은 왜 이렇게 덥니?"

상대가 일중이라 생각한 교임이 너스레를 부렸다. 성진은 에어건을 도어록에 바짝 붙이고 방아쇠를 당겼다. 텅, 격발음과 함께 도어록이 빠개졌다. 생긴 건 우스워도 변종의 몸에 구멍을 내거나 문고리 정도는 쉽게 부술 파괴력이 있었다. 성진이 다시 한 번 에어건을 쏴 도어록을 완전히 제거하고 밖으로 드러난 전선 두 가닥을 강하게 잡아당겼다. 그러자 잠긴 문이 맥없이 열렸다.

"누구세요?"

목발을 짚어 몸을 일으킨 교임이 눈에 띄게 몸을 떨었다. 지금 성진의 목적은 변종 사냥이 아니었다. 그는 교임을 지나쳐 선반으로 향했다.

"아, 우리 애 후배시구나. 나 일중이 엄마예요. 근데 무슨 일이기에 이 난리예요?"

교임이 안면을 바꿔 친근하게 성진에게 말을 걸었지만 그는 돌아보지 않았다. 방문을 부수고 군홧발로 들어와 비자금을 회수하는 걸 보니 미티어에서 큰 사달이 난 게 틀림없었다. 그러나 요란한 레퀴엠에 교임의 목소리가 묻혔다. 성진은 온습도계, 방향제를 집어 흔들어 보고 원통형 노란색 유산균 상자도 바닥에 쏟아냈다. 안에 들었던 고무줄과 볼펜, 클립이 방바닥으로 떨어졌다.

"혹시 이거 찾아요?"

교임은 손에 쥐고 있던 서류 가방을 성진에게 건넸다. 그러곤 잠겨서 열리지 않는다는 손짓과 표정을 지어 보였다. 성진은 서류 가방을 흔들었다. 보기보다 가벼웠다. 작고 가벼운 물건이 이리저리 부딪히는 파장이 느껴졌다. 그가 찾는 건 이종 자유주의자들의 신상 정보가 담긴 USB였다. 잠금장치가 달린 가방에 숨겼을 가능성이 높았다. 이제 교임을 내보내도 될 것 같았다.

"도 팀장님이 좀 다쳤어요. 강남중병원."

교임은 헉, 숨을 들이마셨다. 그녀의 머릿속에 불경한 장면이 떠올랐다. 인철의 모진 고문에 은신처의 위치를 뱉어내고 걸레짝이 되어 중환자실에 누워 있는 일중의 모습이었다. 미적거리다간 영영 다시 만나지 못할 것만 같았다. 교임은 조심스럽게 통창을 막아놓은 암막 커튼을 걷었다. 에어건을 든 키퍼들이 옹기종기

인간보다 인간적인

모여 담배를 피우고 있었다. 출구로 나가는 건 불가능해 보였다.

"안방과 건넌방 사이, 비상구로 나가요. 곧 정밀수색팀이 올 거예요. 요령껏 살길 찾기 바랍니다."

성진은 뉴턴빌딩의 설계도면을 숙지했다. 그걸로 투입 시나리오와 탈출 시나리오를 짰고, 여러 번 시뮬레이션해 봤다. 정수경과 마주쳤을 때 살아서 이 건물을 빠져나갈 궁리였지만, 상대가 다 허물어져가는 교임인 덕에 일이 수월했다.

"여봐요, 내가 이 몸으로 계단을 어떻게 내려가요. 좀 도와주든가. 네?"

성진이 가방 꾸리기에 열중하자 교임은 비상구를 바라보며 한숨을 내쉬었다. 철문을 열고 가파른 계단을 내려가면 1층 ATM 가짜 인출기와 연결되어 있었다. ATM 출구는 두 군데로 한 곳은 건물이 마주 보는 큰 도로였고, 다른 하나는 차단기로 막아놓은 주차장이었다. 거기 교임의 지문으로 시동을 걸 수 있는 자동차가 있었다.

"미쳐, 진짜."

교임은 비상구 앞에 섰다. 계단에서 구르면 이번에야말로 죽음을 면치 못할 터였다. 그러나 미티어의 키퍼들이 그녀를 살려 줄 리도 만무했다. 그녀는 비상구 문으로 다가가 묵직한 손잡이를 비틀었다. 통로에서 녹슨 쇠 냄새 머금은 찬바람이 교임의 얼굴에 끼쳤다.

"이래 죽으나 저래 죽으나."

교임은 비상구 층계참에서 문을 닫고 목발을 내려놓았다. 그러고는 바닥에 엎드려 휘적휘적 몸을 움직였다. 발바닥을 더듬어 계단을 세 칸 내려가고 손으로 난간을 잡았다. 이후부턴 한 칸씩, 총 28계단을 내려가야 층이 바뀌었다. 건강한 성인이라면 1분 내외의 거리였지만 교임은 15분 만에 겨우 한 층을 내려갔다. 몸을 지탱하는 가느다란 손가락 관절은 류마티스 염증으로 툭툭 불거졌고, 오래전에 봉합했으나 아물지 않은 상처들이 벌어져 피가 배어났다. 골절된 여섯 개의 늑골이 교임의 폐와 간을 건드렸고, 비명을 참느라 힘주어 깨문 앞니가 흔들렸다. 그럼에도 교임이 걸음을 멈출 수 없는 건 유산균 상자에서 꺼내 입으로 삼킨 USB 때문이었다.

성진은 서류 가방을 바닥에 내려놓고 에어컨을 겨누다 눈두덩이로 흘러내린 땀 탓에 고개를 들었다. 자연히 그의 시선이 현금으로 향했다. 잠시 생각도 몸짓도 잊은 성진이 가볍게 하, 탄성을 질렀다. 얼마쯤 될까. 5억, 10억, 어쩌면 그 이상일지도 몰랐다. 행여 CCTV가 있는지 방 안을 살펴본 그는 등에 짊어진 백팩을 열어 지폐뭉치를 담았다. 영상 증거도 없고 일중이 부정하게 벌어들인 돈이니 양심의 가책은 느껴지지 않았다.

인간보다 인간적인

백팩에 지폐를 가득 채운 성진이 에어건으로 폴리카보네이트 가방을 박살냈다. 128기가 USB가 들어 있어야 했다. 하지만 안에 든 건 똘똘 뭉친 19만 9천 원짜리 영수증이 전부였다. 그 와중에 음악이 끊겼다. 경남에게서 온 전화 탓이었다.

"너 지금 어디냐?"

그는 살 떨리게 미워하던 엄마의 전화를 거절하지 못했다.

"외근이요."

"회사에 명수 재생 신청서 냈는데, 나한테 수수료를 받아야겠단다. 분명히 장인철이 앞으로는 공짜라고 했는데 이것들이 모른다고 잡아떼잖어. 너 바꿔주랴?"

이번에도 용건은 명수 부탁이었다.

"아뇨, 바꿀 필요 없어요. 장 대표가 뭐라 했든 그게 원칙이에요. 명수, 돈 없으면 소멸시키세요. 제발."

재생 수수료는 세금을 제하고도 1억 원이 넘었다. 집도 절도 없는 노년의 여성이 감당하기엔 터무니없는 액수였다.

"배짱 장사하니? 우리 명수는 도일중한테 죽었어. 나는 어떤 경을 칠 년한테 침을 맞아 입까지 돌아갔고. 명수 곧 니 거야. 이 개 같은 새끼야, 어떻게 걔를 소멸시키라고 말해! 내 사랑인데."

경남의 일갈에 성진은 얼굴을 일그러뜨렸다. 명수를 상속받고 싶지 않았다. 서로를 갉아먹으며 거대한 똥 무더기에 깔리는 소유주와 이종의 관계를 동경한 적이 없었다. 일중이 명수를 죽였다는 말은 차라리 통쾌하게 들렸다. 성진은 진즉에 경남을 끊어내고 싶지만, 일중처럼 허깨비로 살기는 또 싫었다.

"엄마."

"왜? 또 명수 소멸 얘기하려고?"

"회사에 빚이 얼마예요?"

성진은 백팩을 둘러멨다. USB는 노년의 변종이 선수 쳤다고 솔직히 보고하고 돈은 조용히 챙겨 나가기로 결심했다.

"2억…… 8천."

"명수 포기하면 그 빚, 내가 갚아줄게. 나랑 살아요."

지금 성진의 백팩에 든 돈은 4억 원이 조금 넘었다. 회사에 빚을 갚고, 그가 센터장을 맡게 되면 작은 전세방 하나는 마련할 터였다.

"즤 애비만큼이나 말이 안 통하네. 끊어, 이 쌍놈아."

경남이 전화를 끊었다. 그 순간 뭔가 묵직한 물건이 여러 번 바닥을 구르는 소음이 들렸다. 교임이 비명을 참느라 혀를 물고 꺽꺽댔다.

이종들

오토바이는 10킬로를 더 달리고 기름이 바닥나 멈췄다. 강남 중병원과 뉴턴빌딩 사이였다. 어느 쪽으로 가도 30분 이내에 도착할 만한 거리에서 둘은 나란히 버스 정류장에 앉았다. 건물이 저무는 해를 만나 수경과 영의 얼굴에 직사각형 그림자를 만들었다.

"날 죽이려고 하더니, 이번엔 구했네?"

뭐든 잘 읽어내는 영도 수경의 마음은 깜깜했다. 납치해서 화장할 계획까지 세웠던 그녀였다.

"별일이지? 나라도 그럴 거야. 인간에게 굴종당하는 너희가…… 내가 너무 한심스러워 싸그리 멸종하길 바랐는데 말야."

수경의 마음에 파도가 인 건, 지하철 탑승구에서 이나가 정춘의를 부른 순간부터였다.

그녀는 매일 새벽 춘의의 꿈을 꾸고 울며 잠에서 깼다. 어떤 날은 그 옛날의 승계식을 선명히 보았고, 어떤 날은 서울에서 모셔온 화가의 이젤 앞에 나란히 앉은 모습도 보았다. 그러나 행복한 순간은 짧았다. 춘의는 매일 밤 수경 앞에서 피를 토하며 죽었다. 단 한 번도 그와 다정히 된장국을 나눠 먹고 서로의 손에 깍지를 끼고 누워 내일을 기약하는 꿈은 없었다. 수경은 치료를 포기하고 제 앞에서 죽어간 춘의가 견딜 수 없이 미웠다. 그래서 대를 이어 사랑받는 이종들이 얄밉고 간사해 보였다. 어쩌면 제 신세가 가여워 인간에게서 독립하지 못하는 반쪼가리들이 못마땅했는지 몰랐다. 그런데 이나가 정춘의의 이름을 부른 순간, 어디선가 그의 체취가 났다. 저 앞에 보이는 야트막한 산이 인영못을 품고 있지. 자네한테 인영못을 보여줘야 해. 미안허네. 새카만 뒤통수들 사이에 그림에서 오려 붙인 듯 낡은 사내 춘의가 숨어 있을 것 같았다.

"나 정춘의를 알아."

영이 지저분해진 손을 물끄러미 바라보며 입을 열었다.

"기억이 돌아왔어?"

놀란 수경이 물었다.

"정빈 씨 조부하고 춘의 아버지가 교류했지. 그때 네 이름은 아마 숙영이었을 거야. 우린 둘 다 중년이었고.”

수경이 숙영이던 시절, 영은 40대 신여성이었다. 그 시절에도 소유주끼리는 정보를 주고받느라 서울의 이븐홀이라는 양장점에 종종 모였다. 정빈의 조부와 춘의의 아버지 역시 거기서 안면을 텄다. 소유주의 나이가 동갑이었고 이종 또한 엇비슷한 나이로 보였다. 둘은 경쟁하듯 각자의 이종에게 더 값나가는 옷과 구두를 신겼고 향수와 가방을 자랑했다. 그러다 춘의의 아버지가 정빈의 조부를 집으로 초대했다.

“어르신들이 거나하게 취하고 너는 잠들었을 때 나 혼자 별채를 나섰지. 소피가 마렵기도 했고 조금 취한 것도 같았어. 뒷문으로 나와 마당을 걷는데 쪽마루 아래서 대학생 정도 되는 아이가 구두를 닦고 있더라. 일생 제대로 안아주지도 않았을 아비의 구두를 핥듯이.”

수백 년을 살아온 영도 그런 인간은 처음이었다. 소유주의 자식은 대체로 엇나가기 마련이었다. 사랑 없이 자란 아이들은 제자리를 꿰찬 이종을 본능적으로 시기했다. 문서에 기록된 최초의 존속 살인도 실은 소유주의 자식이 제 아비와 이종을 우물에 빠뜨린 다음 모래로 덮은 사건이었다. 그런데 춘의는 달랐다. 아버지의 구두를 다 닦은 그는 수경의 구두를 호호 불기 시작했다.

“춘의는 별종이었지. 특별히 따뜻한 인간이라 수명이 길지는 않겠구나, 생각했어. 딱하더군."

영은 여러 인간을 보고 듣고 스치며 나름의 통계를 만들었다.

"그러다 보았지."

춘의가 수경의 구두까지 닦고 안채로 돌아갔을 때, 춘의의 아버지가 별채 쪽마루에 섰다. 그는 바지와 내의를 내리고 마당을 향해 누런 소변을 갈겼다. 그러고는 잘 닦인 구두를 향해 가래를 뱉었다. 붉은 피가 섞인 가래였다. 영은 그게 실수가 아니란 걸 알아차렸다. 두 번째 가래침이 흙바닥에 떨어졌을 때 춘의의 아버지 얼굴엔 옅은 짜증이 묻어났다. 그는 좀처럼 나오지 않는 가래를 돋우느라 콜록콜록 기침을 했다.

"자기 병을 전염시켰구나. 어째서야?"

수경이 놀라자 영이 그녀의 손을 그러잡았다. 4도나 높은 영의 손이 수경에겐 불로 지지는 것처럼 뜨겁게 느껴졌다.

"독점욕 때문이겠지. 이미 병이 짙어졌을 테니 곧 네가 춘의에게 떠난다는 걸 직감했을 거야. 상상만으로도 견딜 수 없게 질투심이 타올랐을 테지."

춘의는 수경과 결핵을 상속받았다. 그러나 아버지를 원망하지 않았다. 꽃 같은 수경을 품에 안자 그의 마음을 이해할 것도 같았다. 일꾼들이 수경의 얼굴을 힐끗거리거나 누가 그녀의 구두를 고쳐 놓아주면 눈알을 파고 손목을 비틀고 싶어졌다. 춘의는

인간보다 인간적인

돌아보면 다시 자라 있는 이 잡초 같은 질투심이 끔찍이도 한심스러웠다. 그가 큰아버지에게 재산을 모두 넘기고 알몸뚱이로 고향을 떠난 건 자기혐오에서 비롯된 극단적 선택이었다.

"이종보다 별종이 살기 힘든 세상이더라."

영의 말에 수경은 고개를 주억거렸다. 그녀의 눈동자가 황혼으로 붉게 물들었다. 곁에 있었다면 손바닥을 펼쳐 가려주었을 춘의의 얼굴이 떠올랐다. 그는 치료를 포기한 게 아니었다. 돌이켜 보면 늘 등이 결린다며 옆구리에 침을 꽂아 사혈을 했다. 주섬주섬 약재를 씹고 좋은 녹용을 구했다며 주기적으로 부산이며 묵호에 다녀왔다. 아마도 인영못을 수소문하거나 단기 입원을 하고 돌아왔을 터였다.

"춘의는 분명 살려고 애썼어. 그런데 독일에서 건너온 약은 거부했지. 내가 음식과 탕약에 섞어 먹였지만 차도가 전혀 없었어. 혹시 다른 병은 아니었을까."

수경은 의문이 생겼다. 결핵이라면 어째서 순애가 가져다준 양약은 거절한 걸까.

"혹시 연한 갈색 병에 든 흰 알약이었어? 모양이 호박씨처럼 납작하고 길쭉한 약."

영의 묘사는 정확했다. 수경은 하루에 세 번 춘의가 먹고 마시는 모든 것에 곱게 빻은 가루약을 섞었다. 돌이켜 보면 양약을 먹기 시작하면서 춘의의 병세가 깊어졌다.

"네가 그걸 어떻게 알아?"

영이 손을 두 무릎 위에 올려놓고 지그시 말아 쥐었다.

"그거 약 아냐."

"아님 뭔데? 교임 씨 소유주가 어떤 사람한테 빼앗은 약이랬어. 분명히 서독에서 가져온 귀한 약이랬다고."

영은 정빈의 아버지로부터 흉흉한 소문을 전해 들었다.

"염증을 유도하는 히스타민 성분이야. 장인철의 의료재단에서 흘러나온 걸 차유성이 뿌린 모양이더라. 소문엔 말이 통하지 않는 이종 자유주의자들에게 선물했댔어. 그걸 먹은 이종이나 소유주가 고통스럽게 죽길 바란 거지."

수경이 손으로 입을 막아 비명을 눌렀다. 4개월간 하루도 빠짐없이 춘의에게 몰래 먹인 약이 독일 줄은 몰랐다. 춘의가 밤이고 낮이고 야윈 몸을 득득 긁고 기침과 재채기를 해도 명현 반응이라고 치부했다. 그를 죽인 건 병이 아니라 의뭉스러운 유성과 어리석은 수경이었다.

"이영, 이제 인영못이 어디 있는지 기억 나?"

수경은 자신이 살해한 춘의를 유기했다. 정신없이 걷고 뛰고 히치하이킹을 해 봄뜻한약방에 도착한 뒤엔 죽은 듯이 일주일을 앓았다. 막연히 누군가 춘의의 시신을 발견한 다음 그의 큰아버

인간보다 인간적인

지에게 연락을 해 수습했을 거라고 생각했다. 악몽을 끝내려면 춘의가 누웠던 곳을 찾아가 미안허다, 는 그 말에 나도 미안허다, 고 답해 주어야 할 것 같았다. 수경은 벌겋게 달아오른 눈을 한참 감았다 떴다.

"여기서 동쪽으로 아주 멀다는 것만 알아. 아마 가까워지면 유도 사인이 보일 거야. 너무 오래됐어. 거길 떠난 지, 5백 년이 넘었거든. 일단 움직이자."

영이 다가오는 택시에 손을 뻗었다.

"어디로 갈 건데?"

택시 한 대가 정류장에 멈췄다.

"우리 정빈 씨가 불러. 이종으로 하직 인사를 올려야 내 마음이 편하겠어. 강남중병원에 들렀다 동쪽으로 가자."

영이 뒷좌석에 사뿐 앉았다. 그 곁에 수경도 앉았다.

"조심해야 할 거야. 오늘 거기 입원한 키퍼가 많아. 장인철은 네가 그리로 올 걸 짐작했을 테고. 면회 끝나면 교임이랑 움직여. 난 차유성을 요절내야 해."

유성은 인간과 이종 모두에게 환경 교란종이었다. 미티어만 사라지면 인간과 이종은 다시 섭리를 따를 터였다.

"차유성을 상대하는 건 인영못에 다녀온 다음 일이야. 병원에서 키퍼들 상대하고 나면 몸이 성치 않을 거야. 회복이 필요해.

그래야 이길 수 있으니까. 차유성의 시체를 끌고 춘의를 만나러 가야지."

틀린 말이 아니었다. 쇠약한 상태로 유성의 위치조차 모르면서 껍적대는 건 너무 감정적인 행동이었다.

"그 말도 맞네."

웃으며 말했지만 수경은 입안이 썼다. 그녀는 춘의의 바람대로 살아남기를 결심했다. 그게 섭리라고 느꼈다. 어떻게든 살아남아 유성의 시체를 끌고 춘의에게 돌아가야 면목이 섰다. 그러니 이성을 놓지 않아야 했다.

강남중병원엔 수경의 짐작대로 키퍼들이 몰려들었다. 뉴턴빌딩에 우야우야 모여 있던 키퍼들을 비상 호출한 사람은 인철이었다. 그는 14층 VIP실 보호자 침대에 누워 TV로 가상 연애 프로그램을 보고 있었다. 영숙이란 이름의 여자가 울먹거리자 인철이 재채기하듯 크게 웃음을 터뜨렸다.

"시거든 떫지나 말랬다고 못생긴 게 성질도 더럽네."

인철이 간호사 호출 버튼을 눌렀다. 아직 어린 티가 가시지 않은 간호사가 헐레벌떡 들어와 안부를 물었다.

"쟤 언제 깨어나? 옆에 떡대."

인철이 풍경을 가로막은 커튼을 걷었다. 그러자 의식 잃은 일

인간보다 인간적인

중이 드러났다.

"이따 교수님 회진 돌면서 설명해 주실 거예요. 지금 수술 중이라 기다리셔야 합니다."

"모른단 얘기를 정성스럽게도 한다. 쟤 CBC랑 PT, aPTT 좀 봅시다."

인철의 요구에 간호사의 표정이 어두워졌다.

"그것도 교수님 회진 때 말씀하시면……."

그녀의 말을 인철이 헛웃음으로 꺾었다.

"너네 교수가 내 후배야. 뺀질거릴 때 니킥 한 방이면 꼼짝 못하고 기던 애새끼였다고."

간호사는 수간호사에게 제정신이 아닌 보호자가 무리한 요구를 한다고 전했다. 하지만 수간호사도 인철에겐 조금 늙고 완곡하게 화내는 법을 터득한 암컷일 뿐이었다. 그는 병원장에게 전화를 걸어 수간호사와 통화시킨 뒤 일중의 혈액 검사 결과지를 받아냈다.

"aPTT 값이 1초가 말이 돼? 이게 인간이냐고. 그래, 내 짐작이 맞네. 징그러운 새끼. 이거 사람 새끼 아니야."

혈액 응고 약물 없이 출혈이 멎는 데 든 시간이 비정상적이었다. 건강한 성인도 10초에서 15초가 걸리는데, 일중은 출혈이 시작되는 동시에 응고인자가 발생한다는 의미였다.

"이 새끼 생식 능력도 있나?"

인철이 보호자 침대에서 일어나 일중에게 다가갔다. 거칠게 담요를 걷어낸 손이 그의 가랑이를 더듬었다.

"묵직은 하네. 하긴 노새도 자지는 크지."

인철이 떫게 웃고 누렇게 자란 손톱으로 일중의 손등을 힘주어 찔렀다. 행여 의식이 돌아왔는데 잠든 척 연기하는 게 아닌가 싶어서였다. 기실 간호사와 한바탕 소동을 부린 덕에 일중은 깨어났다. 자신에게 무슨 일이 벌어진 건지, 어째서 인철의 감시를 받으며 으리으리한 병실에 누워 있는지 영문을 모를 뿐이었다.

"장 대표님 계셨어요. 어디 불편한 데는 없으시고요?"

병실 문이 열렸다. 주치의를 기다리던 인철이 반색을 하며 쳐다보다 심드렁하게 돌아앉았다. 방문자는 이선의 오빠이자 병원 이사장인 윤형이었다. 그와 인철은 11년 전 후원자의 밤에 만났다. 그리고 동생이 돌본다는 기이한 소년 이야기를 전해 들었다.

"언젯적 일로 아직도 후원금을 졸라대나. 점잖은 양반인 줄 알았더니, 노골적으로 밝히네."

인철은 이선을 달래고 협박하고 윽박질러 소년의 출생 기록을 얻어냈다. 이선은 당시 출산을 도운 조산사를 불러냈다. 조산사의 말에 따르면 인간은 40주만에 태어나지만 그는 55주만에 양수도 없이, 하혈과 함께 밀려 나왔다. 출생 당시 체중은 1.8킬로

인간보다 인간적인

그램. 조산사는 울지 않고 미동도 없는 아기를 사산했다고 생각했다. 그래도 깨끗한 모습으로 어미 품에 한 번은 안겨야 할 테니 몸을 씻기기로 했다. 조산사는 기이하게도 새까만 태지를 베일처럼 덮어쓴 아기를 따뜻한 물에 담가놓고 산모의 배를 누르며 후산을 도왔다.

"언젯적 일이라뇨. 현재 진행형이잖아요. 이 친구가 걔 맞죠? 박교임이 낳은 교배종, 도일중."

윤형이 일중에게 다가와 일없이 수액을 만지고 이름표를 확인했다.

"야, 조 이사장. 이제 당신이 나한테 후원해야 해. 서울에서 빅파이브 병원에 꼽힐 때도 됐잖아. 돈을 가졌으니 다음은 명예 아닌가? 도일중은 그것들끼리 흘레붙어 만든 괴물인 거 당신도 알잖아. 가능성이 무궁무진해. 애 정자 빼서 인간하고 붙여보면 어떨까? 난임클리닉 특화해야지. 언제까지 차병원에 밀릴래?"

인철이 부러 흘레라는 천박한 표현을 찾아 경박하게 외쳤다.

"장 대표님, 전 의사나 과학자가 아니에요. 명예가 아니라 돈이 제 소유주예요. 키퍼들과 변종이 병원에서 벌인 소동을 기자가 취재하고 있답니다. 제가 보고 들은 걸 부인하고 묵인하길 원하시면 더 많은 후원금을 내세요."

조산사는 태반을 받아내고 소독한 거즈로 교임의 경부를 닦아냈다. 어떻게 해도 피가 멎지 않아 산모용 기저귀를 채운 뒤 수북한 빨랫감을 김장 봉투에 담았다. 아기가 왜 안 울어요? 내 아기 벙어리예요? 교임이 울부짖었다. 조산사는 몇 걸음 떨어진 욕조에서 물에 담가놓은 아기를 조심스레 끄집어냈다. 축 늘어져야 할 조막만 한 시체가 조산사의 손에 안기자 악머구리처럼 울기 시작했다. 죽지도 않은 아기를 근 10분이나 물에 담가놓았으니 훗날 장애라도 생기면 조산사인 자신에게 책임을 따져 물을 것 같아 겁이 났다. 그녀는 덜덜 떨리는 손으로 교임에게 아기를 건네고 그 길로 줄행랑을 쳤다.

"그리고 병실로 음식 배달시키지 말아요. 여기가 여인숙인 줄 압니까? 천박하게스리."

인철을 바라보는 윤형의 눈에 농도 짙은 혐오가 어른거렸다.

그가 병실을 나가자 빨간 모자에 조끼를 걸친 배달원이 배달통을 들고 들어왔다.

"야, 나 안 시켰으니까 도로 가져가. 별게 다 지랄염병을 하네. 아니다, 가게 어디냐? 니 이름 뭐야. 맷값 달아놓고 열 대만 맞자."

인철은 왜소한 체구의 배달원이라도 두들겨 패야 울화가 풀릴 것 같았다. 그가 셔츠 소매 단추를 풀며 다가섰다. 배달원이 몸을 굽실거리며 돌아서선 병실 문의 빗장을 내렸다.

"저 구경남이에요. 맷값은 평생 무료지만, 부활 선생님한테는 꼭 돈을 받아야 쓰겠어요."

희망을 잃은 인간은 두려움도 잊기 마련이었다. 경남은 명수를 부활시킬 돈이 없었다. 알아서 재생장을 치를 테니 시신이라도 돌려달라고 부탁했으나 이마저도 미수금 문제로 거절당했다. 경남은 죽기로 결심했다. 대신 첫값은 인철과 더치페이하기로 했다.

"영화 보면 꼭 혓바닥 긴 놈이 먼저 돼지는데, 나는 안 그러려고요. 말이 무슨 소용 있어. 죄는 지가 더 잘 알 텐데."

경남은 배달통에서 미리 날카롭게 깨부숴 놓은 소주병을 집어 들었다. 직선에서 달려왔다면 단번에 치명상을 입힐 기세였지만 인철은 일중의 침대 옆에 서 있었다. 그가 아무리 굼뜨다곤 해도 경남의 동선이 한 차례 꺾이는 사이 충분히 피신할 위치였다. 인철이 크게 한 걸음 다리를 벌렸지만 몸이 움직이지 않았다. 일중의 손이 그의 혁대를 단단히 붙잡은 탓이었다.

"박교임이 내 엄마야?"

일중은 의식을 되찾고도 탈출의 기회를 노리느라 눈을 감고 있었다. 그러다 보니 인철의 구역질 나는 독백을 오롯이 들어야 했다. 변종 박교임이 낳은 교배종이라는 걸 알았을 때 한 차례 심박이 요동쳤지만 이사장과 인철은 눈치 채지 못했다.

"내가 묻잖아!"

인철은 대답할 수 없었다. 경남의 소주병이 그의 왼쪽 상복부를 깊이 파고든 탓이었다. 소장과 간이 파열돼 검붉은 피가 와이셔츠를 적셨다. 경남은 희번득 눈을 빛내며 죽어가는 인철을 바라봤다. 이윽고 숨이 멎으며 동공이 열렸다. 털썩, 인철의 육중한 몸이 쌀가마니처럼 쓰러졌다. 그와 동시에 모가지만 내밀고 있던 병이 산산이 깨져 경남의 손도 깊은 자상을 입었다. 이제 더 치페이가 끝났으니 개운하게 죽어야 할 그녀가 비명을 지르며 물러섰다. 그러고는 바닥에 나자빠진 인철을 향해 손가락을 뻗었다.

"저게 뭐이야? 어?"

일중이 침대에서 내려와 인철에게 다가섰다. 바닥에 흥건한 피가 일중의 맨발에 미적지근하게 스몄다. 인철의 반들반들한 정수리 살 밑에서 실지렁이 같은 무언가가 옴짝거렸다. 야생 짐승이 한 무더기 싸 놓은 촌충처럼도 보였고, 눈 나쁜 사람의 시야에 뜬 비문증처럼도 느껴졌다. 일중은 그게 뭔지 알 것 같았다. 이종들의 두피를 떼어 모발 이식을 했다는 게 사실이라면, 인철이 죽더라도 그의 신체 일부는 재생할 수 있다는 얘기였다. 이종의 머리카락이 인철의 두피에서 시작해 이마, 안구, 혈관을 타고 빠르게 움직였다. 축 늘어져 있던 그의 몸이 들썩들썩 움직였다.

일중은 침대맡의 외투를 끄집어 들고 병실을 나섰다. 피 때문에 미끄러졌지만 다시 몸을 일으켰다. 곧이어 경남의 비명이 들렸다. 간호사들이 종종걸음으로 달려갔다. 지척지척 걸으며 골절된 팔을 힘겹게 외투에 욱여넣은 일중이 불현듯 웃음을 터트렸다. 역시나 교임이 거짓말을 했다. 책임이 두려워 죽은 소유주를 팔아먹었다. 그토록 경멸했던 존재가 자신의 근원이란 사실이 일중은 너무 터무니없었다.

뒤돌아보면 힌트는 번연히 놓여 있었다. 외삼촌 노릇을 했던 주성은 이따금 나이 지긋한 동료를 통해 밑반찬이나 생필품을 보냈다. 일중은 그의 동료가 직장을 다니기엔 너무 나이가 많다고 생각했었다. 그건 몸이 망가지기 전의 교임이었다.

카레는 금방 상하니까 한 끼 먹을 만큼만 담았어요. 이발할 때 된 거 같은데 미용실 예약해 줄게요. 목에 흉터는 못 보던 건데, 어쩌다 그랬어요? 생각보다 발이 크구나, 운동화 한 치수 큰 걸로 바꿔 올게요.

동료는 지나치게 참견이 많았다. 교임은 제 자식을 유기하지도 또 양육하지도 않았다. 적당히 죄책감이 가실 정도로 들여다보며 선심 쓰듯 요구한 적도 없는 부동산과 명품 재킷을 안겼다. 데리고 놀았다는 말 외엔 설명할 방도가 없는 기만이었다.

일중은 비상구 문을 열고 내달렸다. 그가 10층에서 9층으로 내려가는 계단을 밟았을 때 마침 성진이 비상계단을 올라왔다.

이종과 변종 식별이 가능한 헬멧에 전투조끼, 대검이 든 칼집까지 제대로 군장을 챙긴 모습이었다.

"팀장님, 제가 엄호할 테니 피신하시죠."

성진은 일중의 집에서 소득 없이 빠져 나왔다. 비자금 앞에서 잠시 흔들리긴 했다. 그 돈이면 경남의 빚을 갚고 작은 전셋집이라도 얻어 다시 시작할 수 있을 줄 알았다. 그런데 착각이었다. 경남은 아들이 아닌 이종 명수를 선택했다. 성진은 현금이 든 백팩을 그대로 남겨둔 채 일중의 집을 떠났다. 결국 소득도 없는 헛발질인 셈이었지만 성진은 섭섭하지 않았다. 비로소 명수에 대한 질투와 시기가 사라졌다.

유성은 이종 자유주의자들의 신상 정보를 찾아오라고 지시했지만 그마저도 교임이 선수 친 탓에 실패했다. 그러자 다음 임무가 떨어졌다. 강남중병원에서 일중과 이영을 구출해 미리 준비한 차로 이동시키라는 명령이었다. 성진은 미티어의 배신자를 살려야 하는 이유를 물었다. 유성은 건조한 목소리로 답했다. 인 팀장, 권력을 얻어 가장 좋은 점이 뭔 줄 아나. 남을 설득할 필요가 없다는 거야. 겨우, 그거. 어쩌면 그게 전부일지도 모르고.

"인성진, 기출 변형 같은 거냐? 내가 앞장서면 뒤에서 총질이라도 할 거야? 너 내가 무슨 짓을 했는지 알잖아. 변종의 첩자였어. 그런데 날 구하겠다고?"

"네, 믿어주세요. 팀장님은 중요한 존재잖아요. 박교임도 여기로 올 겁니다."

성진이 에어건을 조심스레 바닥에 내려놓고 손바닥을 펼쳐 어깨 위로 올렸다.

"내가 어떤 존잰데? 장인철이 씨부렸어? 그럼 키퍼들은 진즉 알고 있었네?"

일중의 물음에 성진은 잠시 갈등했다. 그가 교배종이란 사실은 인철이 아닌 차 회장에게서 전해 들었다. 하지만 차 회장은 구출 작전에 자신의 이름이 노출되길 원하지 않았다.

"네, 특별하다고 들었습니다."

특별하다는 말에 일중은 헛웃음을 터트렸다. 더는 세상에 휘둘릴 생각이 없었다. 호의인 줄 알고 덥석 받았던 대접 뒤엔 늘 비밀과 흉계가 도사리고 있었다. 이제야 목표가 뚜렷해졌다. 자신이 교배종이란 걸 아는 사람들을 모두 죽이는 것. 그래야 뻔뻔하게 인간 행세를 하며 살아갈 수 있었다. 교임과 수경, 그리고 미티어의 졸개들 모두가 대상이었다. 그들은 비밀을 안은 채 물이 되거나 불구덩이에 던져질 터였다.

"존재 말고 인간이 되고 싶어. 알겠니, 인간아."

일중은 성진의 가슴팍을 걷어차 자빠트렸다. 그러고는 바닥에 내려놓은 에어건을 집어 들어 성진의 복부에 연발했다. 예상치 못한 일격이었다. 일중은 어금니를 꽉 깨물고 계단을 밟았다. 성진은 죽어가면서도 자신이 무슨 잘못을 저질렀는지 몰랐다. 곧 팀장이 되는데, 엄마 경남과 지긋지긋한 명수 없는 삶이 시작되는데, 대체 무슨 죄로 죽음을 맞이해야 하는지 이해할 수 없었다.

"강남중병원은 현재 재난 대비 훈련 중이오니 방문자들은 의료진과 함께 안전한 대피 시설로 이동하시기 바랍니다. 입원 환자와 보호자께도 다시 한번 알립니다."

12층 중환자실을 제외한 모든 구역의 환자와 보호자, 의료진들은 지하 대피소로 피신했다. 수경은 1층 로비에서 다섯 명의 키퍼에게 둘러싸였다. 처음엔 수십 명이 덤벼들었지만 층마다 서너 명씩 크게 다쳐 낙오했다.

수경도 고전 중이었다. 특기를 사용할 수 있는 시간 23분이 경과한 탓이었다. 뺨을 스친 총알이 귓불을 뚫고 날아가 살점이 너덜거렸고 왼손 약지와 소지의 일부도 잃었다. 덩치 큰 키퍼들과 드잡이를 한 탓에 관절이 꺾이고 인대가 늘어났다. 키퍼들의 에어건도 탄창이 바닥나 쓸모를 잃었다. 칼, 올가미, 표창 같은 원시적인 무기만 남았다.

"김 형, 쟤 오늘따라 이상한 거 나만 느껴? 의미 없는 싸움을 질질 끌고 있잖아. 사망자 없이 부상자만 쏟아내는 중이야. 이게

　　　　　　　　　　　　인간보다 인간적인

뭐하는 짓일까."

아킬레스건을 다쳐 대열에서 떨어져 나온 키퍼가 동료에게 물었다.

"쟤들은 늘 이상했고, 우리 싸움도 어느 순간 명분을 잃었지. 처음엔 예비 범죄자, 기밀 누설자들이라 소탕해야 한다고 떠들었지만, 정수경 저거 하나 빼곤 죽은 듯이 살잖아. 난 요즘 들어 인간이 인간한테 더 해로운 것 같다."

계단 모서리에 부딪혀 눈이 부어오른 키퍼 김이 대꾸했다.

"무슨 소리야. 인간보다 존엄한 생명이 어디 있나. 우린 이 나라의 숨은 공헌자들이야."

키퍼는 지금 딱 담배 한 개비만 피웠으면 좋겠다고 생각하며 팽팽한 신경전을 구경했다. 중년의 여자 키퍼가 매발톱처럼 둥글게 휜 카람빗 나이프로 수경의 취약점인 왼팔을 파고들었다. 부상과 출혈로 반응 속도가 떨어진 수경은 공격을 피하지 못했다. 나이프는 피부와 근육층을 저미고 들어와 뼈를 긁었다. 수경이 비척대자 다른 한쪽 팔에도 나이프를 깊숙이 내리꽂았다. 피와 살점이 정육 부산물처럼 떨어졌다. 수경이 수세에 몰린 틈을 타 두 명의 키퍼가 각각 그녀의 몸통에 올가미를 씌웠다.

"야, 방심하지 말고 지원 나올 때까지 거리 유지해. 바짝 당겨!"

카람빗 키퍼가 목청을 돋웠다. 수경의 상처에서 진한 향기가 풍겼다. 소장에 틀어박힌 탄환이 복강 내 출혈을 일으켰다. 인염이 없으면 머지않아 장기 부전으로 물이 되어버리란 걸 느꼈다. 도망칠 기회는 여러 번 있었다. 진료실과 병실마다 창문이 있으니 안착 지점만 잘 찾으면 큰 부상 없이 탈출할 수 있었다. 하지만 수경은 영과의 약속을 지켜야 했다. 어떤 이종도 자신처럼 허무하게 소유주의 마지막을 놓쳐선 안 된다고 생각했다.

"내가 시선을 끌 테니 영, 너는 감염내과로 가. 거긴 체온 높은 환자가 많아서 키퍼들이 구분하기 어려울 거야."

어디서 언제 다시 만나자는 약속은 없었다. 정빈이 죽어야 끝날 면회였다.

수경의 무기는 침과 손에 든 가방, 목에 두른 스카프뿐이었다. 영은 콤파스답게 자신이 가야 할 길을 잘 알고 걸어갔다. 수경은 그녀가 감염내과로 향하자 슬그머니 따라 붙은 키퍼의 목에 가방 체인을 걸었다. 무릎으로 키퍼의 허리를 걷어차고 바닥에 메다꽂은 다음 전력을 다해 중앙 에스컬레이터로 향했다. 키퍼들도 무전을 주고받으며 수경 뒤에 붙었다. 하지만 공격을 퍼붓기엔 병원 방문객이 너무 많았다. 키퍼들은 수경을 옥상으로 유인하기로 했다. 그녀를 근거리에서 포위하며 한 층 한 층 토끼몰이를 했다.

"니들은 20년 동안 발전이 없어. 작전이 너무 빤하잖아. 사람들 눈 피해 옥상 가서 다구리 치고 싶은 모양이지? 아나, 떡 줄마음 없다."

11층 입원실에 다다른 수경은 스카프를 풀었다. 그러곤 검체와 차트를 실어 나르는 레일에 걸고 힘껏 당겼다. 우지끈 레일이 무너지며 천장 조명이 소등되었다. 키퍼들이 시야를 확보하느라 선글라스를 벗었다.

"지금은 공격보다 방어다. 다들 명심해."

리더 격의 키퍼가 외쳤다. 괴괴한 어둠 속에서 리더의 귓가에 흥얼흥얼 허밍으로 부르는 딜라일라가 들렸다. 흠칫 놀란 그가 허리춤의 대검집에 손을 뻗었다. 그러나 대검은 이미 수경의 손에 넘어갔다.

"방어도 못하네?"

수경은 리더의 뒷목에 대검을 박아 넣었다. 그의 비명을 들은 키퍼들은 전의를 잃고 우왕좌왕했다. 다들 허공을 향해 대검을 휘두르거나 에어건을 난사했다. 수경은 고개를 들어 12층과 맞닿은 천장을 바라봤다. 그러고는 영, 너는 후회하지 말라고 속삭였다.

일중의 시선이 4층에서 3층으로 내려가는 계단에 멈췄다. 비척대는 여자애, 영이 눈에 들어왔다.

"너!"

그녀를 알아본 건 처음 만난 날 입었던 크롭 후드티와 조거팬츠, 그리고 흥건한 핏자국 덕이었다. 그녀도 자신의 비밀을 아는 변종일까, 일중은 에어건 쥔 손에 힘을 주었다.

"아저씨네. 살아 있어서 다행이에요."

영의 말에 일중도 안도했다. 변태 살인마를 이제 막 벗어난 어린 여자까지 죽이고 싶지 않았다.

"너 그 피는 다 뭐야? 누가 이랬어?"

영의 머리카락과 얼굴은 아직 식지 않은 피로 축축하게 젖어 있었다.

"내가요."

긴 소매에 가려져 있던 영의 손에서 의료용 겸자가 툭 떨어졌다. 왜가리 부리처럼 뾰족한 가윗날에 인체 피부 조직이 달라붙어 있었다. 그제야 일중은 영의 피부에 상처가 없다는 걸 깨달았다. 일중이 손을 뻗어 영의 목덜미에 가져다 댔다. 죽은 지 두어 시간쯤 지난 시체처럼 선뜩했다. 영은 변종이 되었다.

"할 일 했네. 잘한 거야."

일중은 영이 안쓰러워 등이라도 한 번 문질러 주고 싶었다. 하

인간보다 인간적인

지만 태어나 한 번도 해보지 않은 일이라 자연스레 해낼 자신이 없었다.

"이게 최선이었어요. 우리에겐."

일중은 변종들의 사랑 타령이 지겨웠다. 그가 부루퉁한 얼굴로 영을 앞서 나갔다.

"그게 무슨 최선이야. 내가 너였음 그 새끼 곱게 안 죽였어. 제대로 복수했어야지. 죽지 않을 만큼 포 떠 가며 죽을 만하면 고쳐 주고, 또 살 만하면 포 떠 주고……."

"복수 아녜요. 정빈 씨가 바란 거예요. 원하는 걸 주는 게 사랑이니까."

영은 의식 불명의 정빈에게 찾아가 가슴에 귀를 가져다 댔다. 독한 약물로 겨우 숨만 붙여놓은 그에게선 체취가 사라졌다. 느리게 뛰는 심박 너머에서 익숙한 말소리가 들렸다. 영아, 이번엔 네 차례야. 네가 날 망가뜨릴 차례. 아니, 완성할 차례.

"미안하지만 나는 사랑을 몰라서 복수란 걸 할 생각이야. 박교임, 정수경, 너절한 키퍼 새끼들도 다 죽여 버리려고. 이제 네가 돌아갈 집은 없어. 그러니 각자 길 가는 거다."

영이 그의 이름을 부르며 따라나섰지만 일중을 멈춰 세우지 못했다.

로비는 변종이 죽음에 다다랐을 때 풍기는 진한 향기가 가득

했다. 올가미에 묶인 수경이 검붉은 피를 토했다. 눈꺼풀을 들 힘조차 없지만 그녀는 분명 저항 중이었다. 개수가 부족한 손가락을 움켜쥐고 기울어진 어깨를 곧추세우느라 버둥거렸다.

"정수경, 너 여기 기어들어올 때 자살행위인 거 알았지? 무슨 꿍꿍이야?"

여자가 카람빗을 검집에 밀어놓고 묵지근한 어깨를 풀었다.

"김은유, 내가 너보다 몇 백 년을 더 살았는데, 말 되게 우습게 노네. 애는 잘 커?"

수경은 여자의 이름을 알았다. 일중을 통해 얻은 키퍼 이력서도 확인했고, 현장에서도 마주쳤다. 수경도 그녀도 적이지만 내적 친밀감을 가질 만큼 자주 봤다.

"도일중이 별걸 다 흘렸구만. 그 새끼는 첨부터 소름끼치고 기분 나빴어. 너 다음은 도일중이야. 그 새끼 모가지를 잘라 미티어 옥상에 걸어놓으려고."

애 얘기가 나오자 여자의 눈빛이 사납게 돌변했다.

"키퍼들은 퇴사가 없다며? 죽어야 놔준다던데 맞아? 김은유 당신도 일 시작할 때 자살행위라는 거 알았지? 근데도 애를 낳았어. 언제 죽을지 모르는데 왜 새끼를 쳐!"

여자는 수경을 제 손으로 죽이려고 성큼성큼 다가갔다. 그때 일중이 여자의 뒷목에 에어건을 들이댔다.

인간보다 인간적인

"니 모가지부터 간수하지."

여자의 뒷목에 진땀이 흘렀다. 수경에게 쏠려 있던 키퍼들의 시선이 일중 쪽으로 옮겨갔다. 적개심과 경멸 어린 눈빛이었다. 한때는 일중도 마음을 붙여보려고 애썼던 동료들이었다. 이렇게 대치하고 보니 인간이란 참 간사한 존재라는 생각이 들었다.

"내가 쥐새끼 노릇해서 싫은 게 아니지? 존재 자체가 역겨운 거잖아. 여기서 내 봉투 안 받아본 놈 있어? 결혼식, 돌잔치, 장례식, 하다못해 대학 졸업식까지 쫓아다녔잖아. 널름널름 받아 먹어놓고 이제 와 목을 치시겠다?"

일중은 자신의 처지나 가족에게 버림받은 키퍼들의 처지가 다를 바 없다고 생각했다. 하지만 키퍼들의 생각은 달랐다. 일중이 배신자라는 소식이 전해지자 단체 채팅방에서 그를 방출하고 상황실마저 폐쇄했다. 그러고는 '처음부터 쎄했어.'라고 수근거리며 일중의 모가지에 얼마의 포상금이 붙을지 내기했다.

"도 팀장, 내가 사과할 테니 총 내려놔. 그냥 홧김에 한 말이었어. 인간 다 그렇잖아. 골목에서 삥 뜯는 놈이 지하철에서 자리 양보할 때도 있고, 매달 독거노인 후원하는 년이 금연구역에서 담배 피울 때도 있는 거야. 당신도 지금 살짝 실수하는 것뿐이야. 이해할게."

여자가 차분히 일중을 달랬다. 그러고는 수경의 올가미를 붙잡은 키퍼들을 향해 아랫입술을 두 번 깨물어 보였다. 공격 대상이 바뀌었다는 의미였다. 그녀는 현장 경험이 없는 일중이 덩치만 큰 솜인형 같다고 생각했다. 신호를 받은 키퍼 둘이 일순 올가미를 내려놓고 일중을 향해 돌진했다.

"난 인간이 아니라 그런 거 몰라."

죽음을 각오하고 복수에 나선 일중은 호락호락하지 않았다. 키퍼들이 움직인 순간 그는 방아쇠를 당겨 여자를 살해했다. 그리고 먼저 다다른 키퍼를 어깨로 밀치며 함께 나자빠졌다. 나중에 도착한 키퍼가 바닥에 떨어진 카람빗을 집어 일중의 옆구리에 길게 흠집을 냈다. 일중은 들고 있던 에어건을 놓쳤다. 깊은 자상은 오히려 일중의 압력을 낮춰 흥분을 가라앉혔다. 통증은 참을 만했다. 그러나 상대의 경멸 어린 시선은 고역이었다. 6년이나 몸을 담았지만 한 번도 그들 속에 유화된 적이 없었다. 어쩌면 교임 밑으로 들어간 게 돈 때문은 아닐지도 몰랐다. 기왕 모두에게 미움받는 인생, 제대로 한번 엇나가고 싶었는지도. 그는 넘어진 키퍼의 미간에 에어건을 발사했다. 뇌수가 섞인 진분홍색의 체액이 죽은 키퍼의 뒤통수에서 흘러나왔다.

"덤벼, 너 나 죽이고 싶잖아. 난 이제 무기도 없어."

일중은 에어건을 저만치 던져버렸다. 그러고는 카람빗 든 키퍼를 바라보며 주먹 쥔 양손을 눈 밑으로 끌어올렸다. 하지만 상

　　　　　　　　　　인간보다 인간적인

대는 이미 전의를 상실했다. 그는 카람빗이 찢어놓은 일중의 점퍼와 병원복을 물끄러미 바라봤다. 겨드랑이부터 골반까지 짧게 잡아도 40센티는 될 법한 상처가 꾸덕꾸덕 아물어 갔다. 좀비처럼 뇌를 파괴하지 않는 한 일중은 재생할 터였다. 키퍼는 일중의 피가 몸에 튀기라도 하면 자신도 인간이 아닌 무언가로 돌변할까 봐 두려웠다. 카람빗을 던진 그가 뒷걸음질을 하다 죽은 동료의 체액을 밟고 미끄러졌다.

"내가…… 무기였구나."

일중은 맥없이 승리했다. 그러나 아직 할 일이 남아 있었다. 그의 시선이 텅 빈 올가미로 향했다. 수경이 사라졌다. 핏물이 만든 작은 발자국 한 쌍이 병원 출입구로 향했다.

"도일중, 너 그 피는 다 뭐냐? 수경이도 만신창이던데."

그때 회전문으로 황이 들어섰다. 그는 포도 한 상자를 사 들고 문병을 온 참이었다.

"정수경 나갔어요?"

일중이 황을 밀쳐내고 회전문으로 병원을 나섰다. 그러나 수경은 보이지 않았다. 피 발자국도 병원 로비 인접 도로에서 끊겼다. 차로 이동했다는 의미였다.

"방금 박 회장님 차 타고 우회전했어. 운전은 쬐끄만 여자 키퍼가 하는 것 같던데. 일중아, 너 괜찮아? 장인철이 마지막 인사하라고 문자 넣었어. 얼마나 식겁했는 줄 알아?"

황이 포도 상자를 내려놓고 애처로운 눈빛으로 일중을 바라봤다.

"선배, 나 대신 운전 좀 해줘요."

일중의 눈에 황의 검정색 카니발이 들어왔다.

"그 몸으로 어딜 가자고. 아무리 젊었대도 아프면 국으로 몸 사리고 앓아야 해."

황의 안색이 어두웠다.

"누구라도 좋으니 제발 내 말 좀 들어달라고!"

일중의 눈에서 시퍼런 안광이 튀었다. 황은 카니발 보조석에 일중을 앉히고 벨트까지 매어주었다.

"새끼, 사람 마음 약해지게 이러네."

운전석에 앉은 황이 교임의 차가 사라진 방향으로 차를 몰았다.

무엇도 아닌 자

교임은 탈출에 성공했다. 기적에 가까운 일이었다. 비상계단을 구른 탓에 늑골이 부러지고, 그게 장기를 압박했지만 소멸에 이르진 않았다. 짧으면 서너 시간, 길면 대여섯 시간은 버티겠다는 생각을 하며 교임은 인어처럼 상체를 세우고 하체를 휘저었다. ATM 탈출구 비밀번호를 누르고 주차장 방향으로 나온 그녀는 흰색 전기차에 얼굴을 인식하고 문을 열었다.

교임은 목구멍 어딘가에 딱 걸려 내려가지 않는 USB 탓에 자꾸 기침을 했다. 그녀의 짐작이 맞다면 USB에 든 건 이종 자유주의자들의 주소록이었다. 미티어의 손에 들어가는 일만은 막아야 했다. 뉴턴빌딩 앞으로 검정색 밴 한 대가 주차를 시도했다. 키퍼들이 오라이, 오라이, 스톱을 외치며 밴에 시선이 몰렸을 때 교임은 지문 인식으로 시동을 걸었다. 목적지를 강남중병원으로 맞추고 주차장을 빠져나갔다.

선글라스만 벗으면 점심을 먹고 일터로 돌아가는 개발자나 기획자, 수영강사, 베이커리 종업원처럼 보였을 키퍼들이 교임의 눈에서 멀어졌다. 오토파일럿으로 이동하려면 핸들을 잡아야 했다. 교임은 손목에 감아놓은 습윤밴드를 뜯어 길게 늘인 다음 핸들에 고정시켰다. 그러고는 까무룩 정신을 놓았다. 교임의 차가 강남중병원 로비에 도착했을 때, 누군가 보조석 차창을 부쉈다. 요란한 경보음이 쇠약해진 교임을 깨웠다.

"누구세요?"

선글라스를 쓴 자그마한 체구의 여자, 이나가 잠금장치를 열고 보조석에 앉았다. 그녀는 사망 전 성진의 명령으로 이종 자유주의자 신상 정보가 담긴 메모리카드를 찾는 중이었다. 혹시 모를 사태에 대비해 에어건도 지급받았다. 교임을 죽여선 안 된단 말이 의아했지만, 수습사원 신분으로 토를 달지 못했다. 이나는 대시보드를 열어 내용물을 하나씩 꺼내봤다. 물티슈, 레몬맛 사탕, 차량 등록증이 전부였다. 콘솔박스는 깨끗이 비었고 발매트도 끄집어내 털었다.

"메모리칩 어딨어요? USB."

교임은 핸들에 습윤밴드로 감아놓은 손을 꼭 움켜쥐었다. 깡

마른 손등에 습윤밴드를 잔뜩 붙인 그녀는 당장 구더기가 드글거려도 이상하지 않은 몰골이었다. 이나가 상체를 기울여 교임의 손가락을 귤껍질 벗기듯 한 가닥 한 가닥 풀어냈다. 간신히 벌린 손바닥 안엔 흥건한 땀뿐이었다. 교임이 기회를 놓치지 않고 이나의 선글라스를 잡아 벗겨냈다. 그러고는 당황한 그녀의 눈을 지긋이 바라봤다. 수경이 아름다운 얼굴로 사람들을 매혹시킨다면, 교임은 다정한 눈빛과 현란한 거짓말로 상대의 혼을 쑥 뺐다.

"뭘 그렇게 놀라. 얘기 못 들었어? 나 이종 자유주의자 관리인 박교임이야. 내 입으로 꼭 프락치라고 해야 알아들으실까?"

교임의 말을 듣자 이나의 머리에 없던 기억이 자리 잡았다.

"얘기 많이 들었을 텐데, 나 못 믿어?"

이나의 눈에서 힘이 빠져나갔다. 그리고 몇 개의 장면들이 몽타주처럼 머릿속에 흘러갔다. 늦은 밤 아파트 주차장에서 두 대의 차량이 엇물렸다. 선글라스에 트렌치코트 차림인 교임이 노란색 서류봉투를 건너편 차에 앉은 성진에게 건넸다. 봉투 안엔 마치 이력서처럼 사진과 이름, 주소가 붙은 수백 장의 이종 자유주의자 신상명세가 들어 있었다. 비오는 공원 벤치, 눈 쏟아지는 날 붕어빵 수레 앞, 벚꽃이 만개한 서울공원에서 교임과 성진은 짧게 마주쳤다. 미티어는 박교임이라는 변종과 손을 잡고 이미 오래전부터 이종 자유주의자들을 감시해 왔다. 그들의 규모와 신상 정보는 월 단위로 업데이트되었고, 주로 성진이 교임을 만나 직접 전해 들었다.

"아, 그래서 죽이지 말라고 했구나."

이나가 자세를 고쳐 앉았다.

"이름이 뭐예요? 우리 처음 보는데."

한고비 넘긴 교임이 눈썹산을 치켜들며 미소 지었다.

"윤이나라고 합니다. 이종 자유주의자 자료는 저한테 주시면 됩니다."

"이나 씨, 오늘은 갖고 나온 게 없어. 내가 분명히 이종 자유주의자 정기 모임하는 날이라고 전달했는데 내부 소통이 엉망이구나. 우린 홍천으로 갈 거야. 키퍼들이 뒤따를 거고."

교임은 한껏 여유롭게 떠들었지만, 그녀답지 않게 마음이 조마조마했다. 기력이 다했으니 능력도 예전만 못할까 봐 걱정스러웠다.

"버리고 튈까 했는데 박교임을 여기서 만나네."

뒷좌석 문이 열렸다. 영의 부축을 받은 수경이었다.

"일중이는? 걔 후배가 집으로 쳐들어와서 여기 가보라던데."

수경이 자리를 잡고 영도 그 옆에 앉았다.

"버리고 가. 안에 도일중 공격할 키퍼 없어. 일단 우리부터 살고 보자."

마음이 떨어지지 않은 교임의 시선이 병원 출입구로 향했다.

"걔 안 죽는다고! 유별나게 굴지 좀 마. 어차피 당신 모성애 없잖아."

수경이 고함을 지르자 교임이 마지못해 고개를 주억거렸다.

"그럼 홍천으로 모실게요."

이나는 가슴이 팔딱거리고 눈앞이 쨍했다. 변종들에게 둘러싸인 그녀는 지금껏 경험하지 못한 행복과 안정감을 느꼈다. 하나도 아닌 세 명이 이나의 호르몬을 격하게 분출시켰다. 일생 사랑받지 못하고 성장한 소녀에겐 이 뜨거운 감정이 기적 같은 일이었다. 이나는 숫제 이 길이 회사 MT나 교외 드라이브였으면 좋겠다고 생각했다. 이종 자유주의자들이 모인 어느 펜션 한 귀퉁이에서 고기를 굽고 맥주를 마시다 밤이 깊어지면 제일 속 여린 사람부터 한 명씩 진실 게임의 패배자가 되는 그런 날이길 바랐다. 성진도 같이 가면 참 좋겠다고 생각했다.

"그쪽 이름이 궁금했는데, 교임 씨한테 듣네. 윤이나 씨, 내 얼굴 기억하죠?"

수경의 물음에 이나는 고개를 주억거렸다.

"지하철 역사에 있던 변종, 제가 살해했어요. 어쩐지 그래야 할 것 같아서."

이나는 자신의 행위를 소멸이라는 너그러운 단어로 포장하지 않았다. 그 또한 어쩐지 그래야 할 것 같아서.

"잘했네. 그냥 두면 우리처럼 천천히 고통스럽게 물 될 테니까. 나라도 그랬을 거야."

수경은 이나가 마음에 들었다. 어느 생엔가 그녀와 비슷한 용모로 태어난 적이 있었다. 아니, 차 안에 있는 변종들의 모습으로도 전부 한 번씩은 살았던 것 같았다. 싱그러운 소녀에서 겁 많은 처녀였다가 깐깐한 귀부인을 거쳐 쭉정이 같은 노인으로 수십 번을 다시 태어났다. 그래서 그녀들의 마음을 빤히 들여다볼 수 있었다.

"수경아, 귓불이랑 손가락은 장인철한테 기증한 거야? 차 안에 향기가 참 그윽하다. 네가 피우는 건지, 내가 피우는 건지. 엔장."

보조석에 앉은 교임이 룸미러로 수경을 보곤 씁쓸한 농을 던졌다. 총탄이 일으킨 복강 내 출혈로 수경은 숨이 밭았다. 목숨이 위태롭긴 교임도 마찬가지였다. 이나가 난쩍 들어 보조석에 옮길 때 기어코 늑골이 그녀의 간을 파고들었다.

"우리 시간 없어. 정말 홍천이 맞아?"

수경은 교임의 창백한 입술과 쏟아지는 식은땀이 예사롭지 않아 보였다.

"영이도 동쪽이라잖아. 내 말은 못 믿어도 쟤 말은 믿어야지.

인간보다 인간적인

애, 너 진짜 안 되겠다. 째진 자리에 이거라도 발라. 누가 흘렸더라고. 주웠어, 진짜."

교임이 스웨터를 들어올리고 브래지어 안에서 인염이 든 유리병을 꺼냈다. 수경이 어깨를 들썩이며 웃었다.

"이럴 줄 알았다. 또…… 빙그레 쌍년 짓. 하도 겪어서 낫 서프라이즈. 윤이나 키퍼, 거기 그 녹색 가루 박교임 입에 좀 뿌려주죠. 안 그럼 저 늙은이 진짜 소멸할 거 같으니까."

"시끄러, 이년아. 내 성의 좀 작작 무시해. 소멸이 뭐 별거라고."

교임은 가까스로 몸을 돌려 영에게 약병을 건넸다. 누구보다 소멸을 두려워했지만, 교임은 겁먹은 채 사라지고 싶지 않았다. 닥치고 보니 그게 대순가 마음이 눅었다. 싫다는데 왜 이러냐고 야멸치게 말하면서도 수경이 마지못해 입을 벌리고 인염을 받아먹었다. 수경은 교임이 소멸되기 전에 인영못에 다다르면 될 일이라고 생각했다. 거기서 씻은 듯 말끔해진 그녀에게 고맙다고, 간만에 듣기 좋은 공치사도 해줄 셈이었다.

이나는 어느새 목적을 잊었다. 브레이크 페달 옆에 선글라스가 발에 차였지만 줍지 않았다. 품에 끌어안은 듯 등에 착 맞는 카시트와 묵직한 차체가 주는 안정감에 기분이 들떴다. 서로에게 욕설을 하고도 상처받지 않는 두 여자는 서로를 몹시 사랑하는 것 같았다. 그 마음을 들키지 않으려고 부러 상소리를 섞는지도.

"왜 미티어에서 일해요?"

내내 잠자코 있던 영이 사이드 미러로 카니발을 바라봤다.

"왜긴요. 처지가 비슷비슷해서 같은 편 먹은 거죠. 월급도 세고."

이나가 조금 주눅 든 목소리로 대꾸했다. 차마 과오를 덮으려는 반항심이라고 말할 수 없었다.

"같은 편이라……. 정말 그럴까? 윤이나 씨는 고아지?"

수경이 통증에 이마를 찌푸리며 물었다.

"키퍼들이 다 그렇죠. 엄마나 아빠가 이종한테 눈이 돌아 알아서 크게 내버려 뒀으니까요. 그래서 진짜 고아도 있고, 정서적 고아도 있고. 아마 이종이나 변종 입장에선 이해하기 힘들 거예요."

이나의 말에 수경 그리고 교임과 영의 시선이 날카롭게 꽂혔다.

"왜 이해 못한다고 생각하지? 변종도 고아야. 키워주고 가꿔주고 품어주던 껍데기가 하루아침에 날아가 버렸잖아. 50년이 넘었는데 난 아직도 정춘의 이름 석 자만 듣고도 애가 끊어지는 거 같았어. 그 이름이 벽이라면 대가리를 박고 죽어도 좋겠다 싶더라. 당신 부모들은 작정하고 자식한테 정 뗐지만 우린 안 그래. 혼자 남겨져도 사랑이 안 끝나서 미칠 거 같거든."

위화감을 느낀 이나가 속도를 늦췄다. 사이드 미러로 카니발을 바라봤다. 그녀는 교임의 차에 타기 전 황과 잠시 마주쳤다.

인간보다 인간적인

포도상자를 든 반백의 황은 방금 명상에서 깨어난 사람처럼 조금 나른해 보이기까지 했다. 옅은 눈썹, 길고 작은 눈, 높은 콧대와 윤곽이 또렷한 입매. 이나는 그의 얼굴이 낯익었다.

"우리 미티어 그룹은 2000년 1월 7일 차유성, 장인철, 현재는 고인인 김복령 3인의 발기인이 설립한 주식회사다. 이 사진은 영등포구 문래동에 위치한 최초의 사옥 앞에서 찍은 것으로 나와 차유성 회장……."

인턴 교육 시간에 인철은 젊은 시절의 자신과 유성이 미티어의 현판 앞에 선 모습을 보여주었다. 불과 1초도 되지 않는 짧은 순간이었지만 이나는 유성의 얼굴을 뇌리에 각인했다. 옅은 눈썹, 길고 작은 눈, 가파른 코와 예민해 보이는 입술의 30대 남자가 무탈하게 늙었다면 아마도 황과 같은 모습일 터였다.

"언니들, 이해는 강요할 수 없는 거잖아요. 솔직히 강요해도 이해하고 싶지 않아요. 각자 다른 방식으로 아프고 괴로운 건데 왜 저한테 이러는 거예요. 그리고 제가 미티어 대표는 아니잖아요. 굳이 따지고 싶으면 뒤에 차 회장님한테 말씀하셔야죠."

이나의 말에 세 명의 변종이 고개를 돌렸다. 황이 여유로운 표정을 지으며 그녀들에게 손을 흔들었다.

거간꾼 차유성

유성의 집안은 대대로 이종 거간꾼으로 불리었다. 그의 머나 먼 조상 차 씨는 본래 지게꾼이었다. 그는 우연히 부융한 새벽길 에서 부와 명예를 안겨준다는 이종을 발견했다. 맨발로 타박타 박 걷는 10대 후반의 소년이었다. 그게 인간이 아니란 건 사내 가 여자처럼 무명 치마저고리를 걸친 모습에서 드러났다. 듣기 론 무속인들이 영검을 빌며 인영못 어귀에 떡과 과일을 차려놓 고 횃대를 세워 자신이 입던 치마저고리를 건다고 했다. 그래서 남자 이종도 여자 옷을 입고 제 짝을 만날 때까지 먼 길을 걷는 다고 들었다. 차 씨는 소년 앞에 다가가 잠자리 잡듯 조심스럽게 손을 뻗어 그의 어깨를 덥석 잡았다.

소년아, 이제부터 내가 네 소유주다. 눈을 떠라. 그러나 이종은

인간보다 인간적인

스스로 소유주를 찾고 운명 앞에서만 눈을 떴다. 소년은 차 씨의 손을 뿌리치고 가던 길을 마저 걸었다. 몇 번이고 어깨와 허리, 머리끄덩이까지 잡아 흔들었지만 소년은 감은 눈을 뜨지 않았다. 차 씨는 유성의 조상답게 쉬이 포기하지 않았다. 그는 허리끈을 풀어 소년의 목에 감고 실신할 때까지 잡아당겼다. 그게 유성의 가문에 생긴 첫 이종이었다.

차 씨는 곳간을 비워 방을 꾸리고 소년을 숨겼다. 자결을 막기 위해 식사할 때를 제외하곤 입안에 호두를 물렸다. 어떻게든 눈을 띄워 보려고 손가락으로 눈꺼풀을 들었지만 허연 결막만 드러났다. 원한이 깊어 새로운 연을 맺지 않기로 결심한 터였다. 차 씨는 생전 그와 말 한마디 섞지 못한 채 조금 이른 나이에 장티푸스로 죽었다.

그의 아들 차 씨는 조금 다른 방식으로 이종에게 접근했다. 그는 소년을 다정하게 대했다. 장옷으로 얼굴을 가려 달구지에 싣고 이곳저곳 데리고 다니길 즐겼다. 그러기를 십수 년, 소년은 비로소 차 씨를 친구로 받아들이고 입을 열었다. 그러나 눈을 뜨진 않았다. 차 씨는 소년을 통해 이종들의 생태를 공부해 나갔다. 소년이 태아기 시절, 인영못 아래에서 보고 들은 이야기를 종이에 기록했다. 섬뜩하면서도 신비로운 소년을 차 씨는 애틋하게 보살폈다.

후대는 차 씨의 셋째 아들이 이어받았다. 아들 차 씨는 타고난 장사꾼이었다. 밥만 축내는 소년이 얄미워 다시 입에 재갈을 물리고 겨우 죽지 않을 만큼만 먹였다. 그는 이종이 재생을 거듭할 뿐 결코 늙지 않는다는 점에 착안해 장사를 시작했다. 또 이종을 후대에 상속하는 풍습을 창시했다. 인간의 염습 과정을 본 딴 승계식과 재생 장례 절차를 제멋대로 만들어 소유주들 사이에 소문냈다. 승계식을 제대로 치르지 않아 이 아무개네 집이 패가망신했다는 루머를 지어냈고, 절차 없이 재생 장례를 치렀다 얼굴이 박박 얽은 곰보로 재생했다고 수군거렸다. 그러자 소유주들은 차 씨를 거간꾼으로 부르며 승계식과 재생 장례에 필요한 제기와 수의를 주문했다.

거간꾼들이 대를 물려 남긴 기록지는 그럴듯하게 꾸민 거짓의 나열이었다. 이종이 대를 이어 승계된다는 것부터 진실이 아니었다. 소년에 따르면 이종은 운명이 닿는 상대에게 뿌리를 내리고 영원을 기약했다. 그래서 거간꾼은 소유주들에게 이종을 과보호시켰다. 이종을 가문 밖의 사람에게 노출시키면 부정 파탄이라는 재액이 생긴다는 이유를 지어냈다. 한 가닥 눈빛만으로도 부정이 싹트고 관계가 파탄 날 수 있다는 경고였다. 소유주들은 너도나도 이종을 사랑채에 가두고 얼굴을 꽁꽁 감싼 다음, 같은 성씨의 식구들 앞에나 겨우 내놓게 되었다. 그 덕에 소유주가

인간보다 인간적인

사망하면 이종은 자연히 눈에 익고 호의적인 자식에게 운명의 뿌리를 내렸다.

유성의 집 지하 3층엔 여전히 소년이 살고 있다. 이종 발생이 멈추자 소년의 가치는 천정부지로 치솟았다. 대권을 쥔 거물 정치인이 50억을 제안했지만 유성은 상대가 혀를 내두를 만큼 고액을 불렀다. 지금 소년의 가격표는 2백 억이었다. 하지만 사람들이 모르는 게 있었다. 소년이 결코 눈을 뜨지 않는단 사실이었다. 유성은 소년이라는 신기루를 미끼로 어리석은 사람들의 마음을 쥐락펴락했다.

극진히 보살폈지만 유성의 눈에 소년은 삶이나 죽음이 뭘 의미하는지 완전히 잊은, 식물처럼 보였다. 다시 말을 잃었고, 자살 충동도 멈추었다. 손 갈 일도 근심할 일도 없었다. 소년에게서 흥미를 잃어갈 즈음 유성의 아들 시우가 태어났다. 미티어의 경영권과 소년을 물려줄 귀한 차 씨의 일원이었다.

"거간꾼아, 내게 새 운명이 열렸다. 소유주가 태어났어. 날 풀어다오."

소년은 유성의 아들 시우가 태어난 2004년 12월 4일 오전 9시 19분에 입을 열었다. 유성이 소년의 입에 전복죽을 떠 넣어주고 있을 때였다. 그는 죽 그릇을 내려놓고 소년의 가슴에 손바닥을 붙였다. 인간이라면 부정맥이라고 진단할 만큼 빠르고 불

261

규칙한 심박이 느껴졌다.

"그럴 리 없어. 너와 첫 운명이 닿아야 했을 소유주는 수백 년 전에 죽었다."

유성은 소년의 운명이 아들 시우를 향해 있다는 걸 본능적으로 깨달았지만 부정했다.

"환생은 꼭 우리들만 하는 건 아니지. 태아기 때 연못에서 들었다. 이종이 간절하게 염원하면 소유주도 다른 육신으로 돌아온다고."

소년의 귓바퀴와 입술이 발그스름하게 상기되었다. 음지 식물 같던 소년의 몸이 기대와 환희로 달뜨고 피부는 요요히 빛을 냈다. 유성은 차 씨 가문의 토템이나 다름없는 소년에게 형용할 수 없는 적개심을 느꼈다. 이종의 소유주가 된다는 건 일생 벗어날 수 없는 무쇠 족쇄를 발목에 거는 일과 다르지 않았다. 더구나 그 족쇄는 자식의 자식, 그리고 그 자식의 자식까지 나선 구조의 DNA로 전승될 터였다. 거간꾼 가문의 정체성도 사라진다.

유성은 물소가죽 소파에 비스듬히 앉아 갓난아기 어르듯 두 팔을 추스르는 소년에게 손찌검을 날렸다. 처음엔 따귀 한 대, 다음엔 주먹 한 방, 종래에는 소년의 앞니가 쪼개지고 콧등이 휠 때까지 두들겨 패고야 말았다. 그러고 난 다음, 유성은 먹먹한 슬픔에 잠겨 주저앉았다.

인간보다 인간적인

그건 예상 밖의 감정이었다. 훗날 아들의 족쇄가 될 소년을 끔찍이 증오했지만 동시에 열렬히 사랑하고 있다는 증거였다. 식물 같던 소년이 말을 하고 생기를 발산하는 순간 모호한 경계가 무너지며 유성은 깊은 내상을 입었다. 그래서 끝내 소년을 화장하지 못했다.

유성은 서둘러 아내와 아들을 캐나다로 이주시켰다. 변종 탓에 위기를 맞은 미티어를 정상화시킨 다음 인철에게 경영을 위임했다. 차유성이라는 수완 좋은 거간꾼 타이틀이 역겨웠다. 정재계에 돈과 향응을 베풀고 굽실거린 시간이 그에겐 치욕스러웠다. 그렇다고 지하실에서 소년만 쳐다보며 허송세월할 생각은 아니었다. 유성은 전혀 다른 캐릭터로 새 삶을 시작하길 마음먹었다. 좀 더 가까이서 이종들을 지켜보고 싶었다. 그러다 보면 점점 줄어드는 이종의 개체수를 회복할 묘안이 떠오를 것도 같았다. 유성은 수트 대신 점퍼와 면바지를 입었다. 늘 깔끔하게 넘겨 빗었던 머리도 스포츠형으로 바짝 깎았다.

유성은 황규식이라는 새 신분으로 미티어 서비스센터의 초대 센터장 자리에 앉았다. 창립 멤버 몇을 제외하면 유성이 황이라는 걸 아는 사람이 없었다. 그도 그럴 것이 키퍼들은 빠르게 소모되고 새로 채워지는 탄창과 같기 때문이었다. 유성은 새 탄창을 갈아 끼우는 일조차 인철에게 맡기고 상황실에 틀어박혀 철

저히 황규식으로 살아갔다.

12개월간 CCTV를 들여다보며 유성이 깨달은 것은 이종과 고양이의 생태가 퍽 비슷하다는 점이었다. 야생에서 태어난 아름다운 생물이 제 짝을 만나 돌봄을 받고 애정을 돌려주는 게 그랬다. 그리고 소유주가 죽거나 권리를 포기해 유기묘가 되는 게 변종이었다. 거리로 내몰린 변종은 영역과 먹이를 확보하기 위해 각자의 특기를 무기 삼아 인간 세상에 스며들었다. 고양이와 이종이 다른 점은 딱 하나 번식 능력이었다. 이종 발생이 중단됐으니 개체수를 늘리려면 번식이 답이었다. 이종과 소유주, 이종과 이종은 서로의 육체를 탐하지 않았다.

유성이 밝히지 못한 건 변종에 관한 데이터였다. 그는 인철로부터 변종 박교임에 대해 전해 들었다. 90년대 초반 변종 교임은 한 차례 출산을 한 정황이 있었고 지금도 다른 변종과 동거 중이라고 했다. 하지만 미티어보다 더 막강한 금력과 사교력으로 중무장한 교임은 쉽게 건드릴 수 없는 요인이었다.

유성은 끓는 냄비의 뚜껑을 힘으로 누르는 인철과 달랐다. 불을 줄이고 뚜껑을 열어 끓는 음식이 넘치지 않게 요리하는 방법을 알았다. 그는 작은 걸 잃고 큰 것을 얻기로 했다. 유성은 스스로 교임에게 접근해 미티어 내부 정보를 내어주고 지근거리에서 지켜보며 변종 연구를 시작했다.

인간보다 인간적인

"마누라하고 새끼는 몬트리올 살아요. 나야 안 가봐서 어떻게 생긴 동넨지도 모르죠. 영어보단 불어를 더 많이 쓴다는데 진짠지 뻥인지. 어떨 땐 새서방이 코쟁이 아닌가 싶고, 내가 그래요. 아무튼 우리 애 사립학교 넣을 돈이 부족합니다. 회장님 그늘에서 딱 5년만 비 피하게 해주십시오."

유성은 교임에게 미티어가 개발한 선글라스와 핵심 인사 동향, 인력 배치와 순찰 동선을 내밀었다. 교임의 경호원들에게 두들겨 맞아 귀와 코에서 거푸 피가 쏟아지는 와중이었다. 양손은 뒤로 묶였고 경호원이 그의 목덜미에 전기충격기를 바짝 들이대고 있었다.

"장인철이 보냈어요?"

교임은 선글라스를 쓰고 집무실 벽거울로 자신을 바라봤다. 체온이 낮아 푸릇해진 형상이 어른거렸다.

"닭볏도 볏이라고, 저도 감투 쓴 놈입니다. 회장님은 특별 개체라 내부 전산망에 주소까지 노출돼 있어요. 그래서 키퍼들이 달라붙는 거고요. 제가 미행을 혼선시킬 수 있습니다. 단 며칠만이라도 맡겨 보시면 달라진 걸 아실 겁니다."

교임은 황규식이라고 자신을 소개한 남자의 말을 처음부터 신뢰하지 않았다. 그녀는 사설탐정 남선에게 황의 뒷조사를 맡겼다. 남선에 따르면 황규식의 아내와 아들이 진짜 캐나다 몬트리

올에 살고 있고 심지어 짐보라는 이름의 코쟁이가 기둥서방으로 들러붙어 있다고 했다. 황은 변두리의 연립주택에 혼자 살며 97년식 코란도를 타고 통장 잔고는 늘 50만 원을 넘지 않았다. 남선이 황의 노모가 사는 부평의 요양원 이름까지 말했을 때, 교임은 고개를 끄덕였다. 진짜 뭣도 없는 놈이 뭣도 모르고 돈만 보고 덤볐구나, 믿어버렸다.

그때나 지금이나 남선은 태만했다. 그는 수주를 받자마자 하청으로 던지고 수수료를 챙겼고, 하청은 또 다른 하청에게 수수료를 받아먹었다. 말단의 누군가가 마지못해 황규식에게 달라붙었지만, 며칠 지나지 않아 꼬리를 밟혔다. 유성은 웃는 얼굴로 말단에게 수표 열 장과 그럴듯하게 조작된 출력물을 전했다.

"교임 씨, 왜 자꾸 첩놈이랑 인사를 하래? 배신자는 언제든 또 배신하는 법이야."

수경은 황을 반기지 않았다. 교임에게 억지로 끌려 나온 수경은 없이 사는 남자치고 멀끔한 황과 마주 앉았다. 그는 수첩을 꺼내 수경의 얼굴을 드로잉했다.

"얘 말만 이래, 속정은 깊고."

교임도 황이 초상화를 그리기 쉽게 수경 옆에 붙어 앉았다.

"없는 말 갖다 붙이지 마세요, 박교임 씨. 난 우리 종족이 멸종하길 바라는 변종이라 저 아저씨한테 잘 보일 일 없다니까."

인간보다 인간적인

황은 지긋이 웃으며 수경의 얼굴을 빠르게 훑고 이목구비의 비율을 수첩으로 옮겼다.

"우리가 소멸한다고 끝나는 일이니? 그런다고 진짜 씨가 말라? 인영못 아래 부화 기다리는 이종이 수천 마리야. 우리 다 죽으면 걔들이 머릿수 채우러 기어 나올 거라니까. 육이오 터졌을 때 생각해 봐. 그때 크게 한번 쏟아져 나와 쪽수 채웠잖아."

교임이 작은 부채를 팔락거리며 수경에게 쏘아붙였다.

"나오는 족족 소멸시킬 테니 두고 보든가."

수경이 손등으로 교임의 부채를 쳐냈다.

"그게 말이 되냐. 너 발칸포라도 갖고 있어? 하여간 인간이고 변종이고 오래 묵어봐야 답이 없어. 더덕주는 맛이라도 좋지. 드라큘라는 공부대가리라도 있지. 우린 뭐 발전도 없고 노력도 없고 대가리는 나날이 꽃밭. 얘, 너 남들 앞에 내놓기 부끄럽다."

얼굴선을 그리던 황의 손길이 멈칫했다. 자신의 이종인 소년에게서 듣지 못한 정보였다. 살기 좋은 시절엔 개체수가 유지되니 스스로 발생을 멈추고 전쟁이나 천재지변으로 감소하면 다시 개체수가 늘어난다는 얘기였다.

변종으로 번식을 시도하려던 황은 계획을 틀었다. 전설의 인영못이 아직 어딘가에 존재하고 그 아래 부화를 기다리는 이종들이 가득하다면 굳이 괴물의 괴물을 만들 필요가 없었다. 비록 시간이 걸릴 뿐, 수경은 황이 하고 싶은 일을 대신하고 있었다.

그날 집으로 돌아온 황은 지하 3층으로 내려가 소년에게 오늘 보고 들은 일을 늘어놓았다.

"인영못 물로 씻으면 네 상처, 깨끗해질 거다. 다시 예전처럼 날렵한 코와 반듯한 치열로 돌아가겠지. 나도 거기 들어갔다 나오면 다시 태어날 수 있을까."

그는 직접 목공한 테이블에 앉아 얼음 없이 브랜디를 마시며 다시 시들어버린 소년을 애처롭게 바라봤다. 흰 콧대와 깨진 앞니는 황의 명이었다. 소년을 원상 복구하고 이종들을 대량 발생시키려면 인영못의 위치를 알아야 했다.

"인간이 인염수에 닿으면 녹아. 그게 우리의 양분이 되고 너흴 본뜬 비밀이었지. 횃대에 걸린 옷도 무당의 호의가 아냐. 물에 현혹된 인간들이 뛰어들기 전에 벗어놓은 옷가지들이지. 거기 차려놓은 음식은 죽은 자들의 제삿밥이다."

소년은 약 5백 년 전 발생종이었다. 그는 다른 이종처럼 소멸과 환생을 겪지 않은 덕에 아주 또렷이 태아기를 기억했다. 느린 유속에 몸을 맡기고 무릎을 이마에 맞댄 채 이리저리 흐느적대던 한가로운 나날이 어제와 같았다. 항간에 떠도는 소문의 절반은 거간꾼 차 씨 가문이 퍼트린 루머였고 또 절반은 이종 소유주들이 지어낸 신화였다. 진실은 이종 태아들이 물방울 소리로 의

　　　　　　　　　　　　　인간보다 인간적인

사를 전달하던 인영못 깊은 곳에 감춰져 있었다. 그러나 소년은 말을 아꼈다.

"놔줘? 구속받는 게 어지간히 자존심 상하는 일인가 보네. 인간 없이는 자립할 수 없는 하찮은 것들이 어딜 감히!"

황은 쥐고 있던 브랜디 잔을 바닥으로 집어던졌다. 파편 몇 조각이 소년의 목덜미와 뺨에 얕은 상처를 냈다. 소년이 시우를 갈망하자, 황의 마음은 일그러졌다. 아비지만 아들과 소년 중에 단 하나만 선택해 살리라면 소년을 택할지도 몰랐다. 그게 죄스러워 황은 한 번도 캐나다에 가 본 적이 없었다.

"거간꾼아, 너희는 잘못 알고 있다. 우린 인간 없이도 살 수 있어. 그만 놓아다오."

소년의 말에 황은 취기가 사라졌다. 그럴 리 없어, 그럴 리가 없어. 네까짓 것들이 무슨 수로. 황은 지하실을 뛰쳐나왔다.

인영못

　황은 굽이치는 강가를 지나며 차창을 열어 상쾌한 공기를 들이마셨다. 카약 타는 사람들의 즐거운 비명이 바람에 씻겼다. 교임의 차가 점멸등을 켠 바람에 잠시 긴장했지만 이내 속도를 회복했다. 고속도로에서 내려와 국도를 달리고, 비포장도로와 오솔길을 뒤쫓으면서도 황은 콧노래를 불렀다. 익숙한 멜로디가 떠올라 흥얼거리는데 도통 어디에서 들은 건지 기억나지 않았다. 파도처럼, 노동요처럼, 자장가처럼 밀려왔다 쓸려가는 단조로운 리듬이었다.

　"내가 박교임 자식인 거 선배는 알았죠? 입 다무는 대가로 얼마 받았어요? 한 1억쯤 되려나?"

　일중의 물음에 황이 말없이 입만 벙긋댔다. 돈은 받지 않았다.

순전히 의리였다. 교임은 황에게 거짓말을 하지 않았다.

황 팀장, 내가 그애를 돌보는 건 아주 이상한 일이야. 일중이 같은 교배종은 아주 드물게, 어쩌다 한 명씩만 태어난대. 우리한 텐 몹시 불길한 징조라고 들었어. 교배종이 죽으면 그와 인연이 닿은 이종과 변종이 모두 소멸하거든. 지금은 죽었지만 뭐든 빠삭한 거간꾼 차 씨가 떠들고 다녔으니 아마 틀림없을 거야. 그래서 교배종을 낳은 부모는 자식을 사랑할 수 없게 된대. 저승사자가 귀여울 순 없잖아.

황은 오래도록 교임의 말을 곱씹었다. 기실 그에게 전승된 기록지에도 교배종에 관한 글이 한 줄 있었다. 황의 천조 할아버지가 남긴 것으로 160년 전의 기록이었다. 그러나 교배종 의심자 발생이라 적혔을 뿐, 그가 누구이며 어떻게 태어났고 무슨 능력을 가졌는진 적혀 있지 않았다. 황의 아버지 또한 교배종에 대해 한 번도 언급한 적이 없었다. 교임의 자백에 따르면 도일중이 교배종으로 태어난 건 사실이지만, 그가 이종과 변종들의 목숨을 좌지우지한다는 건 거간꾼이 지어낸 얄팍한 거짓말일 가능성이 컸다.

황은 교배종의 능력을 부인하면서도 내내 찜찜했다. 가만히 생각해 보면 이종과 변종이 모여 하나의 커다란 집단을 이루면, 개체수 조절에 필요한 교배종이 태어나는 생태일지 몰랐다. 하지만 그건 자연의 섭리를 거스른 기적이었다. 마치 나뭇잎이 먼저 생기고 한참 뒤에 잎을 나무에 이을 잎자루가 돋아나는 것과 같았다. 황은 직접 실험해 보기로 했다. 그는 일중에게 인수인계를 해주며 데이터베이스의 이종과 변종 초상화를 익히게 했다. 교임의 말을 증명할 길은 일중을 살해하고 이종들의 떼죽음을 지켜보는 일뿐이었다.

황은 자신이 흥얼거리던 노랫가락이 소년으로부터 비롯되었다는 걸 깨달았다. 아마도 차 씨의 조상 중 누군가가 소년을 재울 때마다 불러주었던 자작곡일지 몰랐다. 소년에겐 차 씨들의 유전자가 없었지만 누구보다 그들을 닮은 존재였다.

"나는 돈이 마음을 움직이는 경우를 별로 본 적이 없어. 그저 움직이는 척 시늉만 하게 만들지. 회장님은 본성을 거스르고 너를 소중히 여긴 분이야."

황은 가끔 그녀가 인간이었으면 좋았겠다고 생각했다. 교임이 벌인 일이 많았다. 박순애 장학재단은 한 해 1천 명을 선정해 후원했고, 독지하는 미혼모와 장애인의 수도 그 못지않았다. 인터넷 뉴스 기사엔 50대 시절 촬영한 순애의 사진이 보정되어 올라갔다. 사람들은 수십 년 동안 머리숱이 풍성하고 피부도 매끄러운 순애의 모습에 감탄했다. 교임은 순애의 이름과 얼굴을 더럽히지 않기 위해 필사적이었다. 청부업자를 고용해 인철을 살해

인간보다 인간적인

할 수도 있었지만 끝내 실행하지 않았다. 그녀는 좀처럼 한번 한 결심을 번복하지 않는 변종이었다. 한번쯤 황을 의심하고 사람을 붙여 미행할 수 있었지만 철컥 믿어버렸다. 황이 아는 한 교임처럼 순박하고 지고지순한 인간은 없었다.

"선배가 존경하는 박 회장님을 죽일 겁니다. 그래서 따라붙은 거예요. 자식 버린 어미의 패륜을 나도 패륜으로 응징하려고요."

일중의 말에 황은 콧노래를 멈췄다.

"듣던 중 고약한 소리다. 이런 말 미안하지만, 너흰 인간이 아니야. 그러니 천륜이란 게 같을 수 없어. 회장님이 널 돌본 건 측은지심 때문이지 의무가 아니란 말이지. 버림받고 해외로 입양을 가서도 부모를 찾아 돌아오는 게 우리 인간이야. 넌 속았다는 사실에 화가 난 거지. 아주 얄팍한 분노."

황의 대답에 일중은 손을 부들거리며 안전벨트를 끌렀다. 그가 성한 팔에 힘을 주어 주먹을 움켜쥐었다.

"그 얄팍한 분노에 내가 선배를 죽일 수 있다는 거 압니까?"

일중은 자신의 출생 비밀을 아는 사람들을 모두 죽일 셈이었다.

"알지. 박 회장도 죽이겠다는 놈이 피도 안 섞인 내가 뭐라고 살려둬. 근데 눈에 살기가 부족해. 아직 덜 미워하고 있어. 나는 널 안다. 너도 날 알지."

황이 한손으로 핸들을 잡고 일중의 안전벨트를 다시 채워주었다.

"저기서부터 비포장도로다. 많이 흔들릴 텐데 괜찮겠냐?"

그가 오른팔을 뻗어 일중의 가슴을 지그시 눌렀다. 이 대수롭지 않은 행동이 일중을 흔들었다. 한 번도 나이 든 남자의 위로를 받은 적이 없었다. 텁텁한 냄새를 풍기는 투박한 손이 묵직하게 몸에 닿자 일중은 그가 아버지였으면 좋겠다는 생각까지 했다. 아무리 집중해도 황을 죽이는 장면을 그려낼 수 없었다. 일중은 신음했다.

"여기가 어디쯤이에요?"

인가와 가로등 없는 시골길이 끝없이 펼쳐졌다. 교임의 흰색 전기차가 속력을 내자 카니발의 헤드라이트 불빛에 고운 먼지 입자가 흩날렸다. 거칠고 경사진 길이 이어졌다. 돼지풀과 쑥부쟁이가 우거진 들판 위로 이따금 몸을 여민 고양이처럼 둥긋한 언덕들이 나타났다. 톨게이트를 빠져 나온 지 1시간이 흘렀다. 전화와 내비게이션도 불통인 오지에서 기름이 떨어지기라도 하면 꼼짝없이 조난자가 될 터였다. 차 안엔 물 한 방울, 빵 쪼가리 하나 없었다. 일중은 다시 한번 황에게 위치를 물었다.

"시 경계 같아. 조금만 더 가면 횡성이 나올 거고."

"우리가 앞질러서 박교임이 멈춰 세우면 되잖아요. 추돌해 버리든가. 언제까지 뒤꽁무니만 쫓을 건데?"

일중은 마음이 식기 전에 교임과 대면하고 싶었다. 죽이기 전에 변명이라도 들어보고 싶었다. 이대로 날이 새버리면 다시 미욱한 어제의 도일중으로 돌아갈 것만 같았다.

"말했잖니. 운전자가 키퍼야. 무기를 갖고 있겠지."

황은 언제까지 이런저런 핑계를 대며 일중을 끌고 가야 하나 마음이 갑갑했다. 사설탐정 선이 일러준 위치를 한참 지났다. 하필이면 그믐이었다. 적막한 어둠 속에서 돌부리와 웅덩이에 카니발이 좌우로 흔들렸다. 그때 앞 차가 비상등을 켜고 멈춰 섰다. 황도 속력을 줄이며 다가섰다. 한없이 이어질 것 같던 황야는 선뜩하게 내리 깎인 절벽으로 끝났다. 조금만 방심했다면 추락을 피할 수 없었을 터였다. 절벽에서 올라온 녹색 안개가 굼실굼실 교임의 차를 휘감았다. 스스로 빛을 발하는 안개는 생물처럼 느리게 몸을 뒤채며 너른 협곡 가장자리에 테를 둘렀다.

안개에 가까워지자 황의 숨소리가 거칠어졌다. 드디어 인영못이 그의 시야에 들어온 거였다. 절벽 아래로 새까만 물결이 넘실거리는 게 보였다. 황과 일중이 황야라 여기고 달린 길은 낮은 구릉이었다. 경사도가 낮아 체감하지 못했을 뿐이었다. 인영못은 네 개의 구릉 협곡 사이에 오목하게 자리 잡고 있었다.

"일중아, 너도 보이냐?"

타르 같은 검은 액체가 녹색 안개를 뿜어내며 출렁거렸다. 연못을 감싸고 빽빽이 자란 자작나무는 모두 얼어 죽은 인간의 형상이었다. 성에를 뒤집어쓴 듯 허연 껍질 안에 거뭇거뭇한 이목구비가 보였다. 흡뜬 한 쌍의 눈은 겁에 질렸고 커다랗게 벌어진 입은 당장이라도 비명을 지를 것처럼 달싹거렸다. 나무마다 등이 검은 뻐꾸기가 둥지를 틀고 여자의 비명처럼 소리 질렀다. 호따딱까주, 홋따따까지우, 호딱딱딱딱!

"인영못이 보이냐고!"

황이 기대했던 인영못은 아름답고 신비로운 이종의 요람이었다. 잎이 흐드러져 가지가 기운 버드나무와 선혈처럼 붉은 양귀비 군락, 비비종 비비종 우는 종다리와 수면에서 잠든 청둥오리를 꿈꿨다. 그러나 인영못은 해수와 탈륨, 유황이 섞인 늪에 가까웠다. 황은 본능적인 거부감을 느꼈다.

"저 웅덩이가 인영못이에요? 겨우, 고작?"

카니발이 교임의 차 옆에 멈춰 섰다. 얼빠진 황과 달리 일중은 담담했다. 그에게 보이는 인영못은 규모가 작은 저수지였다. 녹색 안개도 보이지 않았다. 개구리밥 같은 부평초가 잔뜩 올라온 인영못은 볼품이 없었다. 이종들이 고작 저런 진창 속에서 탄생한 요물에 불과하다는 게 실망스럽기까지 했다.

교임의 차 운전석이 열렸다. 겁에 질린 이나가 눈물로 얼룩진 얼굴을 들고 걸어 나왔다.

인간보다 인간적인

"내 가족들……."

그녀의 눈에 비친 인영못은 죽은 가족들의 부패한 시체가 둥둥 떠오른 매우 큰 수조였다. 퉁퉁 불어 거대해진 부모와 조부모 시체 사이로 작은 손이 불쑥불쑥 튀어나왔다. 손은 시체의 살점을 뚝뚝 떼어 물속으로 돌아갔다. 키득키득 웃는 소리, 물장구치는 소리, 소곤소곤 떠드는 목소리가 어수선하게 이나의 귓바퀴를 맴돌았다. 맛있어. 너무 맛있어. 저기 저 애는 무슨 맛일까.

"내 세 치 혀가 죽이고 소멸시킨 자들……."

수면 위로 오래전 소멸한 아버지의 이종이 떠올랐다. 눈을 제외하곤 온통 그을음에 덮인 그녀는 아버지의 창백한 귀를 껌처럼 질겅거리며 뭍을 향해 헤엄쳤다. 이나는 본능적으로 꺼내 들었던 에어건을 떨어뜨리고 경기를 일으켰다. 뒷좌석 문이 열렸다. 영이 거품을 물고 발작하는 이나를 잠시간 눌러 진정시켰다. 그러고는 시선을 돌려 인영못을 바라봤다.

영, 그리고 지금 막 차에서 내린 수경의 눈에 비친 인영못은 아름다웠다. 너무 맑아 깊이가 가늠되지 않는 물은 연한 옥색이었다. 못 바닥엔 그들의 기억대로 젖빛 포육낭이 헤아릴 수 없게 많았다. 포육낭에 든 이종 하나가 잠꼬대처럼 고음으로 한 음절 아, 라고 소리 내자, 주변의 포육낭에서 높낮이가 다른 아, 하, 라, 나 같은 음절이 차례로 쏟아져 몽환적인 멜로디를 만들어냈다.

포육낭 사이로 산호색 잎 넓은 수초가 하늘거렸다. 새하얀 규암의 편린이 물에 섞여 별처럼 반짝거렸다. 잘박, 차르락, 찰락. 물소리가 방문객들에게 말했다. 아주 오래된 이야기였다.

한때 연못 밖에는 이종들의 부락이 있었다. 인간과 얽히기 전의 이종은 그저 아름다운 용모의 인간 아류였다. 부락을 이끄는 자는 일중과 같은 교배종이었다. 교배종은 부락에 뽕나무를 심고 누에를 길렀다. 교배종은 누구의 아이가 아닌 모두의 아이였다. 일을 하다 몸을 다친 이종을 인영못으로 데려가 치료시키는 일도 교배종의 몫이었다. 이종은 열 중 아홉이 여자인 터라 혼례가 드물었지만 한 세대에 한 쌍씩 연분을 맺어 출산을 했다. 그땐 교배종이 산파 노릇도 겸했다. 그렇게 새 교배종이 태어나 성인으로 자라면 새 부락을 만들어 떠났다.

교배종은 이종들보다 위기를 빨리 감지했고, 위급한 순간에 강한 통솔력을 발휘했다. 예컨대 큰 기근이 들어 동족이라도 잡아먹어야 할 만큼 궁핍해졌을 때, 교배종은 이종들을 모아놓고 숯가마에 기어 들어가 자살했다. 그러면 이종들도 초연히 그가 사라진 숯가마로 따라 들어가 소멸해 버렸다. 그게 이들의 생존 전략이었다. 기근이 끝나면 다시 인영못에선 새로운 이종이 발생했다. 선발대 몇이 부락에 도착할 즈음, 숯가마엔 토지를 비옥하게 살찌울 기름진 재가 가득했을 터였다. 훗날 이종 중 몇이

인간보다 인간적인

인간 세계로 흘러들었고, 거간꾼이 합세하며 부락은 서서히 줄어들다 사라지고 말았다.

이종들의 전설이 황에게는 얼어 죽어 자작나무가 된 이들이 악을 쓰며 하는 말로 들렸다. 가까스로 의식을 되찾은 이나에겐 아버지의 변종이 귀를 씹으며 종알거리는 소리로 들렸다. 그리고 일중에겐 교임의 목소리였다. 특유의 교태가 묻어나는 나긋한 목소리가 일중 곁에서 멀어졌다 가까워지길 반복했다. 그는 잠결에 모기 잡는 사람처럼 손바닥으로 자신의 얼굴을 찰싹 내리쳤다.

수경은 일중을 돌아보며 건조하게 말했다.

"박교임이 소멸했어."

인영못이 얼마 남지 않은 거리였다. 비포장도로를 달리는 차체는 쉬지 않고 흔들렸다. 굵은 나무뿌리를 타넘을 때 교임은 소멸이 머지않았다는 걸 느꼈다. 얇게 눕혀 깎은 데생 연필 모양으로 부러진 늑골이 기어코 교임의 뱃가죽을 뚫었다. 그나마 다행은 이제 통증이 느껴지지 않는단 거였다.

"차유성도 고아인가?"

교임의 코 끝에 맑은 물방울이 맺혔다. 자조 섞인 물음이었다. 그녀는 자신이 완전히 헛살았다는 걸 깨달았다. 능갈치는 실력

으론 누구한테도 안 꿀린다고 자부했는데 차유성이 머리꼭대기에 앉아 있었다.

"윤이나 씨, 대답해 봐. 부모 잃은 키퍼들은 대개 고아잖아. 애인 잃은 우리도 고아, 일중이도 고아. 다 고아 천지인데, 차유성은 아니지 않아?"

수경이 교임의 뒷말을 이었다.

"처지가 같아야 편 먹는 거지. 본인이 고아라면서 왜 윤이나 씨는 곱게 자란 부잣집 도련님 편에 섰어요?"

이번엔 영이 입을 보탰다.

"그러게 당신들이 나타나지 않았으면…… 됐잖아요."

한참만에야 이나가 웅얼거렸다. 속으론 변종들의 말에 동의했다. 미티어와 차유성은 고아를 이용해 고아를 제거해왔다. 그녀는 지하철 역사에서 재복이란 변종의 이름을 애달프게 부르던 여자를 소멸시켰다. 여자의 옷을 들고 미티어로 복귀하자 키퍼들이 휘파람과 함께 박수를 쳐주었다. 잘했어, 윤이나. 너도 이제 손맛 알겠네. 선배 키퍼의 칭찬에 이나는 속이 메스꺼웠다. 누군가를 그리워하던 사람 모양의 무엇을 해친 게 잘한 걸까. 칼끝이 여자의 낡고 얇은 옷을 뚫고 피부와 근육을 가르던 느낌이 좀처럼 잊혀지지 않았다. 정체를 모르고 만났다면 친구가 되었을지 모를 생명이었다.

인간보다 인간적인

"수경아, 부탁이 있어."

교임의 눈과 코에서 맑은 해수가 줄줄 흘렀다. 수경은 마지막 한 줌 인염을 자신의 상처에 뿌린 게 후회스러웠다.

"박교임, 당신 왜 이래. 다 왔다잖아. 버텨. 견뎌."

수경이 악을 썼다. 머지않은 곳에 인영못이 있으니 꾹 참고 뛰어들면 재생할 수 있었다. 곧, 아마도 5분 어쩌면 3분 거리일지도 몰랐다.

"죽음이 오줌처럼 참아지니? 지금 쌀 거 같아."

그 와중에도 교임은 농을 했다. 수경은 교임의 자그마한 어깨를 바라봤다. 춘의 삭정이처럼 마른 뒷모습이 겹쳐졌다. 죽어가는 그에게 당신이 할 일을 나한테 떠넘기면 어쩌잔 얘기냐고 포달스럽게 덤비던 그녀 자신의 목소리가 귓가에 쩌렁쩌렁했다. 악다구니를 쓴다고 운명이 자비를 베풀진 않았다. 수경은 같은 잘못을 반복하지 않고 싶었다.

"일중이한테 말 좀 전해 줘."

"무슨 얘기?"

수경이 똑똑 손가락이 떨어져 나간 손을 뻗어 교임의 어깨를 쓰다듬었다.

소멸 얘기에 일중이 아픈 팔을 휘두르며 차로 달려갔다. 보조석엔 회색 반소매 니트 한 벌과 주름바지, 그리고 검정색 USB가 물에 잠겨 있었다. 그가 교임의 노트북에서 훔쳐낸 이종 자유주의자들의 신상 정보였다. 자식보다 더 중한 게 이종 공동체였다.

"너를 밴 동안 나는 평범한 인간이었어. 상처가 나도 곧 아물었고, 순애 생각도 나지 않았지. 잠시나마 지문까지 생겼어. 인간들은 내 얼굴을 잊지 않았고. 단골 가게가 생기고 여인숙 주인은 며느리가 입던 임신복도 가져다 줬지."

수경이 일중의 뒤에 서서 교임이 남긴 말을 고스란히 옮겼다.

"뭐?"

"태몽도 꿨단다. 칼집처럼 큼직한 아가미가 달린 백상아리였어. 아들 꿈이라고들 하더라. 도서관에서 어류 도감을 빌려봤는데, 상어는 상처가 나도 감염되지 않고 잘 낫는다고 했어. 잠깐이지만 난 인간이었고 내 아기인 너도 인간일 것만 같았지."

눈물이 치밀어 수경의 목이 잠겼다.

"그러다 네가 우리와 다른 교배종이란 얘길 들었어. 네가 죽으면 나도 죽는다는 걸 알아버렸지. 난 죽기 싫었어. 너무 무서웠지. 그래서 끔찍한 결정을 내렸어. 널 지우러 병원에 갔단다. 20만 원인가 선금을 주고 수술을 시작했는데, 깨어보니 네 시간이나 흘렀더라. 그러고도 의사는 수술에 실패했대. 어떻게든 적출하려고 했지만 태아인 네가 필사적으로 도망쳤다지. 나는 네가 나를 알아보기 전에 죽길 바랐어. 그래서 산파에게 아기를 물에 담가 달라고 부탁했어."

교임이 일생 감추고 싶은 비밀이었다. 일중은 죽지 않았고 상어처럼 까만 눈동자로 어미인 교임의 얼굴을 바라봤다. 한번 각인이 되었으니, 교임의 목숨은 일중에게 달린 것이나 마찬가지였다. 그녀는 어미로서 일중을 돌본 게 아니었다. 아무도 일중을 해치지 않게 적당한 거리를 두고 관찰하며 보존해 왔을 뿐이었다.

"죄책감은 있어. 그래서 네게 잘해주려고 노력했지. 미혼모나 부모 없는 아이를 선뜻 도운 것도 면죄를 바란 행위였어. 소멸하며 이 얘길 하는 이유는 하나야. 넌 살아남아야 해. 뱃속에서부터 그랬듯 차유성의 손아귀를 빠져나가."

그 말을 끝으로 교임은 소멸했다. 그녀의 육신이 완전히 물로 돌아가는 데 걸린 시간은 4분 하고도 7초밖에 걸리지 않았다. 거북한 진실을 전한 수경의 마음도 눅진하게 젖어들었다.

일중은 목각 인형처럼 굳었다. 썩은 도루묵 같은 교임을 만나면 이런 괴물은 왜 낳았냐고 따져 물을 셈이었다. 그녀가 무슨 변명과 거짓말을 하든 결과는 험악한 발길질일 거라고 되뇌었다. 그런데 교임은 마지막 순간에 잔혹하리만치 진실했다. 예상치 못한 변수가 들끓던 증오심을 무너뜨렸다. 일중은 자신이 모성을 갈구했던 게 인간 행세를 하기 위해서였다는 걸 깨달았다.

"일중아, 비밀을 아는 사람들을 모두 죽이겠다고 했지? 봐라. 진짜 살기 띤 눈은 이런 거야. 넌 안 돼."

어느새 평정심을 되찾은 황, 아니 유성이 둘을 향해 걸어왔다. 일중이 고개를 돌려 유성을 바라봤다. 어둠에 바짝 수축한 동공 주변부가 밝은 황색으로 번뜩거렸다. 흥분으로 거칠어진 호흡을 누그러뜨리느라 유성은 입으로 심호흡을 했다. 번쩍 들어올린 눈썹 탓에 이마에 굵은 주름이 잡혔다. 신경을 곤두세운 두 귀가 야생 동물처럼 움찔거렸다. 그의 몸에선 땀과 호르몬이 섞여 새콤한 냄새를 풍겼다. 오른쪽 어깨와 상완 사이에 자동소총을 견착한 유성은 범 사냥하는 엽사처럼 신중하게 일중의 머리를 노렸다.

"선배……."

유성의 정체를 깨닫지 못한 일중은 이 상황이 의아할 뿐이었다. 그때 수경이 몸을 던져 일중을 넘어뜨렸다. 희끗한 불똥과 함께 총알이 허공을 가로질렀다.

"정신 차려. 황규식이 차유성이야."

긴 설명은 필요 없었다. 교배종인 일중이 죽으면 그의 눈에 각인된 이종도 따라 죽기 마련이었다. 수식이 연결되자 일중의 마음에 다시 분노의 뇌관이 타들어갔다.

"겁먹을 거 없어. 난 뇌를 공격할 거란다. 딱 한 발이면 잠들

인간보다 인간적인

듯 죽는 거야. 인도적인 방법이지. 네가 도망치면 자꾸 총알이 빗맞는 거야. 팔, 다리, 어깨, 목, 얼굴이 하나씩 망가지겠지. 살아서 돌아갈 선택지는 없어. 그러니까 이리 온."

흙바닥에 납작 엎드린 일중이 쓰레기 새끼, 라 욕하며 일어서려 했다. 수경이 그의 뒷목을 눌렀다.

"박교임 유언 잊었어? 살아남아야 해. 안개가 짙어서 엎드려 있으면 못 찾을 거야. 여긴 우리 홈그라운드니까 저 작자 마음대로 안 돼."

수경은 일중의 운동화를 벗겨 끈을 풀어냈다.

"이 냄새……! 정수경, 너도 죽어가고 있어."

일중이 죽음의 냄새를 맡았다. 인염으로 겉 출혈은 멎었지만 수경의 내장 출혈은 여전했다. 인영못으로 오는 길에서 수경은 양철 드럼 모양의 바위를 발견했다. 백합 모양인데 색이 노란 꽃 수십 수가 바위를 에워싸고 꽃망울을 터트렸다. 수경은 꽃 이름을 알고 있었다. 봐라, 수경아. 우리 마당에 핀 저게 원추리꽃이다. 기다리는 마음이라는 꽃말이 있어. 꽃만 예쁜 줄 아니? 달여 먹으면 마음이 고요해진단다. 뭣이든 기다릴 수 있는 끈기가 생기지.

수경의 눈에 원추리꽃은 뒷짐을 지고 누군가를 기다리는 춘의의 모습으로 보였다. 바위 곁을 서성이며 손갓을 만들어 먼 산을 바라보고, 쓸쓸하게 고개를 흔드는 야윈 사내가 아른거렸다. 수경은 차창을 더듬으며 환하게 웃었다. 그러곤 느닷없이 눈물을 쏟고, 악을 쓰다, 뒤늦게 염치를 깨닫고 고개 숙였다. 수경은 춘의가 거기서 무엇을 기다렸을지 알고 있었다. 그게 원수의 잘린 목은 아닐 터였다. 하지만 수세에 몰렸다. 이대로 내뛰어 춘의 곁에서 소멸하고 싶었다. 이종의 본능대로라면 그래야 했다. 그러나 발걸음이 떨어지지 않았다. 수백 명 동족들의 목숨이 일중에게 달려 있었다. 긴 세월을 본능이 이끄는 대로 살아왔으니, 이젠 이성을 찾을 때도 된 것 같았다.

"어차피 난 소멸돼. 그래서 아깝지 않게 한턱 쓰는 거지."

수경이 두 개의 운동화 끈을 하나로 잇고 침통을 동여맸다. 짐승을 사냥할 때 쓰는 팔맷돌이었다. 그러고는 포복 자세로 녹색 안개에 몸을 숨겼다. 유성과의 거리는 5미터 남짓이었다. 폼 잡느라 저격용 소총까지 준비한 중년 남자의 비장한 표정이 수경은 꼴사나웠다.

유성은 독기와 살의를 품었지만 바닥에 내리깔린 녹색 안개 탓에 좀처럼 일중이 눈에 보이지 않았다. 야간 투시 스코프로 바닥을 훑었다. 서리처럼 차가운 안개는 홈그라운드에 돌아온 제 식구를 꼼꼼히 감쌌다. 유성은 조금 전까지 수경과 일중이 서 있던 교임의 차 보조석을 향해 걸음을 옮겼다. 갈색 컴포트화가 안

갯길을 밟아나갔다. 수경과의 거리가 손에 잡힐 듯 가까워졌다. 엄폐해 있던 그녀가 운동화 끈을 유성의 발목으로 던졌다. 침통이 추가되어 그의 발목에 돌돌 감겼다. 수경이 힘주어 끈을 당기자 유성이 나자빠지면서 드르륵, 방아쇠를 당겼다. 수십 발의 총탄이 발사되어 교임의 차 타이어를 구멍 냈다. 일순 차체가 가라앉았다. 안개 너머에서 일중이 악, 낮게 비명을 질렀다. 수경도 예상치 못한 상황이었다.

"수경아, 머리 굴려봐야 고통만 더할 뿐이다. 아직도 그걸 모르니?"

유성이 제 발목에 묶인 운동화 끈을 강하게 당겼다. 수경의 가늘고 흰 손이 끌려 나왔다. 그가 수경이 있음직한 방향에 총구를 겨누었다. 그러나 한쪽 다리를 해머로 내리찧는 것 같은 고통에 방아쇠를 당기지 못했다. 끈에 달려 나온 수경의 손아귀엔 장실침이 말려 있었다. 침은 유성의 발목으로 파고 들어가 경골 신경을 끊어 놓았다.

"춘의한테 배운 걸 원수한테 써먹네."

수경이 몸을 일으켜 소총 쥔 유성의 손을 걷어찼다. 드득, 두 발의 총알을 토해낸 소총이 먼발치로 밀려났다. 수경은 오래 봐서 너무나 익숙한 유성의 얼굴을 잠시 일별하고 관자놀이 부근의 안면 신경으로 장심칠을 찔러 넣었다. 유성의 한쪽 눈꺼풀이 감기고 입아귀가 늘어졌다. 비명조차 뒤틀어졌다. 일격에 죽여 버리기엔, 수경의 원한은 너무 깊었다. 산 채로 신경 다발을 뽑아내 놈의 목을 조르고 싶었다. 그 전에 묻고 싶은 게 있었다.

"정춘의한테 왜 그랬어? 그이가 무슨 죄를 지었다고 네놈한테 독살을 당해!"

수경이 목에 핏대를 세우고 유성의 얼굴을 짓밟았다.

"말을 해!"

그는 입술이 터지고 광대가 함몰되는 걸 느끼며 한숨 쉬듯 웃었다. 순수한 악의를 어떻게 설명해야 할지 몰랐다. 이종 자유주의자들은 운명을 거부했다. 운명의 실에 얽힌 마리오네트처럼 갖고 놀 수 없는 인간들이 고까웠을 뿐이었다. 거간꾼을 무시하면 기필코 액을 입는다는 걸 보여주고 싶었다. 그게 이종 사회를 먹살 잡고 갈 새로운 전설이었다. 유성은 이종 자유주의자들 중 신원이 노출된 몇을 골라 운명의 주사위를 던졌다. 받아먹고 죽으면 좋고, 아니면 살려두고 관찰하는 게 재미였다. 하필 춘의가 걸려들었을 뿐이었다.

"쐐년."

한참 우물거리다 유성이 뱉어낸 욕이었다. 그는 지하실 소년에게 소설을 읽어주다 쐐년이라는 표현을 처음 봤다. 무슨 뜻인지 몰라도 혀에 찰싹 감기는 말이었다. 쐐기풀처럼 가시 돋친 수

인간보다 인간적인

경에게 잘 어울리는 욕이라고 생각했다. 유성은 이 정도 맞아주었으면 수경에게 할 만큼 했다는 생각이 들었다. 그는 허리춤에서 숨겨 온 에어건을 꺼냈다. 그러고는 씰룩거리는 얼굴로 수경의 턱을 향해 방아쇠를 당겼다. 턱을 뚫은 총알은 그녀의 혀와 입천장, 그 위에 자리 잡은 연수와 대뇌를 관통했다. 퍽, 경쾌하다고 느낄 만한 파열음이 협곡을 울렸다. 수경의 고왔던 얼굴이 농익어 저절로 갈라진 무화과처럼 속살을 드러냈다.

유성은 일어서 몸을 털었다. 종아리 신경이 끊기며 한쪽 다리가 불에 타는 것처럼 아팠다. 그래도 사는 덴 지장이 없을 터였다. 마음만 먹으면 마약성 진통제를 구하는 일이 어렵지도 않았다. 그는 이를 악물고 카니발로 걸어갔다. 수경이 죽었고, 일중도 죽어가고 있을 터였다. 이제 유성은 대규모 이종 소멸을 기다리기만 하면 되었다.

"얜 네가 싫다는데?"

카니발 트렁크가 열려 있었다. 실내등 아래 소년과 영이 보였다. 약물에 취해 반쯤 잠이 든 소년은 몸을 주체하지 못했다. 영은 이나가 넘겨준 에어건을 유성에게 겨누었다.

"상관없어. 내가 사랑하면 그뿐이니까. 돌려줘."

유성은 오늘 아침 지하실에서 소년을 끄집어냈다. 인영못에 소년을 씻겨줄 생각이었다. 아들 시우가 돌아왔으니, 이젠 소년과 유성이 캐나다로 떠날 때라고 생각했다. 대자연에 둘러싸여 말간 소년의 얼굴만 들여다봐도 행복할 것 같았다. 다리 하나쯤 잃는다 해도 서럽지 않은 선택이었다. 그런데 영에게 소년이 발각된 터였다.

"역겨운 집착이지. 당신은 이종을 가질 수 없어."

영의 말에 유성의 표정이 일그러졌다.

"파이터는 정수경이었어. 늬들 자기 속성 외엔 맹탕인 것도 설마 모를까 봐? 콤파스는 살인을 못하지."

유성이 깨진 앞니를 드러내고 비척거리며 다가섰다. 그러자 영의 총구가 소년의 쇄골로 옮겨졌다.

"인간한테는 못할지 모르지. 근데 얘는 이종이네?"

핏물을 뒤집어쓴 유성과 영의 눈빛이 허공에서 부딪혔다.

"그것도 좋지. 죽여도 재생할 테니. 난 껍데기를 사랑한 게 아니거든. 쏴, 얼마든지 좋으니 당겨."

유성은 잠시나마 겪어야 할 소년의 고통이 안쓰러울 뿐이었다. 그때 영의 시선이 흔들렸다. 그녀의 광대가 들썩 올라붙고 눈매가 가늘어졌다. 유성은 영이 궁지에 몰리자 속임수를 쓰는 거라고 생각했다.

"헛수작 부리지 마라. 늬들 다 똑같아. 너, 도일중, 정수경, 박교임 하나같이 혓바닥으로 싸우려 들었잖아. 대가리에 똥만 찬

인간보다 인간적인

것들."

유성이 소년을 향해 두 팔을 뻗었다. 그를 넘겨받아 살풋 끌어
안고 아침이 밝길 기다리고 싶었다. 영이 싱긋 웃으며 총구를 내
렸다. 그녀는 어깨를 들썩거렸다. 아하하하, 웃음을 참아낼 수 없
었다. 그건 유성의 등 뒤에 일중이 서 있기 때문이었다.

"그래서 혓바닥이 아니라 눈알로 싸우려고."

유성이 히뜩 놀라 고개를 돌렸다. 일중이 뺨에 박힌 총알을 뽑
아내며 소년의 얼굴을 가만히 바라봤다.

"함부로 눈알 부라리지 마. 너 같이 역겨운 잡종한테 정말 대
단한 능력이 있을까? 아까 들은 환청이 근거라고 생각해? 그저
전설일 뿐이야. 그 전설을 만들어낸 것도 우리 거간꾼들이란다.
미개한 너희들이 소문을 기정 사실화했을 뿐이야."

유성의 호통에도 일중의 시선은 흔들리지 않았다. 일중의 눈
엔 이미 소년이 각인되었다. 이제 그가 죽으면 소년도 소멸될 터
였다. 영이 일중에게 에어건을 던졌다.

"차유성, 그렇게 자신하면 지금 날 죽여."

일중이 소년에게 꽂혔던 시선을 거둬 유성에게 옮겼다. 그러
고는 그의 손아귀를 억지로 벌려 에어건을 쥐여 주었다.

"이번엔 제대로 쏴. 아예 관자놀이 대줄까? 아니면 정수경처
럼 턱 밑에서 당기는 것도 괜찮고. 뭐든 좋아. 난 어차피 당신의

실험 쥐였잖아."

에어건을 든 유성의 손이 눈에 띄게 떨렸다. 이종에 얽힌 수많은 전설은 거간꾼 차 씨들이 지어내거나 날조한 거짓이었다. 하지만, 하지만 만에 하나, 하필, 하필이면 교배종에 대한 전설이 진실이라면 유성은 제 손으로 소년을 살해하는 셈이 될 터였다.

"헷갈리지? 어디까지가 진실이고 어디서부터가 거짓인지. 너무 깊어서 속이 들여다보이지 않는 거야. 그게 거간꾼들이 스스로 판 무덤이다. 네가 전설인지, 내가 전설인지 확인해."

일중이 에어건을 쥔 유성의 손을 자신의 턱 밑으로 끌어왔다.

인영못에서 용오름한 녹색 안개가 촉수처럼 여러 가닥 갈라졌다. 그 중 한 가닥이 처참한 수경의 육신을 휘감았다. 또 다른 가닥이 일중의 등 뒤로 다가와 부러진 팔을 감싸고 코와 귀, 입속으로 흘러 들어갔다. 일중의 흰자위가 연한 옥빛으로 변해갔다. 소금기 머금은 안개가 싸락눈처럼 푸실푸실 유성과 일중 사이에 흩날렸다.

부활자들

　일중은 절벽에 섰다. 그는 젖은 손을 허공에 대고 휘휘 털었다. 교임이 남긴 잔해 몇 방울이 연못으로 떨어졌다. 교임은 가끔 인영못에서 수영하는 꿈을 꾼다고 했다. 물어본 적도 없는데 피자를 먹다, 쪽파를 다듬다, 휠체어에 앉다 말고 중얼거렸다.

　아가미도 없는데, 못에선 숨을 쉴 수 있어. 다리를 휘젓지 않아도 몸이 둥둥 뜨고 살갗이 기분 좋게 간질거려. 여기 보이지? 접때 낙상해서 머리에 생긴 상처. 꿈에선 그 자리에 잠자리 날개 같은 지느러미가 돋아났어. 잠수하면 지느러미가 저절로 움직이며 슬렁슬렁 방향을 잡아주더라. 인영못은 아주 깊어. 아마 우리 뉴턴빌딩만큼 내려가야 이종들의 포육낭이 보였던 거 같아. 뭍에서 보고 겪은 일들을 걔들한테 말해줬지. 직업을 갖는 법, 돈을 모으는 법, 취미를 갖는 재미 같은 거. 뜨겁게 사랑하다 장렬하게 죽은 순애 얘기는 안 했어. 그건 너무 슬프잖아. 반전보다 새드엔딩 스포가 더 얄밉더라. 꿈에서 제일 신기했던 건 포육낭에 든 이종 태아들의 얼굴이었어. 어린애부터 노인까지 다양한데, 간혹 나나 수경이 얼굴도 있는 거야. 아마도 어떤 이종은 내 얼굴을 갖고 발생할 거야. 걘 좀 나하고 다르게 살았으면 좋겠어. 밖엔 더 이상 순애가 없잖아. 다른 인간하고 얽히지 말고 이종끼리만 살아도 괜찮지 않을까.

교임이 그랬듯, 일중도 그녀의 소멸이 슬프지 않았다. 이 감정을 인간들도 느낄 수 있다면 조금 더 덤덤하게 살 텐데, 그들이 조금 안쓰럽긴 했다.

"나 좀 도와줘."

영이 끙끙거리며 소년을 끌고 절벽으로 다가왔다. 일중은 성한 손으로 소년의 한쪽 다리를 잡았다. 하나, 둘, 셋. 영이 소년의 몸을 허공으로 흔들며 카운트했다. 둘이 동시에 손을 놓자, 소년이 인영못을 향해 곤두박질했다. 텀벙 소리도 없이 인영못은 소년을 얌전히 받아먹었다. 동쪽 하늘이 희끄무레하게 밝아왔다.

"이제 갈게. 돌아온다는 보장은 없어. 아무리 생각해도 인간 세상은 별로네."

영은 단 한 명의 인간만 사랑했다. 소유주 이정빈이었다. 그가 없는 세상에 굳이 돌아올 이유가 없었다.

"저기!"

다이빙 자세를 취하던 영이 팔을 접었다.

"혹시 아래서 정수경…… 만나면."

일중이 말을 맺지 못했다.

"걘 소멸했어. 만에 하나 살아남았더라도 아예 다른 이종이 되겠지. 본능대로 새로운 소유주를 찾게 될 거야."

얼굴을 알아볼 수 없게 터져 버린 수경은 안개가 걷히자 사라지고 없었다. 영은 아마도 수경이 물이 되어 흙으로 스몄을 거라고 말했다.

"난 우리가 어제 여기서 들었던 인영못의 말을 믿어. 이종도 소유주 없이 자유롭게 살 수 있어. 교배종이 버티는 한."

유성은 방아쇠를 당기지 못했다. 이로써 교배종에 얽힌 전설은 증명할 수 없어 더 확고한 전설로 자리 잡았다.

"나도 그렇게 믿고 싶어. 그게 사실이면 당신한테 수백 명의 이종 목숨이 붙어 있어. 그러니 계속 버텨 줘."

영은 짧게 눈인사를 건네고 인영못으로 뛰어들었다. 수면에 자욱한 안개가 소용돌이치며 그녀의 몸을 감싸고 혀처럼 말아들였다. 푸르스름했던 하늘의 농도가 점차 옅어졌다. 일중의 눈엔 여전히 보잘것없는 인영못 수면 위로 수만 개의 물방울이 터지며 멸치처럼 반짝거렸다. 그의 뺨에는 보조개처럼 깊은 흉 하나가 생겼다. 이 정도 깊이의 흉터라면 더는 몸에 칼집을 넣지 않아도 될 것 같았다. 호흡기 하나가 새로 생긴 기분이었다.

"팀장님, 저 팔 아픈데 언제 출발할 거예요?"

카니발에서 이나가 일중을 불렀다. 그녀는 운동화 끈으로 양손이 결박된 유성에게 소총을 겨눴다. 수경의 솜씨가 야무진 덕에 운동화 끈 끄트머리엔 아직 침통이 매달려 있었다.

"견착을 제대로 안 하니까 팔이 아프지. 봐봐, 팔 힘으로 드는 게 아냐. 파지법도 권총하고 다르고."

일중은 이나의 어깨에 소총을 붙이고 자세를 바로잡았다.

"왜 날 안 죽인 거지?"

유성이 눈을 감은 채 물었다.

"살생 지겹다. 내가 안 죽여도 언젠가 죽는 게 인간이잖아. 내가 농락당한 시간만큼 당신도 겪어야 하지 않겠어?"

일중이 유성의 머리를 개머리판으로 내리쳤다. 힘없이 픽 고꾸라진 사내를 카니발 트렁크에 옮겼다. 전설의 미개봉 이종을 지녔던 사내치고 보잘것없는 체구였다.

자연광이 구릉으로 스며들었다. 녹색 안개가 연못으로 되돌아가자 누른 흙 위로 흩뿌려진 피와 살점들이 너무 선명하게 드러나 이나가 눈살을 찌푸렸다. 그녀는 일중에게 소총을 넘기고 교

　　　　　　　　　인간보다 인간적인

임의 차 앞으로 향했다. 그러곤 차 보닛에 걸터앉았다.

간밤에 본 아버지의 이종이 떠올랐다. 아무리 환각이라지만 참혹한 모습이었다. 그녀의 뼛가루라도 인영못에 뿌려줄 수 있었다면 더는 아무에게도 미안해하지 않고 살아갈 것 같았다. 소유주 없이도 누군가에게 기억되는 이종은 드물었다. 이나는 교임의 얼굴, 영의 목소리, 그리고 수경의 몸짓을 기억했다.

"미안해요. 일생 내 등짐이 되어도 좋아요."

서풍이 불었다. 곤두선 짐승의 털 같았던 이나의 마음이 함함하게 가라앉았다. 그녀의 시선이 암녹색 연못 한가운데서 멈췄다. 작은 소용돌이 하나가 수면을 하얗게 긁으며 못 가장자리로 향했다.

"윤이나, 출발하자. 저 차에 빠트린 거 없는지 확인하고 넘어와."

이나가 소용돌이에서 눈을 떼고 보닛을 내려왔다. 교임의 차 안을 찬찬히 들여다보다 운전석 발매트 위에 떨어진 선글라스를 주웠다. 내 건데 앞으로 너 써. 선임 키퍼 인성진이다. 그냥 선배라고 불러. 수습 키퍼로 선발되었을 때 성진은 자신의 선글라스를 벗어 이나에게 건넸다. 성진의 첫인상은 선배라기보다 또래 남자아이 같았다. 피부가 희고 눈썹이 옅어 나이보다 어려 보였다. 유난히 쌍꺼풀이 짙어 선글라스로 가리지 않으면 만만해 보이는 얼굴이었다. 이나는 첫날부터 성진에게 호감을 가졌다. 순진하고 만만한 얼굴도 좋고 툴툴거리면서도 후배 몫은 살뜰히 챙겨주는 마음씨도 좋았다. 그와 비번을 맞추려고 동기와 당직을 바꾸기도 했고, 문병 시간에 맞추느라 몇 시간이나 주차장을 어슬렁거리기도 했다. 든든한 파트너가 되려고 아등바등 체력 평가에 매달렸었다. 어쩌면 성진도 자신과 비슷한 마음을 품었을지 모른다고 생각했다.

"아니죠? 아닐 거야."

이나는 절벽을 향해 가늘게 실금이 간 선글라스를 던졌다. 그러곤 카니발 앞에 서서 먼산바라기 하는 일중에게 다가갔다.

"팀장님은 무슨 생각하세요?"

"살려면 살아야겠다는 생각. 너도 그랬으면 좋겠다."

그때 흰 공작새 한 마리가 다가와 연못으로 나풀나풀 날아갔다. 한 번 울 만도 한데 새는 잠자코 날갯짓을 했다. 일중은 그 새가 사는 곳이 오래전 마련된 이종들의 터전일지 모른다고 생각했다. 일중과 이나가 고개를 들어 새의 하얀 배를 올려다봤다. 교배종이 미움받지 않는 땅과 숲이 근방에 있을지도 몰랐다.

에필로그

수경에게 세상은 여전히 친절했다.

"투숙객 중에 차시우란 사람 있을까?"

질문을 받은 사람은 한남동 카멜리아 호텔 프런트 데스크의 이유연이었다.

"죄송하지만 투숙객의……."

수경의 다갈색 눈동자에 포획된 유연은 한순간 기이한 체험을 했다. 호텔리어가 되기 전 그녀는 1년간 독일로 워킹 홀리데이를 다녀왔다. 한인 레스토랑에서 근무하는 동안 유연은 여섯 명의 남자와 여자들에게 데이트 신청을 받았다. 자동차 엔지니어 거녀, 영어 교사 에밋, 수술실 간호사 클라라, 웨이트리스 그레테, 하프 연주자 오스카, 한국인 셰프 정우였다. 그러나 유연은 무성애자였다. 남자, 여자, 아이, 동물 어떤 것 하나에도 애정을 느끼지 못했다. 유연은 유연하게 사람을 내치는 방법을 몰랐다. 야멸치게 감정을 드러내자 그들 중 몇몇은 스토커로 돌변했다. 유연은 미행과 추행과 염탐으로 괴롭힘 당하다 8개월 만에 고국으로 돌아왔다. 독일로 떠난 이유와 독일에서 돌아온 이유는 같았다. 유연은 세상 어디에도 자신이 사랑할 만한 생명체가 없단 사실이 서글펐다. 그때 이종 수경이 나타난 거였다. 비로소 유연은 생애 최초의 감정을 느꼈다. 헬륨처럼 둥실 떠오르는 마음을 주체할 수가 없었다.

"원칙주의자구나? 나한텐 그냥 알려주면 좋겠는데."

수경의 말에 유연은 입안 솜사탕처럼 녹아내렸다.

"차시우 님 1501호에 투숙 중이세요. 프러포즈 이벤트 요청하셔서 롤스로이스 픽업 도와드렸고, 플라워 데코레이션, 돔페리뇽 샴페인, 커플 스파가 준비되었습니다. 지금 스파 끝나고 룸으로 이동하셨을 거예요. 방금 예물 반지와 시계가 올라갔거든요."

누출해선 안 될 말들이 스스럼없이 쏟아졌다.

"머리에 피도 안 마른 애송이가 특급 호텔에서 프러포즈를 하고, 역시 그들만의 리그네. 이유연 씨는 차시우가 어떤 앤지 알아요?"

수경이 유연의 이름표를 확인하고 물었다.

"알죠. 여기 근무하는데 모를 리 없잖아요. 차시우 님은 미티어 그룹 신임 회장님이세요. 아시죠? 대형 로펌, 리조트 개발, 캐피탈, 상조, 저희 호텔도 미티어 계열이고요. 저도 오늘 처음 뵙긴 했어요."

유연은 상아처럼 하얗고 단단해 보이는 수경의 손을 만져 보고 싶어 몸이 달았다. 20대 후반에서 30대 초반으로 보이는 수경은 이목구비가 날렵하고 몸은 글래머러스했다. 이전의 육체가 가졌던 세련미 대신 신비롭고 그윽한 관능미가 수경의 새로운 무기였다.

전생의 기억은 거의 없었다. 하지만 수경이 인영못을 헤엄칠 때 누군가 내레이션하듯 전생을 속삭여 주었다. 소녀의 목소리와 노인의 목소리가 섞였다. 그들은 수경의 이전 육체가 가졌던 이름과 미티어, 차유성, 도일중, 뉴턴빌딩 그리고 정춘의에 대해 들려주었다. 수경은 정춘의라는 이름을 듣자 뜨거운 탄산음료를 급하게 마신 것처럼 가슴이 뻐근하고 눈과 코가 시렸다. 이종으로서 누군가를 만나 운명 같은 사랑을 얻어야 한다는 본능이 수그러들었다. 이미 질리도록 사랑하고 사랑받은 기분이었다.

"제가 더 도와드릴 건 없을까요?"

참다못한 유연이 수경의 손목을 가볍게 손바닥으로 쓸었다. 이종답게 따끈하다 느껴질 만큼 체온이 높았다.

"마스터키."

수경은 손바닥을 뒤집어 유연의 손을 붙잡고 눈을 맞추었다. 싱크홀에 물이 빨려 들어가듯, 봄바람에 벚꽃이 흩날리듯, 비 온 뒤 죽순이 자라듯, 감히 인간이 막을 수 없는 자연의 섭리처럼 유연은 마스터키를 꺼냈다.

"이유연 씨는 참 친절하구나."

수경은 유연에게 볼키스를 하며 마스터키를 넘겨받았다.

"우리 다시 만날 수 있죠?"

천천히 뒷걸음질 치는 수경에게 유연이 물었다.

"그럼, 곧 다시 만나지. 그땐 같이 샴페인 마시자."

수경이 세필로 그린 듯 가늘고 새침한 입술을 끌어당겨 웃곤 돌아섰다. 엘리베이터 앞엔 네이비색 수트 차림의 소년이 먼저 도착해 서 있었다. 수경은 소년의 늘어뜨린 손을 끌어당겨 팔에 감았다.

"아직 소유주를 거부할 기회가 있어. 더 고민해도 돼."

"5백 년이나 기다렸는데 더 고민하라고? 어서 가자."

엘리베이터에 올라 카드키를 태그한 수경이 15층을 눌렀다.

"기분이 어때? 난 기억 안 나거든."

수경은 거울에 비친 자신과 소년을 힐끗 바라봤다. 수채화로 그린 초상화를 물에 담근 것처럼 흐릿한 형상이었다.

"이제 아무것도 두렵지 않아. 행복하다고 말할 수 있겠지. 어

　　　　　　　　　　인간보다 인간적인

쩌면 더 복잡한 감정일지 모르지만 다른 표현을 배운 적이 없어. 이 마음이 끝나면 남은 삶이 가치 없어질까 봐 걱정 돼."

수경의 팔등에 걸친 소년의 체온이 점점 더 뜨거워졌다.

"걱정 마, 그 마음은 끝나지 않을 거야. 그래서 괴롭다고 들었지만."

수경은 귓불과 뺨이 발그레한 소년을 이끌고 15층에서 내렸다. 붉은 카펫을 밟고 1501호 앞에 선 그녀는 마스터키를 태그해 객실 문을 열었다. 서울의 야경이 한눈에 들어오는 아치형의 창문, 크림색 소파 세트와 그랜드 피아노로 꾸며진 거실이 보였다. 대리석 테이블엔 아직 마개를 따지 않은 돔페리뇽이 하얀 냉기를 덮고 놓여 있었다.

"데어즈 노우 리슨 투 세이 노우!"

침실에서 흥분한 여자의 목소리가 들렸다. 방금 시우는 캐나다에서 2년 사귄 백인 여자 친구 미아에게 청혼을 한 터였다. 미아의 약지에 10캐럿 다이아반지가 꼭 들어맞았다. 시우는 아버지가 종적을 감췄지만, 이미 수년에 걸쳐 미티어의 지분을 증여받은 덕에 별다른 근심은 없었다. 경영이 버거우면 전문 경영인을 앉히거나 해외에 지분을 매각할 계획까지 세워놓았다. 시우는 이브닝드레스를 입은 미아의 금발을 쓰다듬으며 영원한 사랑을 약속했다.

"아이 윌 기브 마이 소울 투 유."

미아는 임신 5주차였지만 아직 그녀조차 인지하지 못했다.

수경은 소파에 앉아 돔페리뇽을 들었다. 포일을 벗기고 철사를 돌린 다음 마개를 열었다. 거실에서 들린 상쾌한 소음에 미아가 고개를 돌렸다.

"썸원 케임 인."

미아는 불청객을 확신하며 시우의 등을 떠밀었다.

"후즈 데어?"

시우가 셔츠 커프스를 풀고 조심스레 거실로 나왔다. 가장 먼저 눈에 들어온 건 다갈색 머리칼에 진청색 드레스 차림의 수경이었다. 샴페인을 맛본 그녀가 눈썹을 들썩 올리며 맛에 감탄했다.

"외탁했네. 차라리 잘 됐어. 솔직히 차유성은 재미없게 생겼잖아."

"누구세요? 우리 아빠를 아세요?"

시우는 불청객에게 조금 놀랐지만 어쩐지 위험하다는 생각은 들지 않았다.

"난 심부름꾼이야. 네 아빠가 증여한 게 있어서 전하러 왔지."

수경이 샴페인 잔을 객실 문 방향으로 들어올렸다. 시우의 시선이 자연스레 샴페인 잔을 따라 움직였다. 거긴 소년이 서 있었

인간보다 인간적인

다. 독수리 날개처럼 아름답게 치솟은 눈썹에 짙은 속눈썹이 감싸고 있는 검은 눈동자가 시우를 바라봤다. 맑다 못해 반투명한 피부, 우아하게 뻗은 콧대와 섬세한 입술, 그리고 조금 각진 턱을 가진 소년이 가지런한 앞니를 드러내며 웃었다.

"유아⋯⋯."

소년과 눈빛이 마주친 시우는 자아가 사라졌다. 어깨까지 길러 굽실하게 파마한 머리를 연신 손으로 쓸어 넘기며, 소년에게 다가갔다. 소년의 귓불을 덮은 여린 솜털과 이마 가장자리에 파편처럼 맺힌 두 개의 점, 남들보다 조금 작은 울대뼈와 옴찔대는 긴 손가락에 사로잡혔다. 광원을 찾는 나방처럼, 피 냄새에 이끌린 이리처럼, 오아시스를 발견한 유목민처럼, 시우는 소년에게 돌진했다.

"마이 컴플릿 데스티니."

시우는 소년을 끌어안고 눈물을 터트렸다. 까닭을 알 수 없이 벅차고 행복했으며 동시에 서럽고 미안했다.

"시우, 왓 아유 두잉?"

심상치 않은 몇 마디 대화에 미아도 거실로 나왔다. 그녀의 눈엔 틀림없이 틴에이저로 보이는 소년을 약혼자 시우가 포옹한 채 어깨를 들썩거렸다. 방금 전까지 영원을 약속하며 프러포즈한 남자는 아무리 이름을 불러도 돌아보지 않았다.

"앞으로 쇠털 같이 많은 날이 기다려. 그러니 적당히 감격하라고."

수경은 핸드폰으로 두 사람의 포옹을 동영상 촬영했다. 그러곤 새 잔에 샴페인을 가득 따라 객실을 나섰다. 객실 문 너머에서 미아는 페도필리아, 사이코라고 욕하고 시우는 스위티, 마이 디어라고 소년을 불렀다.

수경은 프런트 데스크로 다가갔다.

"무엇을 도와드릴까요?"

유연은 15분 전 인생 최대의 충만함을 안겨준 수경을 잊었다. 그래서 처음 만난 사람처럼 대하고, 다시 서서히 빠져드는 중이었다.

"내가 한 모금 마신 거니까, 같이 마신 거나 다름없어. 나 약속 지킨 거야."

수경은 유연에게 마스터키와 샴페인 잔을 건네고 황급히 돌아섰다. 꼭 필요할 때가 아니면 인간의 감정을 교란시키지 않고 싶었다. 모범택시를 탄 그녀는 목적지를 말하고 핸드폰에서 홈캠 어플을 열었다.

LED 조명으로 쩽하게 밝힌 뉴턴빌딩의 지하실이었다. 살림살이라곤 3인용 가죽소파와 소형 냉장고가 전부였다. 욕실 문이 열렸다. 덥수룩한 머리에 러닝셔츠와 트렁크 팬티 차림의 남자

인간보다 인간적인

가 다리를 절며 냉장고로 다가갔다. 불편한 한쪽 다리를 옆으로 뻗은 채 허리를 숙인 남자는 냉장고 안을 한참 더듬었다.

"기사님이 만약 죄를 지어 감옥에 갇혔어요. 그것도 독방에 무기징역."

수경의 말에 유성 또래의 운전사가 안경을 고쳐 쓰고 룸미러로 시선을 옮겼다.

"그거 참 암담하네요."

"대화할 사람도 티비나 라디오도 없어요."

"책이나 노트는 줍니까?"

"아뇨. 할 수 있는 건 천장의 무늬를 세거나 냉장고를 열어보는 것밖에 없어요."

수경이 다시 어플을 들여다봤다. 무기수 유성이 냉장고에서 캔에 든 환자용 유동식 하나와 삼지창 모양의 아이스픽을 꺼냈다.

"차라리 죽는 게 낫겠네요. 나라면 혀라도 깨물었을 겁니다."

운전사는 동양화에서 걸어 나온 것처럼 곱디고운 손님의 이상한 상상에 장단을 맞춰주었다.

"그런데 죽질 않네요."

영상 속 유성은 유동식 캔을 따 벌컥벌컥 마신 다음 카메라를 향해 빈 캔을 집어던졌다. 그러고는 아이스픽으로 벽에 글씨를 새기기 시작했다. 유성이 기를 쓰며 새긴 글씨는 '인간은 존엄하다'였다. 이미 수십 번을 새긴 글씨 위에 똑같은 글씨가 덧입혀졌다.

수경은 '간수_도일중'이라 저장된 번호로 시우와 소년의 포옹 영상을 전송했다. 이윽고 지하실 조명이 일시에 소등되었다. 하얀빛 한 줄기가 인간은 존엄하다, 라고 쓴 벽면으로 꽂혔다 넓게 펼쳐졌다. 황홀경에 빠진 시우와 소년이 서로를 부둥켜안은 영상이 송출되었다. 수경은 화면을 확대해 유성의 표정을 살폈다. 어둠 속에서 겨우 눈만 반짝거리는 그의 얼굴 위로 아들과 소년의 영상이 어른거렸다. 유성은 영원히 독식했다고 여겼지만 한 번도 소유한 적 없는 두 남자를 경외의 눈길로 바라봤다. 풀썩 주저앉은 그가 미친듯이 바닥을 더듬었다. 영상이 멈추고 조명이 점등했다. 유성의 얼굴이 눈물과 콧물, 침으로 번들거렸다. 그가 아이스픽을 주워 자신의 목에 가져다 댔다.

"이제야 조금 인간 같네."

일중이 지하실 문으로 난입했다. 그는 이럴 줄 알았단 표정으로 유성의 손에서 아이스픽을 빼앗고 입에 재갈을 물렸다. 일중은 유성이 이종처럼 스스로 죽음을 선택하길 기다렸다. 그리고 마지막 순간에 뛰어들어 반드시 살려놓고야 말겠다고 별러 왔다. 계획이 완벽히 성사되자 일중의 뺨에 보조개 같은 흉터가 깊어졌다.

인간보다 인간적인

수경은 영상에서 눈을 떼었다. 멀리 뉴턴빌딩이 보였다. 전생의 대부분이 사라졌지만, 딱 한 순간만큼은 짧은 클립처럼 기억에 남았다. 아니 새겨진 것 같았다. 교임과 함께한 건물 현판식이었다. 왜 하고많은 단어 중에 과학자 이름을 붙였냐는 수경의 물음에 교임은 이렇게 대꾸했다. 아이작 뉴턴이 아니야. 새로울 뉴 자에 턴할 턴 자. 어머, 내가 영어를 한자처럼 말하네. 아무튼 여기가 우리의 전환점이 될 거야. 내 느낌이 확실해. 박교임, 정수경, 도일중. 그래 까짓거, 황규식도 껴 주자. 여기서 새로운 턴을 하는 거지. 뭐가 됐든 더 나은 생물을 향해 턴.

"누가 마중 나오셨네요. 닮은 걸 보니 자매신가 봅니다."

기사가 비상등을 켜고 택시를 멈췄다. 뉴턴빌딩 앞에 잠자리 날개 같은 시스루 투피스 차림의 젊은 여자가 서성거리고 있었다. 그녀의 옷자락에서 연한 녹두빛 물방울이 똑똑 떨어졌다. 수경이 콧노래로 딜라일라를 흥얼거렸다. 여자가 빙그레 웃으며 맞이했다. 사랑이 본성의 전부가 아닌 이종이 하나 더 늘었다.

작가의 말

작업실 책상 위엔 손바닥만 한 거울이 있다. 대사를 쓴 뒤엔 손거울을 들여다보며 발음하고 표정까지 지어보는 습관 탓이다. 한동안 흉포한 인간들의 이야기를 쓰다 보니 주로 누군가를 죽이겠다는 협박이나 저급한 욕설을 그 거울이 받아냈다. 10여 권의 장편을 써낸 내 얼굴은 성깔 사나운 주름이 제법 깊어졌다.

이쯤에서 말랑하고 촉촉한 사랑 이야기를 한 편 써봐야겠구나, 하는 마음이 생겼다. 그런데 정작 시놉시스를 쓰고 기획에 들어가자 본성이 고개를 들어올렸다. 꼭 인간 간의 사랑이어야 할까. 꼭 두근거리고 설레는 게 사랑일까. 변하지 않아서 괴로운 사랑도 어딘가에 있지 않을까. 자꾸 곁길로 빠져들었다. 이거 안 되겠구나. 잘하는 걸 하기로 마음을 고쳐먹었다.

인간보다 인간적인

대신 알량한 인간 얘기가 아닌 아름다운 크리처가 등장하는 판타지를 쓰기로 했다. 집필 내내 손거울을 보며 수경과 교임, 그리고 일중을 연기했다. 그들의 표정과 말투는 모두 내 안에서 기인했다. 때로는 대사를 짓기 전에 생각나는 대로 지껄여 보기도 했다. 나라는 통로를 지나 혀와 코가 완성시킨 날것을 소리를 옮겨 적을 때면 마치 수백 년간 한 인간만 사랑해 온 아름다운 이종이 된 것 같은 기분도 들었다.

새로운 세계관을 만들어 작품 하나를 완성시키고 나니 나는 죽은 매미처럼 덩치만 크고 가뿐한 존재가 되었다. 내 어딘가를 쥐어짜 일군 이 세계관이 누군가를 충만하게 채워주길 바란다. 인간 외 인간이 있다면, 당신에게 위로가 되길 바란다. 어쩌면 대다수의 인간이 규격 외일지 모른다는 생각도 든다. 그렇다면 이 책을 읽는 모든 생명이 평온하시길.

인간보다 인간적인

1판 1쇄 발행 2024년 11월 18일

지은이 강지영
펴낸이 이성욱
책임편집 장인숙
디자인 스튜디오 글리

펴낸곳 story.B
주소 경기도 부천시 길주로 1 417호(상동)
등록 2015년 3월 27일(제2015-000025호)
문의전화 070-4148-1069 **팩스** 032-326-1069
전자우편 webtoon@storycompany.co.kr
ISBN 979-11-94222-04-0 03810